Anne Bezzel

Jenseits der Mauern die Freiheit

Historischer Roman

Anne Bezzel

Jenseits der Mauern die Freiheit

Historischer Roman

Wartburg Verlag

Bibliografische Information Der Deutschen Nationalbibliothek
Die Deutsche Nationalbibliothek verzeichnet diese Publikation
in der Deutschen Nationalbibliografie;
detaillierte bibliografische Daten sind im Internet über
http://dnb.ddb.de abrufbar.

ISBN 978-3-86160-416-7

1. Auflage

Titelgestaltung: Lisa Brenner
Gestaltung: Katharina Hertel, Weimar
Druck: druckhaus köthen GmbH & Co. KG

In Erinnerung an Clara, Katharina und Margarete

In Dankbarkeit – Berndt Hamm
In Zuneigung – Hebaska
In Liebe – Hannes, Lea, Mirjam und Friedemann

Geleitwort

Anne Bezzel hat einen untypischen historischen Roman geschrieben. Nur deshalb kann ich ihm ein empfehlendes Geleitwort vorausschicken. Vermochte doch diese Literaturgattung bisher nicht meine Begeisterung zu wecken. Zu groß erschien mir die Kluft zwischen einer historischen Forschung, die sich unbedingter Quellentreue verpflichtet fühlt und sich phantasievoller Ausmalungen des Vergangenen möglichst enthält, und einem romanhaften Erzählen, das die künstlerische Freiheit im fiktionalen Gestalten des geschichtlichen Stoffs über die historisch-kritische Korrektheit der Quellenverwendung stellt. Es war daher für mich nie ein ungetrübter Genuss, historischen Themen, mit denen ich selbst als Forscher einen vertrauten Umgang pflege, in belletristischer Gestaltung zu begegnen.

Umso mehr überraschte mich das Buch von Anne Bezzel über einen Themenbereich (Klosterfrauen und Bürgertum, alter Glaube und Reformation), eine Zeit (1524/25) und eine Reichsstadt (Nürnberg), mit denen mich eine jahrzehntelange wissenschaftliche Quellenforschung verbindet. Prominente Gestalten ihres Romans, wie die Äbtissin Caritas Pirckheimer und ihr Humanistenbruder Willibald Pirckheimer, der Augustinerobere Johannes von Staupitz, die Ratsherren Kaspar Nützel, Hieronymus Ebner oder Christoph Fürer, der Künstler Albrecht Dürer, der Ratsschreiber Lazarus Spengler, der Rechtsgelehrte Christoph Scheurl und die Reformatoren Andreas Osiander und Philipp Melanchthon sind mir sozusagen alte Bekannte. Aber in den Dialogen und Erzählpassagen des Romans gewinnen ihre Gedanken, Gefühle, Worte und Aktionen eine neue, ungewohnte Lebendigkeit, ohne dass etwas von der akribischen Sorgfalt des wissenschaftlich kontrollierten Umgangs mit der Vergangenheit verloren geht.

Man spürt auf jeder Seite, dass Anne Bezzel eine methodisch bestens geschulte Historikerin ist. Sie will und vermag es, sich in die Sprache, Gefühlswelt und Argumentationsmuster des 16. Jahrhunderts zu versenken, sich auf die Schriftstücke der zeitgenössischen Überlieferungen einzulassen und diesen Quellen ihren eigenen Ton abzulauschen. So konnte eine Abfolge von Szenen entstehen, die eine authentische Nähe zum historischen Geschehen vermitteln. Man findet hier nichts von jenen üblichen romanhaften Unkorrektheiten und Modernismen, die den historisch Kundigen sofort ins Auge fallen. Alles ist genau recherchiert – einschließlich der Alltagsgegenstände und -techniken, der Kleidung, der liturgischen Abläufe oder der bildnerischen Ausstattung der Räume und der städtischen Topographie.

Das Entscheidende aber ist, dass der Roman Bezzels mehr ist als dies, mehr als eine wissenschaftliche zuverlässige Darstellung der dramatischen Ereignisse um das Nürnberger Klarissenkloster im Entscheidungsjahr von Dezember 1524 bis Dezember 1525. Er nutzt die besondere Chance, die das künstlerische Sprachmedium des novellistischen Ausmalens und romanhaften Erfindens bietet, indem er mit ebenso geschichtlich-einfühlsamer wie sprachschöpferischer Darstellungskraft in die großen Lücken vorstößt, die die historischen Dokumente offen lassen. So vermag der Roman in jenen dunklen Bereich der Ereignisse, Stimmungen, Gefühle, Worte und Gesten vorzudringen, über den wir aus den Quellen nichts erfahren, die aber gleichwohl wesentlich zu einem wirklichen Verständnis der Vorgänge damals gehören. Insbesondere lässt die Autorin die jungen Nonnen des Nürnberger Klara-Klosters, die ihm dann entrissen wurden, und eine Gruppe von Patrizierfrauen ins Licht der Geschichte treten – Personen, die zweifellos am Ringen um Wert oder Unwert des Klosterlebens beteiligt waren, die aber in der Quellenüberlieferung von 1524/25 keine eigene Stimme haben. Nun erhalten sie durch Bezzels literarische Technik des historisch, psychologisch und sozialgeschichtlich plausiblen Modellierens ihre eigene Personalität und Würde als Akteurinnen des 16. Jahrhunderts zurück. Alle Gedanken, Emotionen, Worte und Taten, die ihnen und ihren männlichen Zeitgenossen romanhaft-fiktional angedichtet werden, könnten so tatsächlich gedacht, gefühlt, gesagt und getan worden sein. Bezzels Erzählweise bleibt also immer im Rahmen des historisch Möglichen und Plausiblen (auch dort, wo sie ausnahmsweise von der Faktenlage der Quellen abweicht, was sie im Nachwort gewissenhaft dokumentiert). Sie bietet *eine* mögliche und glaubhafte Variante unter den vielen Rekonstruktionsmöglichkeiten der damaligen Geschehnisse in der fränkischen Reichsstadt.

Etwas Anderes kann auch die wissenschaftliche Forschung nicht bieten: Versuche der Rekonstruktion und imaginierende Konstrukte, die den subjektiven Zugriff auf die Vergangenheit der Kontrolle durch die historische Quellenüberlieferung unterwerfen. Während aber eine wissenschaftliche Publikation über die Reformationsvorgänge in Nürnberg streng an den Aussagehorizont der geschichtlichen Dokumente gebunden ist, vermag Anne Bezzel als Romanerzählerin mehr zu leisten: Mit der ihr eigenen Kombination von wissenschaftlicher Versiertheit, intensiver Quellenkenntnis, historischer Phantasie und sprachlich-poetischem Gestaltungsvermögen kann sie dem fatalen Schweigen der Quellen, das oft ein Totschweigen ist, entgegenwirken und damit womöglich der Vielstimmigkeit der Vergangenheit näher kommen als eine rein wissenschaftlich arbeitende Geschichtsforschung.

So ist Anne Bezzel ein Buch gelungen, das die anfangs erwähnte Kluft zwischen geschichtlicher Belletristik und wissenschaftlicher Historik überwindet. Das wissenschaftliche Ethos der Historikerin und das Fiktionsvermögen der Schriftstellerin reichen sich die Hand, ohne dass die eine der anderen etwas nimmt. Es ist ein packendes und bewegendes Buch, das stimmig und konsequent sowohl der altgläubig-katholischen als auch der evangelisch-reformatorischen Sicht- und Erlebnisweise gerecht wird, keine der beiden Perspektiven verkürzt, aber auch für keine Seite konfessorisch Stellung bezieht. Allerdings stellt sich die Autorin auf die Seite derer, die unter religiösen und sozialen Zwängen leiden, dagegen aufbegehren und ihrem Gewissen folgen wollen. Sie ergreift ihre Partei, indem sie ihnen eine lebendige Stimme gibt. Sie gibt den verunsicherten, bedrängten, um Wahrheit, Klarheit und Heil ringenden Menschen des frühen 16. Jahrhunderts ein Ausdrucksvermögen und einen Resonanzraum in unserer Gegenwart. Dass sie in dieser Weise vorgeht, verrät die spezifische Sensibilität einer Historikerin und Künstlerin des frühen 21. Jahrhunderts. Aber warum soll nicht gerade ein für unsere eigene Zeit charakteristisches Einfühlungsvermögen eine besondere Erschließungskraft für das Verständnis der Ära Luthers haben können?

Dieses Buch empfehle ich daher nicht nur allen historisch und religiös Interessierten zur Lektüre, sondern auch den wissenschaftlich Arbeitenden, Lehrenden und Studierenden, wenn sie ein tieferes Verständnis für das religiöse Spannungsfeld von Gewissensdruck und Freiheitsverlangen in der frühen Reformationszeit gewinnen und sich zugleich ein bewegendes Leseerlebnis gönnen wollen.

Erlangen – Ulm, 1. August 2013 Berndt Hamm

Verzeichnis der handelnden Personen

Klarissen:

Caritas Pirckheimer, Äbtissin des Klaraklosters
Clara Pirckheimer, ihre leibliche Schwester
Clara Nützel, Nonne von 19 Jahren
Katharina Ebner, Nonne von 20 Jahren
Margarete Tetzel, Nonne von 23 Jahren
Magdalena, Servitiale

Franziskanermönche:

Erhart Horolt, Beichtvater und Prediger zu St. Klara
Nikolaus Liechtenstein, Beichtvater und Prediger zu St. Klara

Bürger und Bürgerinnen der Stadt

Kaspar Nützel, Pfleger des Klaraklosters und Vater Claras
Klara Nützel, Ehefrau des Kaspar Nützel
Ursula Tetzel, Margaretes Mutter
Sigmund Fürer, ein Bruder der Ursula Tetzel
Christoph Fürer, ein Bruder der Ursula Tetzel
Hieronymus Ebner, Vater Katharinas
Helena Ebner, Ehefrau des Hieronymus Ebner
Willibald Pirckheimer, Bruder der Äbtissin Caritas
Albrecht Dürer, Künstler und Freund des Willibald Pirckheimer
Christoph Koler, Ratsherr
Margareta Koler, geborene Rieter, Ehefrau des Christoph Koler
Bernhard Paumgartner, Ratsherr
Sebaldus Pfinzing, Ratsherr
Andreas Imhoff, Ratsherr
Lazarus Spengler, Ratsschreiber
Nikolaus Haller, Advokat

St. Thomas

Gudenstag, 21. Dezember 1524

Im Klarakloster zu Nürnberg

Über Nacht hatte es geschneit. Als Clara aus einem unruhigen Schlaf hochschrak, konnte sie den Schnee spüren: Die Luft, die in den Schlafsaal drang, war verändert, die unerbittliche Kälte gemildert. Dennoch fror sie auf ihrem Strohsack unter der dünnen Wolldecke, die sie über ihr graues Ordensgewand gezogen hatte. ‚Meine kleinen Wölflein' nannte die Äbtissin die Schwestern manchmal liebevoll.

Clara lauschte. Die Geräusche, die zu dieser frühen Stunde zu hören waren, klangen gedämpft und leise von den verschneiten Straßen durch die Schwärze des Wintermorgens: Der Hufschlag der Lasttiere, die eiligen Schritte der ersten Händler und Handwerker, die vom Frauentor hineinkamen und vorbei am Zollhaus dem Herrenmarkt zustrebten. Noch vor dem Morgengrauen mussten die Stände aufgeschlagen sein.

In den Tagen und Nächten nach St. Barbara hatte strenger Frost geherrscht – wer konnte, war im Haus geblieben oder hatte nur für die nötigsten Geschäfte den Gang über die vereisten Gassen gewagt.

Der Fluss, der die Stadt von Ost nach West durchströmte, trug schon seit Tagen eine dicke Eisdecke, die bisweilen auf unheimliche Weise zu singen schien. Die Menschen, deren Häuser nahe am Ufer standen, erschraken bei diesem Geräusch. Manchmal klang es wie das Knallen einer unsichtbaren Peitsche. Manchmal meinte man, das Stöhnen und Ächzen der wilden Jagd zu hören, die in den Nächten um die Wintersonnenwende das Regiment führte.

Bis in den Schlafsaal des Klosters, das im Schatten der Frauentormauer lag, drang die unheimliche Stimme des Flusses nicht. Das Dormitorium war erfüllt von den Atemzügen der schlafenden Schwestern. Bald würde sich der Konvent zur Prim erheben.

Aber Clara konnte nicht so lange warten. Ihre Glieder fühlten sich taub an, wie gelähmt. So wie in ihrem Traum. Mühsam schob sie die wollene Decke beiseite und umschlang ihre Knie. Sie schmiegte die kühle Wange an den rauen Stoff des Gewandes, der bis zu ihren bloßen Füßen reichte.

Gerne hätte sie laut gebetet. Worte gegen die Angst, unzählige Male gesprochen, gesungen, gedacht: *Cum transieris per aquas tecum ero et flumina non operient te. Cum ambulaveris in igne non conbureris et flamma non ardebit in te. Wenn du durch Wasser gehst, werde ich bei dir sein und die Fluten werden dich nicht ertränken. Wenn du durch Feuer gehst, wird dich das Feuer nicht versengen und die Flamme wird dich nicht verbrennen.*

Nicht verbrennen. Nicht versengen. Wenn sie die Augen schloss, kehrten die Traumbilder zurück. Das Geviert des Klosters erfüllt von Feuer und Rauch. Alles ist unheimlich still. Der Rauch, die Stille hüllen sie ein, nehmen ihr den Atem. Sie weiß, dass sie die anderen warnen muss – aber ihre Füße versagen ihr den Dienst. Sie ist nicht sicher, ob der Boden trägt. Sie möchte nach den Freundinnen rufen, nach Katharina und Margarete. Aber aus ihrem Mund dringt kein Laut. Sie kämpft. Sie weiß, dass die Äbtissin sonst verloren ist. Sie muss Caritas finden. Sie muss.

Clara öffnete die Augen. Sie fühlte ihr Herz bis zum Hals klopfen. Die Mauern des Schlafsaals schienen ihr wie die Mauern einer Gruft, erdrückend wie die Bilder ihres Traumes. Sie konnte nicht länger im Dormitorium bleiben. Im schwachen Licht einer Kerze, die auf einem Podest in der Mitte des Saales stand, tastete sie nach ihren Holzpantinen. Angespannt horchte sie auf die Atemzüge der schlafenden Schwestern. Leise eilte sie zwischen den Pritschen hindurch zur Pforte, die aus dem Schlafsaal in den Kreuzgang führte. Erst dort schlüpfte sie in die Schuhe. Vorsichtig drückte sie gegen den Türgriff.

Mit leisem Knarren fiel die Tür hinter ihr ins Schloss. Clara lehnte sich an das Holz. Ein frischer Luftzug strich über ihre Wangen. Hier im Kreuzgang vermochte sie leichter zu atmen. Der Krampf in ihren Gliedern begann sich zu lösen. Niemand würde es wagen, das Kloster in Brand zu stecken.

Clara dachte an Apollonia aus dem Geschlecht der Tucher. An Katharina Ebner und Margarete Tetzel. Und schließlich an Caritas Pirckheimer, die verehrte Äbtissin. Alles klangvolle Namen. Namen von Gewicht. Tucher, Pirckheimer, Tetzel, Ebner. Und ihr eigener: Nützel.

Ihr Vater Kaspar Nützel, der Pfleger des Klaraklosters, war einer der angesehensten Männer der Stadt. Sein Wort galt – vor dem Rat der Stadt, selbst vor dem Kaiser. Unter seiner treuen Verwaltung hatte das Kloster seinen Reichtum bewahren und vermehren können. Auch in den letzten, schweren Monaten hatte sich die Äbtissin auf ihn verlassen.

Die heilige Klara, die Weggefährtin des Franz von Assisi, hatte der Vater stets besonders verehrt. Seiner Tochter hatte er nicht nur ihren Namen gegeben. Er hatte sie dem Orden der umbrischen Heiligen auch zur Ausbildung anvertraut. Kaspar Nützel war in dieser Entscheidung nicht allein. Es gab kaum eine der großen angesehenen Patrizierfamilien, die nicht eines ihrer Mädchen in die Obhut der Klarissen gegeben hatte.

Ihr Atem ging ruhiger. Die Stadt würde niemals ihre vornehmsten Töchter preisgeben. Der Rat würde es nicht zulassen. Die Barfüßer würden es nicht zulassen. Nur in einer verkehrten Welt könnte so etwas geschehen.

Aber die Welt war verkehrt worden.

Ein tiefer Atemzug, beinah ein Schluchzen, hob ihre Brust. Die hölzerne Eingangspforte des Dormitoriums, an der sie noch immer lehnte, war mit feinem Reif überzogen. Sie fröstelte. Wenn es nur schon Morgen wäre.

Nach Sonnenaufgang würde der Kreuzgang eingetaucht sein in ein Spiel aus Farben. Clara betrachtete die schmalen hohen Scheiben, die nun als dunkle Rechtecke das hellere Mauerwerk durchbrachen. Auf ihnen waren die Wappen der wichtigsten Familien der Stadt abgebildet. Zwei schwarze Adler, die kühnen Schnäbel einander zugewandt, zwei rote Dreipässe, liliengeschmückt – auch das Wappen der Nützels fand sich auf einem der Arkadenfenster. Clara wusste, wie stolz der Vater darauf war.

Die Kälte kroch an ihren nackten Beinen empor. Sollte sie zu den anderen zurückkehren? Aber hier im Kreuzgang fühlte sie sich vor den Traumbildern in Sicherheit. Nah trat sie an eines der Fenster. Durch die dicke Eisschicht konnte sie kaum nach draußen in die Winternacht blicken. Aber sie musste nicht sehen, um das Vertraute zu erkennen. Erstarrt lagen die Beete unter der frischen Schneedecke. Clara versuchte sich vorzustellen, wie im Frühjahr die kleinen gelben Sonnen des Huflattichs die Wiederkehr des Frühlings ankündigten. Sie versuchte, den Sommer in sich wachzurufen, mit dem Duft frischer Pfefferminze und der überschwänglichen Fülle an weißer und blauer Akelei. Nun ruhte alles wie tot, als hätte der Winter alle Farben zu Grabe getragen. Wärme und Leben schienen einer anderen Welt anzugehören.

Clara schloss die Augen und legte ihre Hände auf das kalte Gestein der Bögen. Die Steine sprachen zu ihr. Unter ihren Händen konnte sie die Risse in den Sandsteinmauern fühlen. Als Kind hatte sie in ihnen fremdartige Tiergestalten und verschlungene Pflanzen zu erkennen geglaubt. Felicitas, die Kindermeisterin des Klosters, hatte stets gutmütig gelacht, wenn sie ihr von jenen steinernen Fabelwesen erzählt hatte.

Im letzten Spätsommer war Schwester Felicitas krank geworden; seit Matthei hatte sie viele Wochen im Siechenhaus gelegen. Clara hatte geholfen, sie zu pflegen. Sie hatte gehofft – Felicitas war noch jung. Das Fieber aber wollte nicht weichen. Die Kindermeisterin hatte das Luciafest nicht mehr erlebt. Nun ruhte sie auf dem Friedhof der Klosterkirche. Ihr Platz im Refektorium, in dem die Schwestern zu den Mahlzeiten zusammenkamen, war seitdem leer.

Clara biss sich auf die Lippen. Felicitas hätte sie sich anvertrauen können, ohne befürchten zu müssen, sie zu ängstigen. Sie kannte wenig Menschen, die der Angst so gelassen entgegentreten konnten. Nun war die Schwester jenseits der Furcht.

Ein Schauder lief ihr über den Rücken. Sie presste die Hände gegen ihre kalten Wangen und holte tief Atem. Sie wollte sich nicht fürchten. Auch wenn alles still und verlassen schien – sie alle waren hier. Bald würde ein neuer Tag anbrechen und das Kloster zum Leben erwachen. Clara schloss die brennenden Augen. Sie wollte alles in sich wachrufen, was ihre Welt ausmachte. Sie wollte mit dem Wichtigsten beginnen: mit der Bibliothek.

Oft ertappte sich Clara beim Stundengebet in der Kirche dabei, wie sie an die Bücher denken musste, die in der Sakristei untergebracht waren. Der Erzengel Michael wachte über sie. Mochten die Leute auch über die Silbergeräte und wertvollen Altartücher staunen, die bei den Messen verwendet wurden – den wahren Schatz des Klosters, die Bücher, bekamen sie nicht zu Gesicht. Wer von ihnen wäre auch in der Lage gewesen, sie zu lesen? Aber das Kloster hütete die ihm anvertrauten Schätze nicht nur – es vermehrte sie auch, ebenso wie der tüchtige Knecht die ihm anvertrauten Pfunde im Gleichnis Jesu. Im Skriptorium, das an der Südostseite des Gevierts lag, standen die Schwestern an zahlreichen Pulten und arbeiteten an der Vervielfältigung der alten Handschriften: Lebensberichte des heiligen Franziskus und der heiligen Clara, Gebete, Chroniken und Predigten, die berühmte Franziskaner eigens für den Konvent geschrieben hatten.

Clara dachte oft, dass dieser Ort eine eigene Welt, ein eigener Kosmos sei. Kosmos, das hatte Felicitas sie in einer Griechischstunde gelehrt, bedeutete Ordnung und Schönheit. Die Ordnung der Buchstaben und die Schönheit der Farben, die die Bücher schmückten, zogen sie immer wieder neu in ihren Bann. In den vergangenen sechs Jahren, die sie nun im Kloster lebte, hatte sie neben der Arbeit des Abschreibens auch das Verzieren der Initialen erlernt. Sie wusste, dass es noch lange dauern würde, bis sie auch die Kunstfertigkeit der freien Illustration beherrschen würde.

Schwester Margareta, die mittlerweile an die siebzig Jahre alt sein mochte, hatte sogar ein eigenes Werk verfasst: In ihrem Musterbuch über die Goldbortenweberei hatte sie ihr ganzes Können niedergeschrieben. In ihrem Vorwort bat die Mitschwester, man solle etwaige Fehler in den Mustern korrigieren. Clara musste lächeln. Sie kannte niemand, der die Schwester in dieser Kunst übertraf. Ohne sie hätte man die Aufgabe, den Krönungsornat des Kaisers auszubessern, nicht bewältigen können.

Nun lag Margareta im Siechenhaus und war so schwach, dass sie die Nadel nicht mehr halten konnte. Das Lächeln erlosch auf Claras Lippen. Man solle ihrer nach ihrem Tode mit einem Ave-Maria gedenken, wann immer man das Buch zur Hand nehme – auch das hatte Margareta in ihrem Vorwort geschrieben.

Sicher schlief sie noch, drüben im Siechenhaus, das nur wenige Schritte südlich des Kreuzgangs lag. Ob Schwester Adelheid am Bett der kranken Mitschwestern wachte?

Clara dachte an das kleine Beichthaus, in dem die Franziskaner den Schwestern die Confess hörten, dunkel und verlassen mochte es unter dem tiefen Himmel ruhen. Auch die Wirtschaftsgebäude des Klosters, die Brauerei, die Küche, die Ställe und Gärten, würden sich erst nach Tagesanbruch mit Leben füllen. Die Vielzahl der dort herrschenden Gerüche, die Ausdünstungen der Tiere, der Duft von lagerndem Getreide, von Malz und Gerste und frisch gemolkener Milch würde es ihr ermöglichen, sich in diesem Teil des Klosters auch in der Nacht zurechtzufinden. Heimisch war sie dort freilich nicht. Dies war das Reich der Servitialschwestern und Mägde. Ihnen oblag die Zubereitung der Speisen, die Arbeit in den Vorratshäusern, in denen nicht nur das Obst und Gemüse des eigenen Gartens, sondern auch die Pachtabgaben aus den zahlreichen Ländereien gelagert wurden.

Im Gegensatz zu Clara konnten die Servitialen und Mägde das Kloster für Botengänge und Einkäufe mit Erlaubnis der Äbtissin verlassen.

Clara hätte nicht mit ihnen tauschen wollen. Den Mägden und Laienschwestern stand die Stadt offen. Aber die Stadt war begrenzt. Ihr selbst jedoch waren keine Grenzen gesetzt. Die Enge des Klostergevierts fasste den grenzenlosen Horizont der Bücher. Mit jedem neuen Buch, das Caritas' Bruder Willibald oder einer der zahlreichen Freunde und Gönner der Äbtissin zur Lektüre schickte, weitete sich dieser Horizont. Jedes Buch ein neuer Erdteil, den sie entdecken konnte.

Noch nie hatte sie es so klar gesehen wie in dieser Nacht: Die Mauern von St. Klara waren wie ein Webrahmen, auf dem ihre Tage und Nächte ausgespannt waren wie ein kostbares Tuch. Sie selbst war das Weberschiffchen, hin- und hergeworfen zwischen den verschiedenen Aufgaben:

Das Beten der Tagzeiten, die Arbeit mit Nadel und Leinen. Die Zubereitung heilkräftiger Salben im Siechenhaus. Die Arbeit im Skriptorium mit Feder und Farbtiegeln und die Stunden am Spinnrad. Die Versenkung in die kostbaren Schriften und das Sammeln der heilkräftigen Kräuter und Wurzeln im Garten des Kreuzgangs.

Eine Tätigkeit folgte der anderen. Und so entstand ein Muster, schön und klar in seiner Regelmäßigkeit. In allen Dingen, dies wusste Clara, war es die

Gegenwart der Äbtissin, ihre Zuneigung zu den Schwestern, ihre Heiterkeit und ihre liebevolle Strenge, die ihr das Kloster zur Heimat machte.

Ein tiefer Atemzug hob ihre Brust. Es tat gut, an all dies zu denken. Der Traum hatte sie genarrt. Es gab keine Ursache zur Furcht: Sie war auf vertrautem Grund und Boden.

Nun konnte es nicht mehr lange dauern, bis sich der Konvent erheben würde. Die Glocke würde den Beginn des neuen Tages künden, die Nacht dem Gebet und Gesang der Schwestern weichen. Schwester Käthe würde die Orgel schlagen, das kostbare Geschenk Anton Tuchers. Der Papst selbst hatte dieses Geschenk damals ausdrücklich genehmigt. Er wolle seinen Töchtern die mühselige Arbeit des Singens erleichtern. Clara musste lächeln. Sie hatte das Singen nie als mühselig empfunden. Die vertrauten Litaneien machten sie schwerelos, als trügen die Töne sie fort aus den Grenzen ihres Körpers. Sie sehnte sich nach dem Gleichklang der Stimmen. Dann würde sie am ganzen Leib spüren, dass sie alle am Leben waren, dass die Welt, die sie kannte, fest gegründet stand. *Ad adnuntiandum mane misericordiam tuam et veritatem tuam per noctem … – Dass ich verkünde am Morgen dein Erbarmen und deine Wahrheit des Nachts …* Clara presste trotzig die Lippen zusammen. Daran würde sich nichts ändern.

Langsam ging sie an den Bögen des Kreuzgangs entlang und wählte schließlich eine Fensternische, von der aus sie unbemerkt in die Reihen der Schwestern schlüpfen wollte, wenn sie zur Prim zogen.

Sie hauchte ein kleines Loch in das Gewirr der Eisblumen und blickte in die Winternacht hinaus. Draußen herrschte noch immer nächtliche Dunkelheit, die nur durch den schwachen Lichtschein einer glimmenden Fackel an der Außenmauer des Kreuzgangs erhellt wurde. Claras Atem ging schneller. Sie war sich nicht sicher, ob das trügerische Licht sie narrte oder nicht: Das makellose Weiß des frischen Schnees war durchbrochen. Eine Spur führte durch den Garten. Sie war unregelmäßig, wie von jemandem, der sich nur mit Mühe fortbewegen konnte. Caritas. Die Äbtissin musste das Dormitorium nach der letzten Hore noch einmal verlassen haben. Ob sie von ihren Schmerzen so sehr gequält worden war, dass sie das Siechenhaus aufsuchen musste? Dann jedoch hätte sie die Schwestern geweckt und um Hilfe gebeten. Und hätte nicht den Weg durch den Garten gewählt.

Ohne sich zu besinnen lief Clara zur Pforte, die aus dem Kreuzgang in den Garten führte. Sie ergriff die Fackel und folgte der Spur, die quer durch den verschneiten Klostergarten führte. Der Schnee zeichnete die Konturen der Bögen des Kreuzganges hell unter dem wolkenschweren Himmel. Durch den Wind neu entfacht malte die Fackel unheimliche Bilder auf die stillen Mauern. Clara ging mit gesenktem Kopf. Sie wusste selbst nicht warum, aber sie mühte sich, keine eigenen Spuren zu hinterlassen. Die Kälte spürte sie nicht, obgleich ihre Holzpantinen sie kaum gegen den Schnee schützten. Die Spur führte sie quer durch den Garten, an seine südöstliche Begrenzung.

Als sie den Kopf hob, stand sie vor dem Eingang zum Skriptorium. Clara öffnete zögernd die schwere Flügeltür.

St. Theodosia

Phincztag, 22. Dezember 1524

Im Klarakloster zu Nürnberg

Noch nie zuvor hatte sie bei Dunkelheit das Skriptorium betreten. Am Tag war der helle Raum stets voller Leben. Obwohl die Regel der heiligen Clara unnütze Rede verbot, war es doch nie vollkommen still. Stets war das Kratzen der Schreibgriffel zu hören, die ruhigen Atemzüge der Schwestern, die das Kopieren der Handschriften versahen. Das Geräusch geschäftiger Schritte, wenn Bücher zur Abschrift oder Reparatur aus der Sakristei herbeigeschafft wurden.

Zuweilen konnte man die etwas brüchige Stimme der Äbtissin hören, wenn sie, von ihren Leiden zu geschwächt, um selbst zu schreiben, ihren Gehilfinnen mit leisen, klaren Worten Briefe diktierte. Die Empfänger dieser Schreiben waren mannigfaltig: Die Ratsherren der Stadt, die Pfleger, Nonnen in anderen Klöstern oder auch ihre Freunde und Verwandten jenseits der Mauern. In den letzten Wochen waren es vor allem Bittschriften gewesen. Clara ahnte, wie schwer es der Äbtissin fallen musste, so sehr auf das Wohlwollen anderer angewiesen zu sein. Trotz der vorbildhaften Demut, die die Schwestern an ihr bewunderten, lag etwas in ihrem Wesen, das lieber anderen zur Hilfe kam, als sich selbst helfen lassen zu müssen.

Die Fackel, die Clara bei sich trug, bildete einen unruhig tanzenden Lichtkreis um sie, der die Dunkelheit des Raumes nur noch verstärkte. Sich vorsichtig durch das Dunkel tastend, trat die junge Nonne an ihr eigenes Arbeitspult.

Alles lag so da, wie sie es am Nachmittag verlassen hatte. Beinah zärtlich strich sie mit einer Hand über die aufgeschlagene Seite des Buches, an dessen Abschrift sie nun schon seit vielen Monaten arbeitete: „Die Freuden der heiligen Clara“. Ihre Namenspatronin war ihr in den letzten Wochen so nah und lebendig erschienen wie nie zuvor. Auch sie hatte mit Widerständen zu kämpfen gehabt, als sie beschloss, dem Heiligen Franziskus zu folgen und Christus durch ein Leben in Armut zu dienen. Ihre Eltern hatten sie beschworen, zu bleiben. Auch Claras Mutter hatte damals geweint, als sie nach Beendigung ihrer klösterlichen Schulbildung nicht nach Hause zurückkehren wollte. Bis heute konnte sie den Grund für ihre Trauer nicht ganz fassen. Vielleicht hatte sie sich die Tochter in einem Leben gewünscht, das dem ihren gleich war. Dennoch hatte Clara gespürt, dass die Mutter trotz ihrer Tränen stolz gewesen war, stolz wie der Vater, dass eine ihrer Töchter eine Klarissin werden wollte. Kundig in Lesen und Schreiben, angesehen und geachtet.

Dieser Stolz, Clara ahnte es, hatte sich in Scham verwandelt.

In all den Jahren war das Gesicht der Mutter, stets verborgen durch ein undurchdringliches schwarzes Tuch, das vor das feine Gitter des Redefensters gespannt war, auch in ihrem Inneren verblasst.

Clara steckte die Fackel in eine Wandhalterung an einer der Mittelsäulen. Sie fühlte sich wie ein Dieb – aber sie musste wissen, was Caritas bewogen hatte, nachts das Skriptorium aufzusuchen. Zögernd trat sie zu dem Pult, an dem die Äbtissin ihre Korrespondenz führte. Dort lag ihr Siegel, die gekrönte Madonna mit dem Kind.

Auf dem glatt polierten Holz, das im tanzenden Licht der Fackel wie lebendig schien, befanden sich jedoch keine Briefe. Nur ein schmales Bändchen, das Clara noch nie zuvor auf dem Arbeitstisch der Äbtissin bemerkt hatte. Clara wusste, dass es nicht recht war. Aber sie konnte nicht anders: Mit zitternden Händen öffnete sie das Buch. Nur die ersten Seiten waren beschrieben. Clara begann zu lesen.

Hier findet man verzeichnet etliche Dinge, wie es unserem Kloster zu Sankt Klaren ergangen ist in den gefährlichen, aufrührerischen Zeiten.

Man möge sich später daran erinnern, dass schon vor Zeiten für das Jahr 1524 prophezeit wurde, dass eine große Sintflut übers Land kommen werde, die alle Dinge auf Erden verkehren und verändern werde. Was gemeinhin auf eine Wasserflut gedeutet wurde, ist – wie uns die Erfahrung der letzten Monate gezeigt hat – vielmehr so zu verstehen, dass die Sterne nicht eine Überschwemmung vorhergesagt haben, sondern unermessliche Trübsal, Angst, Not und darauf folgend ein schreckliches Blutvergießen.

Denn in diesem Jahr hat es sich begeben, dass durch die neuen Lehren der Lutherei gar viele Dinge verändert wurden und sich viel Zwiespalt im christlichen Glauben erhoben hat, dass man predigt die christliche Freiheit, dass die Gesetze der Kirche und die Gelübde der Geistlichen nichts mehr gelten sollten.

Aus demselben entsprang, dass viele Nonnen und Mönche, die solche Freiheit gebrauchen, aus den Klöstern laufen, ihren Orden und ihren Habit hinwerfen, etliche sich verheiraten und tun, was sie wollen.

Aus diesen Gründen entsteht uns viel Widerwärtigkeit und Anfechtung, denn viele Leute, einfache und mächtige, kommen fast jeden Tag zu ihren Freunden, die hier bei uns im Kloster leben, und predigen ihnen die neue Lehre und dis-

putieren unaufhörlich, wie verdammlich und verführerisch der Klosterstand sei und dass es unmöglich sei, im Kloster selig zu werden.

Vielmehr seien wir alle des Teufels.

Claras Hände zitterten. Feuer und Wasser, die Zeichen Gottes. Oder des Teufels? Ihr Traum schien ihr mit einem Male wie das Gegenbild zu der Prophezeiung der Äbtissin. Sintflut oder Feuersbrunst – was folgte, war gleich: Trübsal, Angst und Not. Blutvergießen. Die Insignien des Antichristen.

Ein dunkler, schwingender Ton erfüllte das Skriptorium. Das Buch entglitt ihren Fingern. Die Glocke schlug zur Prim. Ohne sich zu besinnen, lief sie aus dem Skriptorium, hastete durch den Kreuzgang, bis sie im Schutz der steinernen Bögen haltmachte. Ihr Atem flog.

***

Wie ein Schatten war Clara neben sie geglitten, als Katharina mit den anderen Schwestern die schmale Stiege hinaufstieg, die an der nordöstlichen Ecke des Klostertraktes in den Frauenchor führte. „Wo bist du gewesen?" – fast lautlos hatten ihre Lippen die Worte geformt. Aber sie hatte ihr keine Antwort gegeben. Nur ihre Hand hatte sie für einen Moment so fest gedrückt, dass es Katharina schmerzte. Nun stand Clara neben ihr und Margarete im oberen Chor. Einzig die Nähe der anderen spendete den Schwestern etwas Wärme in der Kälte des Wintermorgens.

Schwester Agnes las Verse aus dem zweiten Buch des Mose: die Flucht des Volkes Israel aus Ägypten. Katharina vermochte nicht zuzuhören. Sie versuchte, einen Blick von Clara aufzufangen, aber diese hielt den Kopf gesenkt und sah nicht auf.

Seit sie das Lager der Freundin beim Erwachen leer gefunden hatte, war sie in Sorge gewesen. Immer schon hatte sie sich für die ein Jahr jüngere Clara verantwortlich gefühlt, seit sie beide am selben Tag ins Kloster aufgenommen worden waren.

Am Fest der Kreuzerhebung würden es sechs Jahre werden. So gegensätzlich sie waren, so tief und fraglos war die Zuneigung, die zwischen ihnen gewachsen war. Mit ihrer eigenen Neigung zur Heftigkeit und Ungeduld, ihrer Mühe, sich in ihrer Rede zu zügeln, wie die Ordensregel es von ihr verlangte, hatte sie sich zu dem Mädchen mit den grauen Augen hingezogen gefühlt, zu ihrer ruhigen Zurückhaltung. Meist war Clara es, die sie durch einen Blick, durch ein Wort zu besänftigen vermochte.

Gemeinsam hatten sie nach dem einjährigen Noviziat die Profess abgelegt. Alles stand Katharina seltsam klar vor Augen, als sei es gestern geschehen. „Ich, Schwester Katharina, gelobe Gott und unser Frauen Sankt Marien, Sankt Franziskus und Sankt Clara und allen Heiligen, zu leben unter der Regel, die unserem Orden gegeben wurde von Papst Urban IV., mein ganzes Leben lang. In Gehorsam. Ohne eigenen Besitz. In Keuschheit."

Ihr geschorener Kopf hatte sich seltsam leicht und verletzlich angefühlt. Ohne das Gewicht der Haare, vertraut, ein Teil von ihr, war sie sich selbst fremd vorgekommen. Kalt und hart war der Boden gewesen auf dem sie vor dem Altar lag. Das weiße Tuch, das der Priester über sie wie über eine Tote gebreitet hatte, das Murmeln der anwesenden Menge, die in die Gebete der Totenmesse mit einstimmten. Katharina schien es, als müsse das Klopfen ihres eigenen Herzens für alle zu hören sein. Auch für Vater und Mutter, die sie zum letzten Mal von Angesicht zu Angesicht gesehen haben sollte, als sie in feierlichem Zug in die Kapelle eingezogen war. Der Priester hatte sie mit Weihwasser besprengt. Er hatte ihr beim Aufstehen geholfen und sie bis zur Pforte begleitet, hinter der die Schwestern auf sie warteten. Nun war sie eine der ihren. Ein Zurück gab es nicht mehr.

Aber Clara war neben ihr gewesen. Katharina erinnerte sich an die Ruhe der Freundin, die ihr geholfen hatte, ihre eigene Aufregung zu bezähmen. Sie hatte ihr Halt gegeben.

Si steterint adversus me castra non timebit cor meum. Wenn sich auch ein Heer wider mich lagert, so fürchtet sich dennoch mein Herz nicht. Der Gesang der Vorsängerinnen riss Katharina aus ihren Erinnerungen. Sie spürte, wie Clara neben ihr zitterte, als sie in den Chor der Antwortenden einstimmte: *Unum petivi a Domino, hoc requiram, ut habitem in domo Domini omnibus diebus vitae meae. Eines bitte ich vom Herrn, das hätte ich gerne, dass ich bleiben möge im Hause des Herrn alle Tage meines Lebens.*

Endlich hob Clara den Kopf. Katharina sah, dass sie weinte.

***

Die Responsorien, das Paternoster, das die Prim abschließen sollte – wie im Traum sprach Katharina die vertrauten Worte. Gleich würde die erste Gebetzeit des neuen Tages vorüber sein und die Schwestern an ihre verschiedenen Pflichten gehen. Es musste ihr gelingen, vorher mit Clara zu reden. Ohne Zeugen. In diesem Moment hörte Katharina die klare Stimme der Äbtissin: „Lasst eure Arbeiten noch ruhen und folgt mir ins Skriptorium."

Katharina fühlte, wie Clara neben ihr zusammenschrak. Was wollte Caritas mit ihnen besprechen? Dass die Äbtissin den Konvent außer der Reihe einberief, war so ungewöhnlich, dass es eine ernste Ursache dafür geben musste. Noch dazu im Skriptorium – für gewöhnlich hielt man solche Versammlungen im Refektorium ab. Aber warum erschrak Clara darüber? Katharina fühlte die alte Ungeduld in sich aufsteigen. Nun würde sie erst recht keine Gelegenheit haben, mit der Freundin zu sprechen. Schon wurde sie von den Schwestern, die aus dem Chor in den Kreuzgang drängten, von Clara getrennt. Die Winterkälte schlug den Frauen ins Gesicht. Vor den Fenstern hatte es wieder angefangen zu schneien, in leisen, zaghaften Flocken. In schweigendem Zug betraten die Schwestern das Skriptorium. Caritas hatte sich an ihr eigenes Schreibpult begeben, die etwa sechzig Schwestern des Konventes umstanden die Äbtissin in respektvollem Abstand.

Heute erschien sie Katharina besonders gebeugt. Das Gichtleiden, das sie seit Jahren quälte, hatte sie in den letzten Wochen besonders heftig heimgesucht. Auch ihr Gesicht, das so viel Lebendigkeit und Heiterkeit auszudrükken vermochte, wirkte im Licht der Kerzen gezeichnet. Die Äbtissin, die sonst stets jünger aussah als die 57 Jahre, die sie zählte, sah gebeugt und ausgezehrt aus, tiefe Schatten lagen unter ihren Augen. Als sie in die erwartungsvollen Mienen der ihr anvertrauten Schwestern blickte, lächelte sie, und alle Müdigkeit schien von ihr abzufallen.

„Meine lieben grauen Wölflein – ich wollte euch durch diese unvorhergesehene Versammlung nicht erschrecken. Aber ohne eure Meinung, euren Rat und eure Hilfe kann ich – obgleich ich durch Gottes Gnade und euren Willen zur Leitung unseres Klosters berufen bin – nicht recht handeln. Nicht mehr in diesen Zeiten."

Caritas stockte für einen Moment. Clara Pirckheimer, die leibliche Schwester der Äbtissin, legte beruhigend eine Hand auf ihren Arm. Sie musste etwa 40 Jahre alt sein, das jüngere Ebenbild der Äbtissin: Sie hatte die gleichen dunklen Augen wie Caritas, die gleiche gerade Nase. Nur der Schwung der Augenbrauen war anders als bei ihrer Schwester.

Katharina fühlte neben sich eine Bewegung. Clara hatte sich leise neben sie gestellt. Noch sah man die Tränenspuren auf ihren Wangen.

„Ich muss euch nicht sagen, in was für gefährliche Wasser unser Kloster geraten ist. Ihr wisst ja von den Veränderungen, die allerorten um sich greifen. Als im vergangenen Juni dem Rat der Zehnt verweigert wurde und das Volk sich auf den Straßen zusammenrottete und wüste Spottlieder auf die Klöster sang, hat der HERR uns in seiner Gnade beschirmt."

Caritas hielt inne. Niemand hätte sich noch vor kurzem vorstellen können, mit welch neuem Selbstbewusstsein sich Handwerker, Bürger und Bauern in die Belange des Glaubens einmischen würden. Und doch wusste Katharina, dass etwa die Flugschriften des Schuhmachers Hans Sachs auch jenseits der Stadtmauern gelesen wurden.

„Ich muss euch heute etwas mitteilen, das mich mein Bruder gestern durch einen Brief hat wissen lassen. Zusammen mit dieser Botschaft hat er mir ein Exemplar eines offenen Briefes Martin Luthers mitgesandt. Ich hatte von diesem Brief schon oft gehört – seine Abfassung liegt über ein gutes Jahr zurück. Aber noch hatte ich ihn nicht in Händen." Caritas blickte die Schwestern ernst an. „Ich möchte, dass ihr alle diesen Brief kennt, bevor ich euch vorlege, wie es um uns selbst steht." Sie holte einige zusammengeheftete Blätter unter der Klappe ihres Pultes hervor. „Ich habe die wichtigen Stellen angestrichen. Vielleicht kann sie eine von euch vorlesen." Die Äbtissin blickte sich um, dann fiel ihr Blick auf Clara. „Clara, bitte lies du. Den Titel und das, was unterstrichen ist."

Es war so still, dass Clara meinte, ihr Blut rauschen zu hören, als sie durch die Reihen der Schwestern nach vorn trat und die Schrift aus Caritas' Hand nahm. Sie warf einen scheuen Blick auf das Pult. Das geheimnisvolle schmale Bändchen war verschwunden. Ob Caritas wissen konnte, dass sie darin gelesen hatte? Ob sie sie deswegen ausgesucht hatte, den Brief Luthers vorzutragen, um sie auf die Probe zu stellen? Hätte sie der ehrwürdigen Mutter nur gleich ihr Gewissen erleichtern können! Unsicher sah sie in die erwartungsvollen Gesichter der Schwestern – sie musste lesen.

Leise begann sie: *Ursache und Antwort, dass Jungfrauen Klöster göttlich verlassen mögen. Dem vorsichtigen und weisen Leonhard Koppen, Bürger zu Torgau, meinem besonderen Freunde, Gnade und Frieden, Martinus Luther.* Clara hielt inne.

Gnade und Frieden. Meinem besonderen Freunde, Martinus Luther. Diese Worte riefen eine Erinnerung in ihr wach. So hatte auch der Anfang des Briefes gelautet, den der Nürnberger Ratskonsulent Christoph Scheurl damals, vor sechs Jahren, an Luther geschickt hatte. Clara hatte diesen Brief gelesen, denn Scheurl, ein enger Freund des Klosters, hatte darin Luther vom Fest ihrer Einkleidung berichtet.

Das Fest der Einkleidung, mit dem man den Beginn des einjährigen Noviziates zu begehen pflegte, war ein großes Ereignis im Leben des Konvents. Der Vater hatte nicht kommen können. Aber er hatte kostbare Fische gespendet. Clara konnte sich an den köstlichen Geruch erinnern. Die ganze Natur hatte geduftet und geblüht, damals im Mai. Die Gespräche an der langen Festtafel waren heiter und angeregt gewesen. Über die Belange der Heimatstadt hatte man gesprochen, über Glaubensdinge. Auch Luthers theologische Reformen hatten die Anwesenden diskutiert. Viele von den geladenen Gästen, etliche von ihnen aus dem Kreis um Staupitz, Luthers ehemaligen Ordensoberen und Seelsorger, hatten mit freundlichen Worten über den Mann aus Wittenberg gesprochen.

Eine Gruppe Nürnberger Gelehrter[1], zu denen auch Caritas' Bruder Willibald zählte, teilten und unterstützten viele der Anliegen Luthers. Konnten seitdem erst sechs Jahre vergangen sein? Was war alles in dieser Zeit geschehen!

Die Äbtissin schreckte sie aus ihren Erinnerungen:

„Lies nur einfach das, was unterstrichen ist, Clara! Ihr alle wisst, von welchen Ereignissen die Rede ist: Es geht um die Herausführung der neun Nonnen aus dem Kloster Nimbschen. Der Torgauer Ratsherr Koppen hat sie ins Werk gesetzt. Ihr wisst auch, dass Koppen auf Geheiß und auf das Betreiben Luthers gehandelt hat. Aber vielleicht wisst ihr nicht, wie Luther sein Handeln rechtfertigt und erklärt. Was das für uns bedeuten mag, kann ich nur erahnen ... Aber lies bitte weiter."

Mit einiger Mühe fand Clara die erste unterstrichene Passage und begann von neuem zu lesen:

Pfui pfui werden die Leute sagen, der Narr Leonhard Koppe hat sich durch den verdammten ketzerischen Mönch fangen lassen und führt neun Nonnen auf einmal aus dem Kloster und hilft ihnen, ihr Gelübde und klösterliches Leben zu verleugnen! Aber ihr habt diese armen Seelen aus dem Gefängnis menschlicher Tyrannei geführt! Wollte Gott, ich könnte auf solche Weise alle gefangenen Gewissen erretten und alle Klöster leer machen! Es ist ja eine hohe Not, dass man leider die Kinder, vor allem das schwache Weibervolk und junge Mädchen, in die Klöster stößt, wo doch keine tägliche Übung des göttlichen Wortes ist, ja wo selten oder nimmermehr das Evangelium einmal recht gehört wird ...

Unter den Schwestern, die bislang ruhig zugehört hatten, entstand eine Bewegung. Clara suchte den Blick der Äbtissin. Diese nickte ihr zu, sie solle weiterlesen.

Leise fuhr das Mädchen fort: *Denn bekannt ist's, dass in Klöstern, vor allem in Nonnenklöstern, Gottes Wort nicht täglich in Übung ist, sondern dass sie sich nur plagen und antreiben mit Menschengesetzen ...*

Was meinst du aber, wie viele Nonnen in den Klöstern sind, die fröhlich und ungezwungen ihren Gottesdienst tun? Sicher unter tausenden kaum eine! Was ist's denn, dass du solch ein Kind lässt sein Leben verlieren und außerdem die

1 Gemeint sind die Humanisten, dieser Terminus ist jedoch eine Schöpfung späterer Jahrhunderte.

Hölle damit verdienen? Wäre es nicht besser, wenn sie schon etwas ungern und mit Unlust tun soll, sie wäre ehelich und täte solche Mühe und Unlust im ehelichen Stand? … Denn ein Weibsbild ist nicht geschaffen, Jungfrau zu sein, sondern Kinder zu tragen … dagegen kann kein Gelübde gelten, denn es ist Gottes Wort und Schöpfung. Wieder ging ein Raunen durch die Reihen der Schwestern.

Clara ließ die Blätter sinken. Eine seltsame Schwäche ergriff von ihr Besitz, als lägen Gewichte auf ihren Schultern. Es fiel ihr schwer, aufrecht zu stehen.

„Eine Anstreichung hast du vergessen, Clara." Caritas nahm ihr die Schrift aus der Hand, schlug die letzte Seite auf und las den Schluss des Briefes selbst: *Der allmächtige Gott wolle erleuchten alle Verwandten derjenigen, die mit Gefahr und Unlust in Klöstern sind, dass sie ihnen treulich heraushelfen.*

Welche aber geistverständig sind und die Klosterei nützlich zu gebrauchen wissen und gerne drin sind, die lasse man bleiben im Namen Gottes. Bedächtig legte die Äbtissin den Brief auf ihr Pult, dann drehte sie sich zu den Schwestern um: „Nun möchte ich gerne eure Meinung hören. Sprecht einfach frei, was euch in den Sinn kommt."

Schwester Crescentia, eine der Ratsschwestern, machte den Anfang: „Ehrwürdige Mutter, wenn nun viele Menschen so über uns denken wie Luther selbst, wenn sie unseren Stand als wider die weibliche Natur ansehen und uns selbst als der Hölle geweiht – was wird dann mit uns geschehen?"

Clara, die noch immer neben der Äbtissin stand, konnte sehen, wie die Zornesröte Katharina ins Gesicht stieg. Ohne sich lange zu besinnen, sagte sie mit schneidender Stimme: „Wie kann er schreiben, dass Gottes Wort keinen Platz bei uns hätte! Weiß er, wie fleißig wir tagtäglich in der Bibel lesen? Bei Tisch! Im Chor! Und jede für sich! Auf lateinisch und deutsch! Ich möchte gerne wissen, wie viele Frauen jenseits der Klostermauern dazu die Möglichkeit haben!" Caritas nickte Katharina begütigend zu: „Vielleicht würde Martinus uns anders beurteilen. Vielleicht wären wir ja für ihn ‚die eine unter tausend'! Und St. Klara kein Gefängnis menschlicher Tyrannei …"

„Aber das gemeine Volk, das seine Schriften liest, wird nur hören, was es hören will: Fort mit den Klöstern!", gab Katharina, die Nichte der Äbtissin, mit rauer Stimme zu bedenken. Viele der Schwestern nickten nachdenklich. „Aber Luther schreibt doch hier von Schwestern, die selbst den Wunsch hatten, das Kloster zu verlassen. Und Ihr, ehrwürdige Mutter, habt es selbst vorgelesen – man solle alle, die gerne drin sind, im Kloster lassen. In Gottes Namen. Und wir sind doch gerne im Kloster."

Margarete Tetzels Stimme war leiser und leiser geworden. Niemand brauchte etwas zu sagen. Margarete hatte für sie alle gesprochen.

„Ich danke dir für deine Worte. Und ich möchte gerne glauben, dass jede einzelne von uns die Freiheit haben darf, zu entscheiden, welches Leben sie führt. Ob sie ihren Gelübden treu bleiben möchte. Aber ihr müsst wissen, welche Stimmung gegen die Klöster bei vielen Leuten herrscht." Caritas stockte, dann fuhr sie fort: „Lange habe ich geglaubt, dass der Rat unserer Stadt aus solch bedächtigen und besonnenen Männern besteht, dass die Unruhen der Zeit an uns vorüberziehen werden. Dass es viele in der Stadt gibt, die uns bedrängen, wir mögen das Klosterleben aufgeben, ist euch bekannt. Bislang hat mich das beunruhigt – aber nicht geängstigt."

Sie holte tief Atem und fuhr dann mit etwas brüchiger Stimme fort: „Solange ich auf den Rat zählen konnte … Gestern schrieb mir mein Bruder, dass dieser nun zu der Einsicht gekommen sei, dass allein die Franziskanermönche als unsere Prediger und Seelsorger an unserer Verstockung die Schuld tragen. Sie seien es, die uns daran hinderten, die neue Lehre anzunehmen und unser Kloster freiwillig aufzugeben. Anders könne man sich unseren Widerspruchsgeist nicht mehr erklären. Deswegen will man den Beschluss fassen, uns die Barfüßer zu nehmen. Wenn nötig, mit Gewalt. Willibald konnte mir nicht sagen, wann diese Entscheidung in die Tat umgesetzt werden soll – aber ich denke, übers Jahr wird es dazu kommen." „Aber wer wird uns dann die Beichte abnehmen und wer mit uns die Heilige Messe feiern?", fragte Schwester Agnes.

Caritas wich ihrem Blick aus und trat ans Fenster. Noch immer zeigte sich kein Schimmer des neuen Tages. „Ich denke, dass sie uns einige der wilden Pfaffen und ehemaligen Mönche geben wollen. Dies hat Willibald angedeutet." Die Äbtissin wandte sich zu den Schwestern um. Ein bitteres Lächeln spielte um ihren Mund. „Schließlich soll uns ja jemand vom neuen Glauben überzeugen." „Niemals im Leben! Das wird mein lieber Vater nicht zulassen!", rief Caritas' Nichte aufgebracht. „Katharina, ich fürchte, mein Bruder hat nicht die Macht, dies zu verhindern. Was er noch tun kann, hat er getan: Uns zu warnen."

Caritas sah in die verstörten Gesichter der Schwestern. „Was also sollen wir tun? Sollen wir den Ratsbeschluss abwarten? Ich möchte in dieser Sache nicht allein entscheiden." „Aber was können wir tun?", fragte Schwester Sabina, die Priorin. „Ehrwürdige Mutter, liebe Schwestern", ließ sich Appolonia Tucher, eine der ältesten Schwestern, vernehmen. „Auf keinen Fall dürfen wir zulassen, dass gegen unseren Willen abtrünnige Priester in unser Kloster gelangen. Ist dies erst einmal geschehen, wird es schwer sein, dagegen anzugehen." Caritas nickte Appolonia zu: „Das ist auch meine, Sorge. Und deshalb möchte ich euch fragen, ob ihr meine Meinung teilt: Wir sollten noch vor dem Christfest eine Bittschrift an den Rat senden, in dem wir ihm vorlegen, was für ein Schaden unserem Kloster aus dieser Veränderung entstehen würde. Dann müssen wir es dem Rat anheimstellen, ob er sich unsere Bitten zu Herzen gehen lässt. Mehr können wir nicht tun."

Die Äbtissin lehnte sich schwer gegen ihr Pult. Wieder erschrak Clara, wie gebrechlich und erschöpft Caritas aussah. „Vielleicht doch", sagte Clara leise. „Sollte nicht auch mein Vater als Pfleger des Klosters von unserem Vorhaben wissen, damit er uns darin vor dem Rat unterstützen kann?" „An ihn werde ich schreiben. Ich möchte in dieser Sache nichts ohne Wissen unseres Pflegers unternehmen. Und auch an deinen Vater, Katharina Ebner, werde ich mich wenden. Schließlich waren es eure Vorfahren, die unser Kloster erbaut und gestiftet haben. Und ich werde unser Anliegen auch Martin Geuder, meinem Schwager, unterbreiten. Vielleicht können sie als einflussreiche Männer den Rat umstimmen. Ich wage es kaum zu hoffen – aber was in unserer geringen Macht steht, müssen wir tun." Für einen Moment schloss die Äbtissin die Augen. Ihre Hände suchten Halt an ihrem Pult. Dann straffte sie sich. „Und den Himmel um Beistand anrufen", setzte sie leise hinzu. Als sie in die ernsten, erschrockenen Gesichter um sich herum blickte, lächelte Caritas. „So seid ihr einverstanden, dass wir uns wehren?" Einmütig nickten die Schwestern und murmelten ihre Zustimmung. „Die Schwester Schreiberin bitte ich, mir bei der Abfassung der Bittschrift und der Briefe zu helfen. Heute Abend nach dem Ave-Maria-Läuten und dem Nachtmahl werde ich euch alles vorlesen. Lasst uns nun an unsere Arbeiten gehen. Gelobt sei Jesus Christus!" „In Ewigkeit, Amen", antworteten die Schwestern wie aus einem Mund. Eine nach der anderen verließ das Skriptorium. Nur Caritas und die Schreiberin blieben zurück.

Zwischen Christnacht und Purificatio St. Marie

24. Dezember 1524 bis 2. Februar 1525

Im Klarakloster zu Nürnberg

Die Tage und Wochen, die auf St. Theodosia folgten, fühlten sich für Margarete an, als wären sie aus Blei. Auch das Fest der Geburt Christi, das der Konvent wie jedes Jahr in stiller Feierlichkeit zu begehen pflegte, konnte daran nichts ändern. Wie ein schwerer Alb lasteten Unruhe und Angst auf ihr.

Kurz nach dem Christfest, am Tag der Unschuldigen Kindlein, hatte Tauwetter eingesetzt. Nun lag der Himmel grau und nebelig über den Dächern der Stadt. Margarete sehnte sich nach der Klarheit kalter Wintertage. Wenn sie die schützenden Mauern verließ, umhüllte sie ein Gespinst aus feinstem Sprühregen, der sich auf ihrer wollenen Kutte niederließ.

Margarete klammerte sich an ihre gewohnten Pflichten. Sie tat die Arbeiten, die ihr aufgetragen wurden. Sie sang und betete mit den anderen die Tagzeiten. Wenn Katharina und Clara versuchten, mit ihr zu reden, antwortete sie einsilbig und abweisend. Aber fortwährend war es ihr, als sprächen tausend Stimmen in ihrem Kopf.

Die scharfen Worte des ehemaligen Mönches wiederholten sich als endlose, unerbittliche Litanei: *Was ist's denn, dass du solch ein Kind lässt sein Leben verlieren und außerdem die Hölle damit verdienen? Wäre es nicht besser, wenn sie schon etwas ungern und mit Unlust tun soll, sie wäre ehelich und täte solche Mühe und Unlust im ehelichen Stand? … Denn ein Weibsbild ist nicht geschaffen, Jungfrau zu sein, sondern Kinder zu tragen … dagegen kann kein Gelübde gelten, denn es ist Gottes Wort und Schöpfung.*

Was maßte sich dieser Mensch an! Welche Herablassung sprach aus diesen Worten. Sie hatte nicht vor, ihren himmlischen Bräutigam gegen einen irdischen einzutauschen, ihre Freiheit gegen ein Leben, dessen Gesetze ihr fremd geworden waren. Sie wusste wohl, dass ihr irdisches Paradies, das Kloster, nicht das ewige war. Aber es war auch nicht das Gefängnis, das die Menschen jenseits der Mauern darin zu erkennen meinten.

Das Wort von den Kindern versetzte ihr dennoch einen leisen Stich. Keine eigenen Kinder zu haben, empfand sie als ein Opfer. Aber sie hatte sich entschieden.

In die Lutherschen Sätze mischten sich Passagen aus der Bittschrift an den Rat, die Caritas ihnen am Abend des Theodosientages vorgelesen hatte. Jede freie Minute hatte sie genutzt, um in der Abschrift der Supplikation zu lesen, die im Skriptorium auslag. Einige Abschnitte daraus hatte Margarete auf einen gebrauchten Fetzen Papier abgeschrieben. Dieses trug sie nun an einer Schnur um den Hals unter ihrer Kutte. Bei jeder Bewegung spürte sie die scharfen Ränder des Papiers auf ihrer Haut. Diese Worte waren ihr Schutzschild, ihre Rüstung.

Wir können eurem ehrbaren Rat in voller Wahrheit sagen, dass wir das Alte und das Neue Testament deutsch und lateinisch täglich in Gebrauch und Übung haben und uns nach bestem Können bemühen, es recht zu verstehen.

Wenn uns auch von einigen nachgesagt wird, wir verließen uns auf unsere eigenen Werke, so wissen wir doch sehr wohl, dass durch die Werke allein kein Mensch, wie der heilige Paulus sagt, gerechtfertigt werden kann, sondern durch den Glauben unseres Herrn Jesu Christi. Und, was uns der Herr Jesus Christus selbst lehrt, dass wir uns, wenn wir alle Werke getan, für unnütze Knechte halten sollen.

Wir wissen aber wiederum auch, dass ein rechter, wahrer Glaube nie ohne gute Werke sein kann, ebenso wenig wie ein guter Baum ohne gute Früchte, und dass Gott jedem Menschen nach seinem Verdienst lohnen wird.

Wir verachten den ehelichen Stand nicht. Aber dass wir im jungfräulichen Stand leben wollen, kann uns nicht verwehrt werden. Wer solchem Leben nicht zuneigt oder nicht gerne bei uns wäre, der soll wahrhaftig auch nicht bei uns sein. Wir gedenken keine Schwester mit Gewalt ihren Eltern vorzuenthalten. Aber so wie wir niemand drängen wollen, wollen auch wir unbedrängt sein und frei.

So bitten wir um Christi willen, der Rat wolle uns schwache Frauen bei unserem bisherigen, lang hergebrachten Leben bleiben und Gott, dem Herrn, dienen lassen.

Aus den Briefen, die Caritas an Ebner, Nützel und Geuder geschickt hatte, hatte sie sich keine Notizen gemacht. Aber ein Satz hatte sich doch in ihr Gedächtnis gebrannt:

Sollte man uns aber Laienpriester geben – nach all dem, was es mit diesen Leuten auf sich hat, so wäre es uns lieber und nützlicher, ihr schicktet einen Henker in unser Kloster, der uns allen die Köpfe abschlüge, als dass man uns die trunkenen und unkeuschen Pfaffen schickt.

Margarete schauderte, sooft sie an diese Worte dachte. Sie waren ihr zu groß und zu bedrohlich. Wenn sie nur die Entschlossenheit und den Mut der Äbtissin in sich selbst gespürt hätte! Aber alles, was sie empfand, war der brennende Wunsch, man möge ihr erlauben, das Leben, das sie kannte, fortzuführen. Stunden der Angst, die sie lebendig und überwach fanden, wechselten mit Zeiten, in denen sie wie im Traum umherging, ohne Empfindungen und ohne Wollen.

Die Tage der heiligen Felicia und der Märtyrerin Priscilla gingen vorüber. Der St. Agnestag und das Fest der Bekehrung des Paulus verstrichen. Der Januar neigte sich seinem Ende zu. Noch immer lag ein zäher Nebel über den Straßen und Gassen der Stadt. Der Turm der Klarakirche und der nahe Frauentorturm waren nur geisterhaft zu erkennen.

Jeden Tag warteten die Schwestern auf einen Boten, der ihnen die ersehnte und gefürchtete Antwort des Rates bringen sollte. Jedes Geräusch, das vom Pfortenhaus zu vernehmen war, verursachte ein beinah unmerkliches Innehalten im Leben des Klosters. Aber alles Hoffen und Bangen war umsonst. Sollte Caritas mit ihrer Befürchtung, die sie in ihrem Brief an Geuder ausgedrückt hatte, recht behalten – man werde die Bittschrift in die lange Truhe legen? Es war offenkundig, dass auch die Hilferufe an ihn, an Kaspar Nützel und Hieronymus Ebner nicht geholfen hatten, die Verhandlungen zu beschleunigen.

Der einzige, der das Kloster nicht vergessen zu haben schien, war Willibald Pirckheimer. Wann immer seine Geschäfte ihn daran hinderten, seine Schwester selbst aufzusuchen und ans Redefenster zu kommen, sandte er zumindest einen Boten mit tröstenden Briefen ins Kloster. Auch eine kostbare Ausgabe des Neuen Testamentes von Erasmus von Rotterdam ließ er dem Konvent schicken. Sie wurde von allen bewundert und bestaunt. Aber auch Willibald, der zu den einflussreichsten Männern der Stadt zählte, der sogar mit Albrecht Dürer verkehrte, konnte nicht sagen, ob der Rat ihre Bittschrift verhandelt hatte und man womöglich längst eine Entscheidung getroffen hatte oder ob man sie erst gar nicht gelesen hatte.

In manchen Augenblicken wagte Margarete zu hoffen, dass sich die ganze Sache einfach im Sande verlaufen würde. Konnte der Rat tatsächlich ein solch großes Interesse daran haben, sie gegen ihren Willen zum neuen Glauben zu bewegen?

In den Abendstunden des Valeriustages schlug das Wetter um. Ein eisiger Schneesturm fegte von Norden über die Stadt hinweg und wütete die ganze Nacht. Margarete hatte auch in den kurzen Stunden zwischen den nächtlichen Horen kaum Ruhe gefunden. Sie hatte auf das Brausen des Windes gelauscht, der an den Dachschindeln rüttelte. Sie hatte versucht zu beten. Aber die Worte hatten sich ihrem Willen entzogen. Alles, was sie in ihrem Inneren zu hören vermochte, waren die Zeilen aus dem Brief Martin Luthers.

Am Tag darauf, dem Fest der heiligen Brigitte, hatte sie kaum noch die Kraft gehabt, ihrer Arbeit in der Webstube nachzugehen. Immer wieder hatten ihre zitternden Hände das Weberschiffchen verloren. Die Äbtissin, die gekommen war, um die Fortschritte bei der Fertigstellung der neuen Altardecken zu begutachten, hatte sie mit scharfem Blick gemustert. Dann hatte sie Margarete aufgetragen, nach der Vesper nicht in die Webstube zurückzukehren, sondern zusammen mit Clara die Kirche für die morgige Lichtmessfeier vorzubereiten: Die Prozessionskerze und die übrigen Lichter, die man übers Jahr gebrauchen würde, mussten für die Weihe herbeigeholt werden.

Als der Konvent den Chorraum nach der Hore verlassen hatte, blieben die beiden jungen Nonnen alleine zurück.

Der Sturm der vergangenen Nacht hatte sich gelegt. Das letzte Tageslicht, das sich durch die Wolken kämpfte, ließ die bunten Glasfenster des Chores aufleuchten und das matte Gold der Heiligenscheine auf dem Altarbild noch einmal aufleuchten. Die abgebildeten Szenen aus dem Leben der heiligen Clara erschienen Margarete wie lebendig. Sie hatte sie so oft betrachtet, dass sie jede Einzelheit hätte beschreiben können. Eine Abbildung zog sie besonders in ihren Bann: Clara, die mit heiterem Antlitz auf ihrem Sterbebett ruht, umringt von Heiligen. Der Papst selbst hält sie sanft umfangen und birgt ihre Wange in seiner Hand. So viel Ruhe und Geborgenheit, so viel Zuneigung und Trost lag in diesem Bild.

Behutsam hatten Margarete und Clara die kostbare Prozessionskerze aus einer Truhe in der Sakristei geholt und in den Chor geschafft. Morgen würde der Priester feierlich mit ihr in die Kirche einziehen und sie entzünden. Als Margarete sie vorsichtig aus dem Leinenstoff wickelte, in den sie eingeschlagen war, erfüllte der Duft von Talg und Bienenwachs den Raum. Die beiden Nonnen hantierten schweigend.

„Warum sprichst du nicht mit mir?“ Clara hatte leise gesprochen, aber es lag so viel Drängendes in ihren Worten, dass es Margarete einen Stich versetzte. Scheu blickte sie der anderen ins Gesicht. Und erschrak. Hatte sie in all den vergangenen Wochen Clara richtig angesehen? Oder hatte sie sich so sehr in sich selbst, in ihr Gebäude aus Worten zurückgezogen, dass sie die Wandlung im Gesicht der Jüngeren nicht wahrgenommen hatte? Die Wangenknochen traten in neuer Schärfe hervor und die sonst so vollen Lippen waren spröde und rissig. Unter den dunklen Augen lagen tiefe Ringe.

„Bist du krank?", stieß Margarete hervor. Der Anflug eines Lächelns huschte über Claras Gesicht. Dann schüttelte sie den Kopf. „Wenn ich krank bin, dann habe ich dieselbe Krankheit wie du." Ein erstickter Seufzer hob ihre Brust. „Angst."

Margarete legte die Kerze auf die Mensa des Altars. Sie wusste nicht, was sie antworten sollte. Sie fühlte die Röte auf ihren Wangen, als sie schließlich mit gesenkten Lidern sagte: „Du weißt doch, wie es im Psalter heißt: ‚Ich bin so unruhig, dass ich nicht reden kann.'" Sie schluckte. „Aber ich hätte dich nicht ausschließen sollen aus meinen Gedanken. Dich nicht und Katharina auch nicht."

In einer plötzlichen Regung zog sie den Zettel mit den Abschriften unter der grauen Kutte hervor und reichte ihn wortlos der Freundin. Für einen Moment berührten sich ihre Hände. Sie waren eiskalt. Clara las stumm. Fragend sah sie Margarete an.

„Damit ich etwas zu entgegnen habe …", versuchte Margarete zu erklären. „Dass wir *nicht* alle verdammt sind und der Klosterstand kein Gefängnis menschlicher Tyrannei?" Clara hatte so leise gesprochen, dass Margarete sich mühen musste, sie zu verstehen. Aber zum ersten Mal seit Wochen hatte sie das Gefühl, als ob der Druck auf ihrem Herzen ein wenig leichter würde. „Ja. Dass wir nicht alle verdammt sind."

Eine Weile standen beide schweigend. Claras Hände strichen leicht über das weiße Altartuch. Mit dem Finger zeichnete sie unsichtbare Muster auf das Leinen.

„Warum haben deine Eltern dich ins Kloster geschickt? Damals, vor neun Jahren." „Um mich erziehen zu lassen. Damit die Nonnen mich die Dinge lehren, die ich zu Hause nicht hätte lernen können: Lesen, Schreiben, die alten Sprachen." Margarete stockte. „Und sicher haben sie gehofft, dass ich den Schleier nehmen würde."

Clara nickte. „Eine Tochter, die für alle betet. Für ihr irdisches Wohlergehen. Und für ihr Seelenheil in der himmlischen Ewigkeit."

Nachdenklich blickte sie Margarete an. „Das ist es wohl, was sie beunruhigt: Dass wir im Kloster dächten, wir besäßen eine besondere Heiligkeit. Dass unsere Gebete wirkmächtiger wären als ihre eigenen." „Nun, vielleicht haben sie selbst so gedacht", erwiderte Margarete. „*Vor* Martin Luther. Aber Caritas hat uns stets gelehrt, dass allein der Glaube rettet. Und nicht unsere eigenen Verdienste und guten Werke. So hat sie es ja auch an den Rat geschrieben."

„Aber ob man uns glauben wird? Solange wir an unseren Gelübden festhalten, werden sie sagen: ‚Wer nicht für uns ist, ist wider uns'." Clara lachte bitter. „Verstehst du nicht? Der Rat sieht in uns den Gegenspieler. Wie sollen wir ihn vom Gegenteil überzeugen?“

Margarete ergriff ihre Hand. Die Freundin durfte nicht so traurig und mutlos sein. „Du magst recht haben. Aber Caritas wird es gelingen!“ Ihre Stimme klang so fest und zuversichtlich, dass Clara aufblickte. Die Blicke der Mädchen trafen sich. Für einen Augenblick waren sie ohne Furcht.

Purificatio Marie

PHINCZTAG, 2. FEBRUAR 1525

Im Klarakloster zu Nürnberg

Noch herrschte morgendliche Dunkelheit, aber der sternenübersäte Himmel versprach einen hellen und klaren Lichtmesstag. Margarete stand neben Clara im unteren Chor der Klarakirche. Die Prim war vorüber, nun sollte in der heiligen Messe die Lichtfeier begangen werden, das Lucernarium.

Seit ihrem Gespräch mit Clara war eine neue Ruhe über sie gekommen. Die Stimmen in ihrem Kopf, die sie in den vergangenen Wochen umgetrieben hatten, waren verstummt. Nun hörte sie nur den Gesang des Barfüßermönches, der langsam in den Chorraum einzog.

Iucunda lux, fons luminis de lumine, beate Iesu caelitus a Patre sancto prodiens. Du Fröhliches Licht, Quelle des Lichtes aus Licht, seliger himmlischer Jesus, der du aus dem heiligen Vater hervorgehst.

Die Kerze, die Bruder Erhart in den Händen hielt, verbreitete einen hellen Lichtkreis in der dunklen Kirche. Auf seinem Weg traten die Dinge aus dem Schatten und gewannen Gestalt: Die Madonna mit dem Jesusknaben auf der silbernen Mondsichel, der heilige Nikolaus und Papst Urban auf dem Altarschrein an der Südwand des Chores. Maria von Magdala, die die Füße des Gekreuzigten umschlungen hält und mit Küssen bedeckt.

In diesem Moment war ihr, als seien all jene Beschützer der Gläubigen lebendig gegenwärtig, als feierten sie mit den Klarissen die Wiederkehr des Lichts.

Nun wurden die Kerzen geweiht, die übers Jahr in schweren Stunden von Unwetter oder Krankheit die Gläubigen beschützen sollten.

Als der Priester am Ambo stand und ein Dankgebet anstimmte, konnte Margarete von ganzem Herzen einstimmen. Zusammen mit den anderen hörte sie sich dem Priester antworten:

Laudamus unicum Deum, Patrem potentem, Filium cum Spiritu Paraclito in Trinitatis Gloria. Wir loben den einen Gott, den mächtigen Vater, den Sohn mit dem Tröster Geist in der Herrlichkeit der Dreieinigkeit.

Abends, als sie auf ihrer Pritsche lag, sah sie hinter ihren geschlossenen

Lidern noch immer das Licht, das die dunkle Kirche erhellt hatte. Leise murmelte sie:

Si dixero forte tenebrae operient me nox quoque lux erit circa me, nec tenebrae habent tenebras apud te … Spräche ich, Finsternis möge mich decken und Nacht statt Licht um mich sein, so wäre auch Finsternis nicht finster bei dir …

Neben sich spürte sie eine Bewegung. Es war zu dunkel, um das Gesicht Claras erkennen zu können. Aber sie hörte, wie die andere leise den Psalmvers zu Ende betete: *… et nox quasi dies lucet; similes sunt tenebrae et lux … und die Nacht leuchtete wie der Tag; Finsternis und Licht sind eins.*

Getröstet schlief Margarete ein.

St. Blasius

Fridach, 3. Februar 1525

Im Klarakloster zu Nürnberg

Auch an St. Blasius leuchtete ein klarer Februarhimmel über dem Klarakloster. Gemeinsam mit Schwester Agnes war Margarete seit der Terz damit beschäftigt, die raue Schafwolle zu kämmen, aus denen die Schwestern ihre Decken fertigten.

Die Wolle lag in großen geflochtenen Körben. Es würde noch viele Stunden Arbeit kosten, sie vollständig zu reinigen und zum Spinnen vorzubereiten. Bis zur Sext um die Mittagszeit wollte Margarete wenigstens diesen einen Korb geschafft haben. Ihre Hände ließen den groben Kamm schnell und geschickt durch die Wollbüschel fahren, die trotz der vorangegangenen Wäsche immer noch durch Grasstängel und Erdklümpchen verfilzt waren. Immer wieder musste sie den Kamm ansetzen und geduldig die einzelnen Fasern entwirren.

Margarete legte die Arbeit in den Schoß. Die Arme waren ihr schwer geworden. Sie blickte aus dem Fenster. *Omnes enim vos filii lucis estis et filii diei, non sumus noctis neque tenebrarum. Ihr alle nämlich seid Kinder des Lichtes und Kinder des Tages – wir gehören nicht der Nacht noch der Finsternis.* Heute fand dieser Vers aus dem Neuen Testament Widerhall in ihrer Seele – mochte es am Blau des Frühlingshimmels liegen oder an dem Trost, den ihr Claras Freundschaft gewährte.

Sie wandte sich wieder den gefüllten Körben zu. Lichtmess bedeutete eigentlich das Ende der Spinnstubenzeit. Aber im Klarakloster musste man das ganze Jahr für die Herstellung und die Instandhaltung von Tuchen und Stoffen sorgen. So gut es den Schwestern möglich war, versuchten sie, die nötigen Arbeiten selbst zu verrichten. Das war nicht allein eine Frage der Notwendigkeit. Die Arbeit zu lieben, war eine der Lehren, die der heilige Franz den Klarissen hinterlassen hatte.

Margarete griff ein neues Büschel aus dem Korb. Sie mochte den Geruch des Wollfettes. Er passte zu den Gerüchen des kommenden Frühlings. Vorsichtig zupfte sie ein paar Moosflechten aus der gelblich-weißen Schafwolle. Nachdenklich betrachtete sie das Ineinander der grünen Flechten und der weißen, weichen Wolle. Wie die Pappelsamen am Gleißhammerweiher, dachte sie.

Es war seltsam, dass es ihr einen leisen Stich versetzt hatte, als ihr Onkel Sigmund Fürer vor drei Jahren die Hammermühle verkauft hatte, die er von Margaretes Vater überschrieben bekommen hatte. Als Kind hatte sie den Vater manchmal zu dem auf einer Insel gelegenen Anwesen begleiten dürfen. Wenn Friedrich Tetzel mit dem Müller gesprochen hatte, hatte sie am Wasser gespielt. Sie war in das oberste Geschoss der Mühle geklettert und hatte aus den Fenstern ins Weite geblickt. Sie erinnerte sich an die Stille dieser einsamen Stunden. Eine Stille, die durch das Stampfen der Hämmer, den Gesang der Vögel und das Rauschen des Windes in den meterhohen Pappeln, die wie ein dichter Hain die Mühle umstanden, nur noch hörbarer gewesen zu sein schien. Nach Nordwesten blickend hatte sie die Pegnitzauen sehen können, wie ein Gemälde aus Grün- und Blautönen mit den sich verzweigenden Flussarmen inmitten der fruchtbaren Wiesen. Noch heute konnte sie sich an die Sehnsucht erinnern, einfach loszulaufen, die Enge, den Lärm und den Gestank der Stadt hinter sich zu lassen – auch wenn sie wusste, dass sie sich das niemals getraut hätte.

Vielleicht war es das, was sie manchmal in der Stille und Friedlichkeit des Klosterlebens vermisste: die Weite des Landes, die Weite des Himmels. Ein Geräusch an der Tür riss sie aus ihren Erinnerungen.

Walburga, eine der jüngsten Novizinnen, war leise eingetreten und stand schüchtern auf der Schwelle zur Spinnstube. Margarete unterdrückte ein Lächeln: Es schien, als sei Walburga über Nacht gewachsen – ihre Kutte reichte ihr nicht einmal mehr bis zu den Knöcheln. Auch im Gesicht der jungen Mitschwester schien nichts so recht zueinanderpassen zu wollen. Sie wirkte wie ein ungelenkes Fohlen.

„Die Äbtissin schickt nach dir. Du sollst sofort ins Refektorium kommen.“ Zögernd legte Margarete den Wollkamm aus der Hand. Es kam selten vor, dass Caritas die Nonnen aus einer übertragenen Arbeit rief. Mit klopfendem Herzen ging sie durch den Kreuzgang zum Winterrefektorium. Durch die hohen, durchbrochenen Fenster drang die Vorfrühlingssonne. Der helle Steinboden des Kreuzgangs war gezeichnet von einem filigranen Muster aus Schatten und Licht.

Zaghaft klopfte sie an die Pforte des Winterremters. Dann öffnete sie die Tür. Angenehme Wärme umfing sie. Die Äbtissin war allein in dem mit steinernen Säulen geschmückten Raum. Sie kauerte am offenen Kamin und schob ein paar Holzscheite in die Mitte eines lodernden Feuers. Als sie Margarete eintreten hörte, drehte sie sich um und erhob sich mühsam.

„Ich bin froh, dass du so schnell gekommen bist", sagte sie, noch ehe Margarete sie begrüßen konnte. „Ich habe ernste Nachrichten für dich."

Wortlos schob sie Margarete einen Stuhl ans Feuer und bedeutete ihr, sich zu setzen. Dann nahm sie sich selbst einen Stuhl und ließ sich neben der jungen Schwester nieder. Ihre langsamen, etwas steifen Bewegungen verrieten Margarete, dass die Äbtissin starke Schmerzen haben musste. Bedächtig holte Caritas ein Tuch aus dem Bausch ihrer Kutte hervor und säuberte sich die rußigen Hände. Margarete blickte auf die von der Gicht gezeichneten, an den Knöcheln geschwollenen Finger. Sie wagte vor Anspannung nicht, der Äbtissin ins Gesicht zu sehen.

Caritas' Worte ließen sie ruckartig den Kopf heben: „Deine Mutter ist hier. Hier im Kloster. Sie wartet im Pfortenhaus. Sie verlangt, dich zu sprechen." Caritas machte eine kurze Pause. Nichts war zu hören als das Prasseln des Feuers. Ein unterdrückter Seufzer hob die Brust der Äbtissin, als sie schließlich fortfuhr: „Aber nicht, wie unsere Ordensregel es vorschreibt – am verhüllten Redefenster und unter Zeugen. Sie hat von mir verlangt, ich solle sie in die Klausur lassen. Sie müsse alleine mit dir sprechen. Um euer beider Seelen Seligkeit willen."

Margarete wusste nicht, was sie darauf antworten sollte. Es war ihr, als würden all ihre Ängste und unbestimmten Befürchtungen der letzten Wochen greifbare Form annehmen, einen Namen: Ursula Tetzel.

Eindringlich blickte Caritas der jungen Schwester ins Gesicht: „Als ich ihr sagte, dass es bei uns nicht Brauch sei, dass man in unserem Kloster ein- und ausgeht wie auf einem Marktplatz, hat sie uns gedroht. Sie werde sich mit Gewalt Einlass verschaffen. Sie bestand darauf, dass ich dich selbst frage, ob du bereit wärst zu solch einer Unterredung. Das habe ich ihr versprochen. Nun wartet sie auf deine Antwort."

Mühsam erhob sich die Äbtissin und ging ein paar Schritte auf den Kamin zu. Sie blickte auf die bläulichen Flammen, die an den Holzscheiten leckten. Dann wandte sie sich wieder zu Margarete um und legte ihr leicht eine Hand auf den Arm. „Was möchtest du tun?"

Margarete wusste nicht, was sie erwidern sollte. In all den Jahren hatte ihr niemand diese Frage gestellt. Stets hatte man ihr gesagt, was sie zu tun habe. Schließlich fragte sie mit zitternder Stimme: „Kann sie mich denn zwingen, allein mit ihr zu sprechen? Könnt Ihr das nicht verhindern, ehrwürdige Mutter?" „Ob ich es verhindern kann? Für heute – vielleicht. Aber dann wird sie morgen wiederkommen und ich fürchte, dann kommt sie nicht allein. Sie besteht darauf, dich von Angesicht zu Angesicht zu sehen, und sie will keinesfalls, dass euer Gespräch unter Zeugen stattfindet."

Die Äbtissin faltete die Hände unter den weiten Ärmeln des Chorkleides. „Ich weiß nicht, was ich dir raten soll. Wenn du dich ihrer Forderung widersetzen möchtest, werde ich dir dabei helfen. Was dann geschehen wird – ich weiß es nicht. Ich kann nicht sagen, welche Gewalt sie gegen uns aufbieten kann. Nicht allein gegen dich und mich. Gegen alle Schwestern."

Margarete schluckte. Sie blickte Caritas an. Wie vertraut war ihr dieses Gesicht: Der kühne Schwung der dunklen Brauen, die großen Augen, die ihrem Gesicht etwas Mädchenhaftes, Fragendes verliehen und in eigenartigem Gegensatz standen zu den tiefen Linien, die Alter und Schmerzen gezogen hatten.

„Gibt es noch einen dritten Weg?", fragte Margarete. „Wenn sie darauf besteht, dass ich mit ihr rede ohne Zeugen, am Redefenster – das könnte ich tun. Aber ich kann nicht allein mit ihr in einem Zimmer sein!" Caritas nickte nachdenklich. Dann sagte sie: „Vielleicht gibt es eine andere Möglichkeit. Ich werde sie bitten, mit dir am Sakramentenfenster zu reden, durch das man uns in der Messe die Hostie reicht. Dort könntest du hören, was sie dir zu sagen hat. Sie könnte dich auch sehen, wie sie es fordert: allein, ohne Zeugen. Aber du wärest nicht im selben Raum mit ihr."

Als Margarete zögernd nickte, stand die Äbtissin auf und ging langsam zur Tür. Noch einmal wandte sie sich um: „Warte hier auf mich. Und sei getrost."

Nun war sie allein. Alles war still. Nur die Glut fauchte, wenn eine Windböe durch den Kamin hinabwehte. Die Stimmen in ihrem Kopf kehrten zurück. Diesmal mischte sich auch die der Mutter darunter, und sie war es, die am lautesten sprach: „Um unser beider Seligkeit willen. Um unser beider Seligkeit willen."

Margarete biss sich auf die Unterlippe. Stets hatte Ursula Tetzel das getan, was sich schickte, das, was die Leute von ihr erwarteten.

Als Margarete ihren Wunsch geäußert hatte, als Novizin im Kloster zu bleiben und die Profess abzulegen – die Mutter hatte dem zugestimmt. Eines der Kinder dem Kloster zu weihen – das Ansehen der Tetzel konnte dadurch nur gesteigert werden. Dem Vermögen der Familie entstand dadurch jedenfalls kein Schaden. Die Mitgift Margaretes, die bei ihrem Eintritt dem Kloster zufiel, konnte man ruhig etwas bescheidener bemessen als im Falle einer Verheiratung mit einem standesgemäßen Ehemann.

Aber die Zeiten hatten sich ja geändert. Jetzt, neun Jahre später, war mit einer Nonne als Tochter offenbar kein Staat mehr zu machen. Also heraus mit ihr! Um unser beider Seligkeit willen …

Was mein Wille ist, fragt sie nicht. Angst und Empörung schnürten Margarete die Kehle zu. Zugleich ergriff sie Furcht vor ihrem eigenen Zorn. War es denn recht, der Mutter gegenüber ihren eigenen Willen geltend machen zu wollen? War sie ihr nicht doch Gehorsam schuldig?

Sie stand auf und schüttelte unwillkürlich den Kopf. Sie war volljährig. Sie hatte sich aus freien Stücken dem Leben im Kloster geweiht. Aus einem Ehebund hätte man sie schließlich auch nicht ohne Weiteres zwingen können.

Trotz der Wärme, die im Raum herrschte, fröstelte sie. Wenn die Mutter der Äbtissin drohen konnte, so musste sie sich ihrer Überlegenheit sehr sicher sein. Dann, dies wusste sie mit einem Male mit Gewissheit, war Caritas' Bittschrift an den Rat vergeblich gewesen. Dann hatten all ihre Ängste der letzten Wochen ihr Recht gehabt und das Schweigen der Ratsherren konnte nur eines bedeuten: Gegnerschaft.

***

Den Weg zur Kapelle hatten Caritas und Margarete schweigend zurückgelegt. Margaretes Hände waren eiskalt. Sie war froh, dass die Äbtissin nur langsam gehen konnte. Gemeinsam betraten sie die Kirche, in der sie am Morgen das Fest des heiligen Blasius begangen hatten. Einer der vierzehn Nothelfer. Mochte er ihr in ihrer Angst beistehen? Sie hörte ihr Herz klopfen. Auch Caritas' Stimme klang nicht so fest wie sonst, als sie sich ihr zuwandte: „Ich werde nun das Sakramentenfenster öffnen. Ich habe Ursula Tetzel mein Wort gegeben, dich allein und ohne Zeugen in der Kapelle zu lassen. Der HERR weiß, wie ungern ich ihrer Forderung nachgebe." Die Äbtissin zögerte. Dann fuhr sie leise fort: „Ich habe ihr auch gesagt, dass nur dein eigener Wille dich hier im Kloster hält. Wenn du mit ihr gehen willst – ich darf und werde dich nicht daran hindern." Margarete umklammerte Caritas' Hände. Die Äbtissin erwiderte ihren Druck. Dann machte sie sich sanft von ihr los. „Hab keine Furcht. Ich werde in der Sakristei auf dich warten. Und für dich beten."

Mit leisem Knarren öffnete sie das kleine Fensterchen, durch das die Priester den Schwestern die Hostie reichten. Dann war sie fort.

Margarete wagte nicht, den Blick zu heben. Sie hörte, wie jemand jenseits des Fensterchens schwer nach Atem rang. „Margarete!"

Die Stimme der Mutter, die sie das letzte Mal vor etwa zwei Jahren hinter dem fest verhüllten Redefenster gehört hatte. Sie klang wie ein Tadel und ein Hilferuf zugleich. Widerstrebend hob die junge Nonne den Kopf. Unwirklich fremd und zugleich vertraut war das Gesicht, in das sie blickte. Die dunklen Haare, die unter der Haube hervorsahen, waren von grauen Strähnen durchzogen. Ob der Tod des Vaters daran schuld war? Vielleicht auch die Schande, die Anton Tetzel über sie alle gebracht hatte. Einst eines der mächtigsten

Glieder der Familie, hatte er wegen Amtsmissbrauchs und Geheimnisverrates seinen Sitz im Rat verloren und war mit Gefängnis bestraft worden. Trotz einflussreicher Freunde am Kaiserhof, die sich für seine Freilassung eingesetzt hatten, war der Rat unerbittlich geblieben: Ihre Forderung nach Begnadigung hatte kein Gehör gefunden. Nach drei Jahren Haft war der Oheim im Kerker gestorben.

Wie Grenzlinien durchzogen tiefe Falten das einst schöne Gesicht der Mutter. Mit einem Mal konnte sich Margarete erinnern, wie sie als kleines Kind auf ihren Schoß geklettert war und ihre Wangen gestreichelt hatte. Manchmal hatte Ursula Tetzel ihre Liebkosung erwidert und lächelnd geflüstert: „Gretlein, mein Mädlein".

Manchmal hatte sie sie ungeduldig und herrisch abgewehrt und von ihrem Schoß heruntergestoßen wie ein lästiges Hündchen. Für das Kind war es stets wie ein schmerzliches Spiel mit dem Zufall gewesen.

Unter dem scharfen Blick der Mutter fühlte sie sich wie das kleine Mädchen, das sie gewesen war.

„Wenn du dich sehen könntest – Haut und Knochen! Hätte ich nur damals deinem Vater nicht nachgegeben! Aber er musste ja seinen Willen haben! Ein Gott wohlgefälliges Opfer seiest du für uns alle. Dass man dich beneiden müsse um deine Bildung und dein Leben im Kloster! Als wäre ein Leben als Mutter und Kaufmannsfrau nichts wert."

Ursula Tetzel stockte, als hätte sie zu viel gesagt. Dann fuhr sie weniger heftig fort: „Dein Vater ist tot. Möge seine Seele in Frieden ruhen. Nun aber werde ich das tun, was ich für richtig halte. Du musst mit mir kommen. Hier kannst du nicht bleiben."

Die Mutter hielt inne, als erwarte sie wie selbstverständlich eine Zustimmung. Margaretes Kehle war wie zugeschnürt. Einen Moment herrschte drückendes Schweigen.

Ursula Tetzel begann von Neuem: „Höre, Margarete! Ich werde es nicht zulassen, dass du dein Leben lebendig begraben führst. Und deine Seele der ewigen Verdammnis preisgibst! Verstehst du nicht? Ich werde mit schuld sein, die ich mein eigen Fleisch und Blut geopfert habe! Willst du schuldig werden an deiner Mutter Seligkeit?" Ein Hustenanfall schüttelte sie. Die Adern an ihren Schläfen traten deutlich hervor. Margarete hätte etwas erwidern müssen – doch sie brachte kein Wort heraus.

„Hast du die Schriften Luthers gelesen? Nun, ich nehme an, hier im Kloster wird man euch sorgsam davon abhalten!" Mit größter Kraftanstrengung schüttelte Margarete den Kopf. Sie vermochte nicht, die Mutter dabei anzublicken.

Die Stimme Ursula Tetzels war nur noch ein eindringliches Flüstern: „Aber wenn du sie gelesen hast – dann musst du doch wissen, dann musst du doch einsehen, dass das Kloster ein Irrweg ist – und dass Hochmut und Dünkel euch Nonnen und Mönche in die ewige Verdammnis treiben."

Margarete wollte zurückweichen, aber die Mutter hatte so plötzlich die Hand durchs Sakramentenfenster gestreckt und den Saum ihres Ärmels ergriffen, dass sie nun wie gefangen dastand, zu kraftlos, um Widerstand zu leisten.

„Wenn du mit mir kommst, wirst du es gut haben. Es soll dir an nichts fehlen. Alles, was mir nach dem Tod deines Vaters geblieben ist, werde ich dafür einsetzen, dich glücklich zu machen. Wir sind nicht mehr so vermögend wie einst – aber dein Vater ist in Nürnberg nicht vergessen. Seinem Namen wirst du bald einen guten und wohlhabenden Ehemann verdanken. Trotz deines Alters. Trotz deines Aussehens. Dafür werden ich und dein Onkel Sigmund Fürer sorgen. Hab keine Angst. Komm mit mir. Gretlein, mein Mädlein …"

Margarete fühlte, wie Tränen der Hilflosigkeit und des Mitleids in ihr aufstiegen. Aber sie durfte nicht weinen.

„Dann komm wenigstens für ein paar Wochen zu uns nach Hause. Ich werde dich alles lehren, was man dir hier vorenthält. Und wenn du dann noch nicht willst, dann könntest du ja wieder hierher zurückkehren."

Wieder schüttelte Margarete den Kopf. Nun, da die Mutter sie mit sanften Worten bat, fiel es ihr noch schwerer, ihrem eigenen Willen treu zu bleiben. Ihre Kehle brannte.

Das Gesicht der Tetzlin wurde hart. Sie verstärkte ihren Griff um Margaretes Handgelenk. Nun tat er weh. „Verstehst du nicht, dass ich dich retten will? Jetzt kannst du noch unverletzt das Kloster verlassen. Du weißt, was andernorts geschieht. Jetzt, in diesem Augenblick. Und gar nicht weit von hier." Sie lachte höhnisch auf. „Vielleicht glaubt ihr alle, dass die Mauern der Stadt euch schützen werden. Vielleicht denkt ihr immer noch, dass der Rat sich vor euch stellen wird. Glaubt das nicht. Die Mauern haben Tore und wir haben Männer im Rat, die wissen, was die Stunde geschlagen hat. Und euer feines Kloster? Gegen die Wut der Bauern wird es euch nichts nützen. Dazu habt ihr die Leute zu lange gedrückt und genarrt."

Die Stimme der Mutter war nun ein drohendes Flüstern: „Glaube mir, sie kommen bald. Dann wirst du deine Weigerung bereuen."

Eine seltsame Leere war über Margarete gekommen. Wo waren die wohlbedachten Worte hin, die sie in all den Tagen und Nächten wie einen Schutzpanzer an ihrer Brust getragen hatte? Sie fanden den Weg auf ihre Lippen nicht.

Alles was sie ihrer Mutter entgegensetzen konnte, war ein Kopfschütteln mit gesenkten Lidern. Da ließ Ursula Tetzel sie so heftig los, dass Margarete einen Schritt zurücktaumelte. „Ich weiß schon, woher deine Halsstarrigkeit rührt! Die Pirckheimerin wird euch alle schön betört haben! Wer weiß, mit was für Lügen! Und eure feinen Barfüßer werden das Ihre dazu beitragen! Und wie sie euch umgarnen, davon hört man auf den Gassen so allerlei!"

Der Zorn schlug wie eine Welle über Margarete zusammen. Ihr Gesicht glühte. Sie presste beide Arme gegen die Brust. Die scharfen Kanten der Abschriften, die sie unter der Kutte trug, bohrten sich in ihre Haut. Ihre Stimme klang fremd und wie von fern: „Geh fort! Geh fort, Mutter! Und kümmere dich nicht um meine Seligkeit! Für die wird allein Gott sorgen!"

Mit einem Schluchzer wandte sie sich um und floh. Fort, nur fort von den Abschiedsworten der Mutter, die sie ihr voller Erbitterung nachrief: „Ich gehe fort. Aber ich komme wieder. Und du wirst mit mir kommen *müssen*."

Die Sakristeitür fiel hinter Margarete ins Schloss. Ihre Kräfte verließen sie. Sie sank in die Knie. Im Raum entstand Bewegung. Die junge Nonne hob den Kopf. Vor ihr standen Caritas und alle Schwestern des Konvents.

***

Willenlos hatte sie sich zu einem Stuhl begleiten lassen. Katharina hatte ihr die Hände gerieben, bis das Blut in ihre Finger zurückgekehrt war. Mit leiser Stimme hatte sie die Forderungen der Mutter, ihr Flehen und ihre Drohungen wiederholt. Es hatte gut getan, Katharina neben sich zu wissen. Es hatte gut getan, die besorgten und teilnahmsvollen Gesichter der Schwestern zu sehen. Als das Zittern, das sich ihres ganzen Körpers bemächtigt hatte, nicht weichen wollte, hatte Walburga das Wolltuch, das sie um ihre Schultern geschlungen hatte, scheu der Älteren gereicht. Margarete barg ihr Gesicht in der wohltuenden Wärme. Langsam wurde sie ruhiger.

Die Äbtissin hatte ihren Bericht ebenso schweigend angehört wie die anderen Schwestern. Ihre Miene verriet nichts über ihre innere Erregung, aber Margarete sah, wie die Knöchel ihrer gefalteten Hände weiß hervortraten.

Flehentlich wandte sie sich an Caritas: „Kein Mensch soll mich aus dem Kloster bringen. Mit Gottes Hilfe will ich halten, was ich Gott gelobt habe. Bitte helft mir, mein Gelübde zu halten, ehrwürdige Mutter!" Margaretes Stimme erstarb. Katharina hatte ihre warme Hand beruhigend über ihre gelegt.

Die Äbtissin antwortete nicht sofort, als schrecke sie vor ihrer eigenen Erwiderung zurück. In ihrem Blick lagen Fürsorge und Ratlosigkeit. „Ich will und werde dir helfen, wenn du bei uns bleiben willst. Aber ich weiß nicht, was ich noch ausrichten kann. Die Drohungen deiner Mutter zeigen nur zu offenkundig, wie sehr sie von unserer Ohnmacht und unserer Schutzlosigkeit überzeugt ist." Caritas holte tief Atem. Dann setzte sie hinzu: „Womöglich hat Ursula Tetzel recht, wenn sie uns ohne irdischen Beistand wähnt. Dennoch – ich werde an Kaspar Nützel, unseren Pfleger, schreiben. Noch heute. Ich werde ihm die Angelegenheit vortragen und ihn um seinen Rat bitten. Wir können nicht gegen ihn handeln. Aber er gegen uns. Ob er freilich für uns ist oder wider uns – ich weiß es nicht."

„Aber es ist doch seine Pflicht, uns beizustehen", fiel Clara der Äbtissin so leidenschaftlich ins Wort, dass diese lächeln musste. „Ich werde ihm schreiben. Mag er uns raten, ob wir erneut an den Rat ein Gesuch richten oder was wir sonst tun sollten." Dann fuhr sie zu Margarete gewandt fort: „Sigmund und Christoph Fürer – die Brüder deiner Mutter. Vielleicht vermögen sie es, deine Mutter zu besänftigen? Ich werde mich auch an sie wenden." Es entstand eine Pause.

„Womit haben wir den Hass der Leute verdient? Haben wir gegen die guten Sitten verstoßen oder gar gegen das Heilige Evangelium?", fragte Katharina leise. In diesem Augenblick läutete die Glocke zur Terz.

St. Valentin

Eritag, 14. Februar 1525

Im Klarakloster zu Nürnberg

Der Brief, den Caritas am Tag der heiligen Agathe an den Pfleger geschickt hatte, war ohne Antwort geblieben.

Jeden Tag hatten sich die Schwestern erkundigt, ob Kaspar Nützel geschrieben habe. Jeden Tag hatten sie darauf gewartet, dass er selbst das Kloster aufsuchen würde, um mit der Äbtissin über die Angelegenheit zu sprechen. Aber nichts war geschehen.

Am Valentinstag wurden das Warten und die Ungewissheit jäh durchbrochen. Es war jedoch nicht der Pfleger, den die Servitialschwester meldete, die an diesem Tag den Pfortendienst versah.

Sie hatte die Äbtissin im Skriptorium gefunden. Obwohl die Pförtnerin die Ankunft von Ursula Tetzel und ihren beiden Brüdern, Sigmund und Christoph Fürer, der Äbtissin mit gedämpfter Stimme mitgeteilt hatte, verstummten mit einem Mal alle Geräusche im Raum.

Clara, die sich gerade angeschickt hatte, eine Initiale in ihrer Abschrift über das Leben der Heiligen Clara purpurrot zu zeichnen, legte mit unsicherer Hand die Tuschefeder beiseite. Fieberhaft überlegte sie, wo Margarete in diesen Stunden zwischen Laudes und Terz sein mochte. Wahrscheinlich war sie auch heute wieder in der Spinnstube, um die gewaschene Wolle zu kardieren.

Clara hoffte, dass sie von der Ankunft dieser Besucher nichts gehört hatte. Sie suchte den Blick der Äbtissin. Aber Caritas ordnete ein paar Schriftstücke auf ihrem Pult und sah nicht zu ihr hin. Als würde sie die Anspannung der Schwestern nicht bemerken, verließ sie schließlich das Skriptorium.

Clara blickte mit brennenden Augen auf die Seite, die vor ihr auf dem Pult lag. Etwa die Hälfte der vierundfünfzig Verse über das Leben und Sterben der Heiligen hatte sie bislang kopiert.

Manchmal legte sie sich Rechenschaft ab über das, was sie am meisten beseelte: Die Hoffnung, ihre Abschrift würde einmal den anderen Schätzen des Klosters ebenbürtig sein, manche von ihnen vielleicht gar in ihrer Schönheit übertreffen. Aber wie konnte man sich in diesen Zeiten in eine Arbeit versenken, für die man Ruhe und Gelassenheit brauchte? Sie hatte die Worte aus den Aufzeichnungen der Äbtissin, die sie in der Thomasnacht gefunden hatte, in all den Wochen nicht vergessen. Trübsal, Angst und Not.

Die Buchstaben verschwammen vor ihren Augen. Ihr war, als könnten die Besucher alles, was ihr wichtig war, mit einem Handstreich auslöschen. Selbst wenn ihre eigenen Eltern nicht auf ihre Herausgabe drängen sollten – wie sollte sie ihr Leben im Kloster weiterführen, wenn Margarete mit Gewalt aus ihrer Mitte gerissen wurde?

In diesem Moment berührte sie jemand leicht an der Schulter. Es war Clara Pirckheimer, Caritas' leibliche Schwester. Mit einem Lächeln, welches dem der Äbtissin so ähnlich war, drückte sie ihr die Feder, die sie auf das Pult gelegt hatte, wieder in die Hand. Dann kehrte sie mit leichten Schritten zu ihrer eigenen Arbeit zurück.

Clara starrte auf einen Farbtropfen, der sich von der Feder gelöst hatte. Er war blutrot. Mit zitternden Händen begann sie wieder zu zeichnen.

***

Es war Sigmund Fürer, der ältere der beiden Brüder der Tetzlin, der als erster das Wort ergriff. Ohne Umschweife hatte er gefordert, das Kloster müsse Margarete sofort entlassen und der Obhut seiner Schwester zurückgeben. „Aus welchen Gründen verlangt ihr solch einen ungewöhnlichen Schritt?" Caritas zwang sich, ruhig zu sprechen. Die Erregung der Gebrüder Fürer war trotz des dichten Vorhangs, der das Redefenster abschirmte, körperlich spürbar.

„Sogar Ihr, Caritas Pirckheimer, solltet von den Veränderungen jenseits Eurer Klostermauern wissen. Hat Euch nicht wenigstens Euer Bruder davon berichtet?" „Die neuen Prediger, das klare Evangelium selbst, haben unsere Schwester davon überzeugt, dass Margarete nicht länger im Klosterstand bleiben darf!", fiel Christoph Fürer seinem Bruder ins Wort. „Ihr werdet doch wissen, was alle Welt Euch vorwirft. Luther hat uns die Augen geöffnet, wie unnütz, ja verderblich das Klosterleben ist. Wollte Gott, dass alle Klöster im ganzen Reich bald zunichte gemacht werden. Und dieser Narretei nicht länger die Seligkeit unschuldiger Kinder geopfert wird!"

Sigmund Fürer fügte etwas ruhiger hinzu: „Unsere Schwester ist hier, um ihr gefangenes Gewissen zur Ruhe zu bringen, indem sie ihrem Kind zur Freiheit verhilft."

Ein erstickter Laut war zu hören, wie ein unterdrücktes Schluchzen. Ursula Tetzel.

„Ihr habt Eure Brüder für Euch sprechen lassen, aber ich wende mich an Euch", sagte Caritas, als habe sie die Anschuldigungen Christoph Fürers nicht gehört. „Ich habe Euch schon bei Eurem letzten Besuch versichert, dass niemand – keine der Schwestern und auch ich nicht – Margarete im Kloster festhält. Wäre es nach Eurer Unterredung ihr Wille gewesen, mit Euch zu kommen, so hätte ich selbst ihr Tür und Tor geöffnet."

Die Stimme der Äbtissin klang etwas ironisch, als sie hinzufügte: „Sicherlich treiben Euch Fürsorge und Liebe zu Eurer Tochter. Und Ihr seid beseelt von der evangelischen Freiheit. Aber erwartet nicht von uns, dass wir sie *gegen* ihren eigenen Willen von uns forttreiben – denn dies widerspräche *unserem* Verständnis evangelischer Freiheit. Und es stünde im Widerspruch zu unserer schwesterlichen Liebe."

„Dann gebt sie wenigstens für vier Wochen heraus – in dieser Zeit mag Margarete in der Stadt die evangelischen Prediger hören und von ihrer Mutter im Evangelium unterrichtet werden", erwiderte Sigmund Fürer mühsam beherrscht.

„Ihr, Frau Tetzel, seid doch bereits eine Stunde in sie gedrungen, Euch zu folgen. Ihr habt nichts ausrichten können. Aber ich will Margarete gerne noch einmal zu Euch hierher ans Redefenster schicken. Ohne Zeugen. Oder – wenn Ihr darauf besteht – so mag sie am Fenster in der Kapelle mit Euch reden und Euch sehen. Dann können Euch Eure Brüder darin beistehen, sie zu überzeugen. Wenn sie dann gehen möchte, so nehmt sie mit Euch."

Caritas machte eine Pause. Dann sagte sie leise, aber mit fester Stimme: „Aber ich bitte Euch um unseres Herren Jesu Christi willen: Gebraucht keine Gewalt!"

„Mit dem Mädchen zu sprechen ist sinnlos", rief Sigmund Fürer ungeduldig. „Wir wissen, dass es sich weigern wird. Aber ganz gleich, was ihr Wille ist – wir werden sie aus dem Kloster holen. Wir werden sie retten."

Caritas' Stimme zitterte nur unmerklich, als sie sagte: „Der Eintritt eurer Muhme geschah mit Wissen und Bewilligung des ehrwürdigen Rates unserer Stadt. Ich werde nicht zulassen, dass ein Austritt, der gegen den eigenen Willen einer Klosterschwester geschähe, ohne Wissen und Einwilligung des Rates vonstatten geht. Ich schlage Euch vor, dass ich mich in dieser Sache an den Rat wenden werde. Er soll in seiner Weisheit entscheiden, was zu tun ist. Was billig und recht ist, das soll geschehen."

„Tut das!", schnaubte Christoph Fürer. „Aber seid gewiss: Auch wir werden an den Rat supplizieren. Und glaubt nicht, dass Euer Wort dort mehr Gewicht hat als das unsere."

***

St. Juliane

PHINCZTAG, 16. FEBRUAR 1525

Im Klarakloster zu Nürnberg

„Wenn meine beiden Oheime sich weigern, mir zuzuhören – auf welchen irdischen Beistand kann ich dann noch hoffen? Wer, wenn nicht sie, könnten meine Mutter von ihrem Vorhaben abbringen?", fragte Margarete die Freundinnen, als sie den Kreuzgang an seiner Nordseite verließen.

Caritas hatte sie geheißen, das Brauhaus aufzusuchen. Eigentlich hätte es keiner drei Schwestern bedurft, sich bei den dort tätigen Servitialschwestern nach dem Bestand der Vorräte an Gerste, Hopfen und Malz zu erkundigen. Aber seit dem Valentinstag hatte die Äbtissin den drei jungen Nonnen viele Aufgaben gemeinsam aufgetragen.

Margarete war sicher, dass dies kein Zufall war. Sie war Caritas dankbar dafür. Die Nähe der Freundinnen war wie ein tröstliches Gegengewicht zu den Ängsten, die sie seit dem Besuch der Gebrüder Fürer nur noch quälender heimsuchten.

„Und wenn du mit meinem Vater sprichst?", fragte Clara zögernd. Ein eisiger Windstoß zerrte an den grauen Kutten der drei Nonnen. Zwischen dem Kreuzgang und dem Brauhaus lagen nur wenige Schritte. Auf dem immer noch mit Eisplatten bedeckten Boden konnte man nur mit großer Vorsicht vorankommen, wenn man nicht ausgleiten wollte. Margarete blieb stehen und sah Clara unsicher an. „Mit deinem Vater? Ich ... Sollte nicht besser unsere ehrwürdige Mutter ..." „Nein, Clara hat recht!", fiel Katharina ihr leidenschaftlich ins Wort. „Bitte Caritas, dass er bei seinem nächsten Besuch mit dir am Redefenster spricht. Du darfst nicht einfach über dich verfügen lassen – du musst selbst für dich sprechen. Ich weiß, wie sehr du auf deine Oheime gehofft hast – aber Kaspar Nützel ist immerhin unser Pfleger! Er muss dich anhören – auch wenn ich nicht weiß, auf wessen Seite er steht!"

Katharina warf Clara einen raschen Seitenblick zu, als bereute sie ihre Worte. „Ich weiß es selbst nicht mehr. Und wenn er auch mein Vater ist", sagte Clara mit gesenktem Kopf. Sie musste an das Gerücht denken, das seit einem knappen Jahr in der Stadt umging: Kaspar Nützel sei der Verfasser einer Flugschrift, in der die Auflösung aller Klöster und ihre Umwandlung in Schulen und Waisenhäuser gefordert wurde. Nicht nur in Nürnberg hatte diese Schrift für große Aufregung gesorgt.

Noricus Philadelphus – viele waren der Ansicht, dass ihr Vater sich hinter diesem Pseudonym verbarg. Clara hatte die Flugschrift selbst gelesen: Die Forderungen nach reformatorischer Lektüre und Belehrung für Nonnen und Mönche, nach der Aufhebung aller Gelübde und der Verwendung der Klostergüter für die Armenfürsorge.

Wenn der Vater diese Schrift tatsächlich verfasst haben sollte – wie konnte er dann noch Pfleger des Klaraklosters sein? Clara mochte es nicht glauben.

Die drei Schwestern waren am Eingang des Brauhauses angekommen. Aus der nahe gelegenen Küche drang der Duft frisch geräucherter Forellen. Die Tür des langgestreckten Gebäudes wurde jäh aufgestoßen. Schwester Magdalena, eine noch junge Servitialschwester, die erst seit kurzem im Kloster ihren Dienst tat, kam ihnen mit einem Bündel leerer Säcke entgegen. Während Katharina ihr die Grüße von Caritas und ihre Anfrage übermittelte, hoffte Margarete im Stillen, dass Kaspar Nützel weiter dem Kloster fern bleiben würde.

Sie wusste, dass Katharina recht hatte. Sie durfte nichts unversucht lassen. Der Pfleger war womöglich ihre letzte Hoffnung. Trotzdem fürchtete sie sich vor einer Unterredung mit dem als starrköpfig bekannten Nützel.

„Frage die Äbtissin, ob sie Katharinas Vorschlag zustimmt. Was sie rät, das tu", sagte Clara, als hätte sie Margaretes Gedanken gelesen.

Als sie sich anschickten, in den Kreuzgang zurückzukehren, kam ihnen Walburga atemlos entgegen. Der vereiste Boden nötigte sie zu einem gemessenen Schritt, aber ihre geröteten Wangen verrieten ihre Aufregung. „Margarete, die Äbtissin lässt dir sagen, unser Pfleger sei am Redefenster. Sie hat mich losgeschickt, um dich zu holen. Damit du selbst in deiner Sache mit ihm sprechen kannst. Wenn du ihn sprechen willst, dann musst du dich beeilen."

***

Unzählige Male hatten die Äbtissin und der Pfleger von St. Klara am Redefenster miteinander gesprochen. Elf Jahre waren vergangen, seit er Anton Tetzels Platz eingenommen hatte. Beinah über Nacht hatte er sich damals vor diese Aufgabe gestellt gesehen, als Tetzel schändlich verurteilt worden war und mit seiner Freiheit und seinem Ansehen auch das Amt des Pflegers verloren hatte.

In diesen elf Jahren hatte Kaspar Nützel all seine Kraft für die Klarissen eingesetzt. Ohne ihn hätten die Schwestern die dringend notwendige Instandsetzung der Dörre, des Siechenhauses und des Brauhauses nicht bewerkstelligen können.

In den alltäglichen Belangen, sei es in der Prüfung der Klosterrechnungen oder in Verhandlungen mit dem Rat, war er Caritas und dem Konvent unersetzlich geworden. Die Äbtissin hatte seine Durchsetzungskraft und seine bisweilen an Starrsinn grenzende Entschlossenheit schätzen gelernt – auch wenn es diese Eigenschaften waren, die es bisweilen schwer machten, sich gütlich mit ihm zu einigen.

Seit einem knappen Jahr war er zum zweiten Losunger des Rates ernannt worden: Sein Selbstbewusstsein hatte sich durch diese verantwortungsvolle Rolle noch verstärkt. Er verkehrte in den angesehensten Kreisen – sogar Albrecht Dürer gehörte zu seinen engen Freunden.

Willibald Pirckheimer hatte seiner Schwester einmal eine Kopie der Kreidezeichnung geschenkt, die Dürer von seinem Freund Nützel angefertigt hatte. Caritas hatte das etwas grobschlächtige Antlitz unter dem kinnlangen welligen Haar lange betrachtet: den breiten Mund, die große Nase und die nachdenklich blickenden Augen unter den schweren Lidern.

Ein wenig erinnerte sie Kaspar Nützel sogar an ihren eigenen Bruder – auch wenn Willibald ihn womöglich an Körpermasse und Durchsetzungswillen noch übertraf. Trotz des dicht gewebten schwarzen Tuches vor dem Redefenster kam es ihr so vor, als hätte sie die Züge ihres etwa gleichaltrigen Gegenübers klar vor Augen.

Nach den üblichen Begrüßungsformeln hatte Caritas so knapp und nüchtern als möglich die Ereignisse der letzten Tage geschildert. Vor allem ihre Sorge um Margarete hatte sie mit beredten Worten vorgetragen. Der Pfleger hatte ihren Bericht schweigend angehört und sie nicht unterbrochen. Aber in diesem Schweigen waren sein Ärger und Unwillen deutlich spürbar gewesen.

Unbeirrt davon schloss die Äbtissin ihren Bericht mit den Worten: „Nun möchte ich Euch bitten, als unseren treuen Vater und Helfer, dass Ihr mir ratet, was wir zu tun haben.“ Kaspar Nützel schnaubte. „Ich rate Euch vor allem, Caritas, Euch nicht über das zu beschweren, was vorgefallen ist! Es werden noch ganz andere Dinge geschehen, die Euch und Euren Nonnen nicht gefallen werden. Der Klosterstand hat keinen Wurzelgrund im heiligen Evangelium. Und so wird er auch keinen Bestand haben – dessen seid gewiss!“

„Was ist geschehen, Kaspar Nützel, dass Ihr uns so beschuldigt?“, erwiderte Caritas leise. „Ihr, der Ihr uns besser kennt als die Leute auf der Straße! Der Ihr selbst eine Tochter in unsere Obhut gegeben habt! Und auf den ich in all den Jahren als Unterstützer und Helfer in allen Dingen zählen durfte? Ich verstehe Euch nicht.“

Nützels Stimme klang schneidend: „Vielleicht versteht Ihr, erwürdige Mutter, dass Eure Zinspraktiken, Euer Reichtum – ja, ich weiß um Eure persönliche Besitzlosigkeit, aber ich meine den Reichtum des Konvents – ein Ärgernis ist? Dass die Leute sich keinen Reim darauf machen können, was dies mit einem wahrhaft armen und einfachen Leben zu tun hat, wie unser HERR es fordert?“ Er lachte spöttisch auf. „Erstaunt es Euch, dass der gemeine Mann, der brav mit seiner Hände Arbeit sein Brot verdient, mit Staunen auf Euer Wohlleben blickt?“ „Ihr wisst so gut wie ich, dass die Regel der heiligen Clara uns jedes ‚Wohlleben‘, wie Ihr es nennt, verbietet. Ich kann verstehen, dass die Leute, die von uns nichts wissen, so denken. Und ich weiß auch, dass die Zustände auch hier in St. Klara noch vor hundert Jahren jeden Tadel verdient haben – *vor* der strengen Reform, für deren Einhaltung ich mich verbürge.“

Caritas holte tief Atem. Wann würde sie Zorn und Leidenschaftlichkeit, die beiden Eigenschaften, mit denen sie trotz ihres Alters immer noch zu ringen hatte, endlich bezähmen können? „Aber wer wüsste besser über unseren Lebenswandel Bescheid als Ihr, Kaspar Nützel? Hätten wir heute noch eigene Betten in den Zellen wie die Schwestern vor hundert Jahren oder verstießen gegen das Verbot des Fleischgenusses oder brächen wir unsere Fastenzeiten – wie sollte *Euch* das entgehen, der Ihr jede Rechnung eigenhändig überprüft, um jeden Stein wisst, der neu verbaut wird?“

„Als ob es darum ginge, ehrwürdige Mutter!“, erwiderte Nützel unwirsch. „Wenn Ihr auch noch so sehr auf die Einhaltung Eurer Ordensregel pocht und sie den Schwestern jede Woche vorlesen lasst – dennoch frage ich Euch, wie sich die Zinspraktiken des Klosters mit der Liebe Eures Franz von Assisi zur ‚Schwester Armut‘ vereinen lassen? Was würde wohl die heilige Klara zu Eurer Gewohnheit sagen, dem Rat gegen Zinsen seine Schuldbriefe abzukaufen? Ich weiß selbst, dass Papst Urban den Klarissen den Besitz von Gütern und Einkünften erlaubt hat – kommt mir nicht damit! Aber wenn ich an die unzähligen Privilegien denke, die Stiftungen und Schenkungen, an Eure Pachtgrundstücke und Eure Vergünstigungen, die Euch vom Rat, ja vom Papst selbst gewährt werden … Wie hättet Ihr wohl Eure Kirche in Stand setzen können, wenn die Leute nicht so dumm gewesen wären, einen päpstlichen Ablass erwerben zu wollen – und ihr mühsam Erspartes dieser Kirche geopfert hätten. Für ihr Seelenheil …“ Kaspar Nützel rang nach Luft.

„Meine Bedenken, ob wir als Kloster Geld vom Geld nehmen sollen und Zinsen erheben, habe ich Euch schon vor vielen Jahren mitgeteilt“, erwiderte Caritas erregt. „Ihr wart es, der uns darin bestärkte, klug zu sein wie die Schlangen. So hieße es schließlich beim Evangelisten Matthäus! Dass unsere Zinsen maßvoller sind als die, die draußen auf den Straßen angeboten werden – das möchten die Leute nicht hören – aber doch ist es so!“

Caritas stockte. Sie musste sich bezähmen. Etwas ruhiger fuhr sie fort: „Dass wir das Eigengeld aus unserem Obereigentum etlicher Nürnberger Häuser dem Rat verkauft haben und dafür ein jährliches Ewiggeld einnehmen – vielleicht habt Ihr recht, Kaspar Nützel, – und wir tun damit unrecht. Aber ich frage Euch, wie ich sonst unsere Bediensteten entlohnen und meine Schwestern und die Tagelöhner, Bauern und Bettler, die täglich zu uns kommen, speisen sollte? Freilich leben wir vor allem von den Mitgiftgaben, die jede Schwester bei ihrem Eintritt dem Kloster stiftet – aber auch dieses Geld muss sorgsam verwaltet werden. Es kann nicht angehen, dass wir unser Kloster derart verkommen lassen, dass jede Flutwelle des Fischbaches unsere Mauern einstürzen lässt und wir nicht handeln können, weil uns die Mittel fehlen. Auch Ihr, ehrwürdiger Pfleger, der Ihr mich in all den Jahren in diesen Angelegenheiten unterstützt habt, tragt doch Sorge für Euren Hausstand und seht zu, dass keiner Eurer Lieben Hunger oder Kälte leiden muss."

Die Äbtissin hielt inne, als erwarte sie eine Antwort. Aber Kaspar Nützel schwieg. „Seid gewiss, dass ich auch in diesem Jahr an Walpurgis Euch wie stets eine genaue Aufstellung über all unsere Ausgaben und Einnahmen schicken werde – und ich hoffe, dass Ihr wie in all den Jahren zuvor keinen Grund zum Tadel haben werdet."

Caritas holte tief Atem und fügte dann hinzu: „Aber über all dem möchte ich nicht vergessen, Euch nochmals zu bitten, Euch gegen Margaretes Not nicht zu verschließen. Euer Wort, Kaspar Nützel, kann viel bewirken. Wenn ihre Oheime sich verweigern, sie anzuhören, so habt wenigstens Ihr Mitleid mit der jungen Schwester, die Eurer eigenen Tochter solch eine treue Freundin ist."

Leise und zaghaft klang das Klopfen, das die Äbtissin unterbrach. Caritas öffnete die kleine Tür, die in den der Klausur zugehörigen Teil der Pfortenstube führte.

Die Erregung war Margarete ins Gesicht geschrieben – ihre Hände, die Caritas ermutigend in die ihren nahm, waren kalt. Ohne Margaretes Zögern Beachtung zu schenken, zog sie sie mit sich und sagte, zum Redefenster gewandt: „Lieber Herr Pfleger, mir ist wohl bewusst, dass ich Eure Geduld schon über Gebühr erprobt habe. Dennoch: Bleibt und hört Margarete selbst an. Ich werde den Raum verlassen, damit die Schwester frei mit Euch sprechen kann." Ihr Blick war voller Ermutigung und Wärme, als sie sich Margarete zuwandte: „Wenn du mich suchst, Margarete, so findest du mich im Skriptorium. Ihr, Kaspar Nützel, lebt für heute wohl."

***

Als die Tür, die nach draußen führte, sich hinter Kaspar Nützel geschlossen hatte, fühlte sich Margarete wie betäubt. Sie fand keine Kraft, sich von dem Hocker zu erheben, der neben dem Redefenster stand. Sie lehnte ihr heißes, verweintes Gesicht gegen die Mauer, die sich kühl und beruhigend an ihrer Wange anfühlte. Ihre Hände strichen über den schwarzen schweren Stoff, der das Fensterchen verhüllte.

Langsam ging ihr Atem ruhiger. Was hatte sie dem Pfleger gesagt? Hätte sie etwas ausrichten können, wenn sie die Kraft gehabt hätte, nicht zu weinen? Womöglich hatten gerade ihre Tränen bewirkt, dass er sich hart und unzugänglich gezeigt hatte. Aber auf welche Weise hätte sie mit ihm sprechen sollen? Bei der Unterredung mit der Mutter war sie stumm geblieben – vielleicht hatte sie nun Kaspar Nützel gegenüber zu leidenschaftlich gesprochen. Auf ihre inständige Bitte, Sigmund und Christoph Fürer dazu zu bewegen, sie wenigstens anzuhören, bevor man Gewalt gegen sie aufbrächte, hatte er nur einsilbig geantwortet: Dies zähle nicht zu seinen Aufgaben als Pfleger.

Seine Abschiedsworte voll beißenden Spotts hatten ihr einen Stich versetzt: Sie solle sich doch selbst mit einem Brief an ihre Verwandten wenden – schließlich zähle sie doch als Klarissin zu den klügsten Frauen Nürnbergs, die seiner laienhaften Hilfe gar nicht bedürften. Ob sie das Schreiben nun auf deutsch oder lateinisch oder griechisch abfassen möchte – auch das möge sie nach eigenem Gutdünken entscheiden. Dann war er gegangen.

Margarete wischte sich die Tränenspuren von den Wangen. Nun blieb ihr nur noch, den Rat des Pflegers zu befolgen.

„Exsurge Domini"

Sonnentag, 20. Februar 1525

Im Klarakloster zu Nürnberg

Entgegen ihren Befürchtungen hatte Margarete bereits am folgenden Tag von Sigmund Fürer eine Antwort auf ihren Brief erhalten. Schwester Eufemia, die an diesem Tag im Pfortenhaus und an der Hebewinde Dienst tat, hatte ihr seine Nachricht ins Skriptorium gebracht. Mit zitternden Händen hatte sie das Schreiben an ihrem Arbeitspult geöffnet. Die wenigen Zeilen waren rasch überflogen:

Freundliches und liebes Mumelein,

ich habe dein Schreiben und Begehren gelesen und auch meinen Bruder davon unterrichtet.

Nun, da wir ungefähr über deine Gesinnung unterrichtet sind und auch den Willen deiner Mutter kennen, von dem sie auch nicht lassen wird, erachten wir es nicht als notwendig, zu dir zu kommen.

So raten wir dir, all dein Tun und Lassen Gott allein anzubefehlen. Er wird alles so ordnen, wie es ihm *gefällt – und nicht den Menschen. Darum sei nur fröhlich und vertrau allein auf Gott.*

Sigmund Fürer

Margarete hatte das Papier sinken lassen. Eine seltsame Kraftlosigkeit ergriff sie. Ihr Mund fühlte sich mit einem Male trocken an. Deutlicher hätte der Onkel ihr nicht bedeuten können, dass er nicht daran dachte, für sie Partei zu ergreifen.

Sie hatte Caritas, die gemeinsam mit Schwester Sabina Rechnungen prüfte, den Brief wortlos vorgelegt. Das Gesicht der Äbtissin war beim Lesen unbewegt geblieben. Schließlich hatte sie die junge Nonne gefragt, ob sie den Brief im Skriptorium auslegen dürfe, sodass alle Schwestern ihn lesen könnten.

Margarete hatte zugestimmt. Ob in der Hoffnung auf Hilfe oder Trost – sie wusste es selbst nicht. Auch wenn keine der Schwestern sie auf den Brief des Onkels ansprach, fühlte sie doch in den nächsten Tagen, wie sehr alle mit ihr bangten.

Katharina und Clara blieben in ihrer Nähe, sooft es der Tagesablauf des Klosters zuließ. In den Nächten, wenn die Angst zu groß wurde und sie sich ruhelos auf ihrem Lager hin- und herwälzte, kniete sich Clara wortlos neben sie und hielt ihre Hand in der ihren.

Dennoch lag die Ungewissheit und die Furcht vor dem, was kommen mochte, wie ein Albdruck auf ihr.

Nach dem Sonntag „Exsurge Domini" herrschte solch dichter Nebel, dass es den ganzen Tag nicht richtig hell werden wollte. Das Grau des Tages wich der Schwärze der Nacht. Beim Ave-Maria-Läuten nach Sonnenuntergang lag eine undurchdringliche Dunkelheit über den Mauern.

Nach dem gemeinsamen Nachtmahl, das die Äbtissin wie jeden Abend mit einem Dankgebet beschlossen hatte, bat sie die Schwestern, noch im Refektorium zu verweilen.

In unheimlichen Schwaden stand der dichte Nebel vor den Fenstern des Refektoriums – auch der Nachtwind vermochte nicht, ihn zu vertreiben. Eine der Novizinnen war aufgestanden und hatte noch ein paar Scheit Holz auf das beinah heruntergebrannte Feuer im Kamin gelegt. Nun loderten die Flammen noch einmal auf und tauchten den spärlich beleuchteten Raum in lebendigere Farben. Der Geruch von Kiefernzapfen und Harz erfüllte das Refektorium.

Alle Blicke waren auf die Äbtissin gerichtet, als sie zu sprechen begann: „Sicherlich habt ihr alle, meine lieben grauen Wölflein, den Brief Sigmund Fürers gelesen, den ich mit Margaretes Einwilligung offen ausgelegt hatte. Ihr könnt euch denken, dass ich seine Weigerung, Margarete anzuhören, nicht gutheiße."

Leiser fügte sie hinzu: „In einem jedoch muss ich ihm recht geben: Gottes Wille wird geschehen – darauf müssen wir vertrauen und unsere Ängste und Sorgen auf Christus werfen – wie er uns im heiligen Evangelium geheißen hat."

Ein trockener Husten hinderte die Äbtissin am Weitersprechen. Katharina und Margarete wechselten einen besorgten Blick.

„Ich habe nun eine Abschrift des Fürerschen Briefes auch an unseren Pfleger geschickt. Ich habe ihm auch geschrieben, was du zu mir gesagt hast, Margarete, als du mir den Brief übergegeben hast: Dass man sogar einen Dieb verhört, bevor man ihn henkt!"

Eine Bewegung ging durch die Reihen der Schwestern, aber Caritas fuhr unbeirrt fort: „Ich habe Kaspar Nützel auch wissen lassen, dass wir zweierlei nicht tun werden: Zum ersten: Eine Schwester von uns treiben, die eine der unseren bleiben möchte. Und zum zweiten: erdulden, dass uns in aller Heimlichkeit Gewalt angetan wird! Wenn Margarete das Kloster gegen ihren Willen verlassen muss, dann muss dies in aller Öffentlichkeit und in Anwesenheit der Ratsherren vonstatten gehen!"

Im Refektorium war es so still, dass nur das Knistern der Flammen zu hören war. Die Äbtissin zögerte, ehe sie fortfuhr: „Ich hatte Nützel gebeten, unsere Bitten unverzüglich dem Rat vorzulegen. Vielleicht hätte er diese Bitte auch erhört. Aber in der Zwischenzeit – " „Hat meine Mutter suppliziert." Margaretes Stimme klang tonlos.

Caritas nickte. „So ist es. Ich muss unserem Pfleger dankbar sein, dass er uns eine Abschrift ihrer Bittschrift zugeschickt hat. Ich möchte, dass ihr die wichtigsten Sätze daraus anhört."

Caritas zog einen weiteren Bogen aus ihrer Gewandtasche und rückte einen der Tischleuchter näher zu sich. Das Blut rauschte in Margaretes Ohren. Sie schluckte. Sie musste sich zwingen, ruhig zu atmen, als die Äbtissin mit ihrer klaren, ruhigen Stimme zu lesen begann:

Vorausschauende, ehrbare, weise und wohlgesonnene liebe Herren,

mein lieber seliger Mann und ich haben vor vielen Jahren unserer lieben Tochter mit Eurem Wissen ins Klarakloster verholfen. Wir taten es im besten Gewissen, glaubend, wir gäben so Gott ein lebendiges Opfer und dass ihr im Kloster die Abwaschung ihrer Sünden zuteil würde und der Klosterstand eine Förderung des Seelenheiles wäre.

Nun habe ich aber durch Hören und Lesen mich eines Besseren besonnen und bin überzeugt, dass der Klosterstand Gott gänzlich unbekannt sei, ja, nichts anderes als eine menschliche Erfindung und eine heuchlerische Absonderung von den Menschen. Deswegen haben mich mein Gewissen und meine lieben Brüder dazu gedrungen, meine Tochter von der Äbtissin zurückzufordern.

Die Äbtissin hielt kurz inne, überflog einige Absätze stumm, dann las sie an einer anderen Stelle weiter:

Nun dringt mich mein und meiner Tochter Seelenheil, Eure vorausschauende Weisheit wolle sich zu Herzen nehmen, dass meine Tochter in noch unverständigem Alter, als sie noch nicht zwischen Gut und Böse unterscheiden konnte, nämlich mit 14 Jahren, in dieses Gefängnis gekommen ist.

Christus aber wird im Jüngsten Gericht nicht fordern, Beten, Fasten, Schweigen, Kleider, Eier oder Fleisch zu meiden, sondern allein Glauben und Nächstenliebe.

Verhelft mir also dazu, dass mir meine Tochter für eine Zeitlang wieder nach Hause gegeben werde.

Dann will ich Eurer Weisheit geloben und mich mit meinen Brüdern dafür verbürgen, dass sie – wenn sie bei uns im Wort Gottes unterrichtet ist, das sie bei den Mönchen nicht finden darf und so an Hunger an ihrer Seele leiden muss –, dass sie dann gänzlich frei und unbedrängt sein soll, ob sie draußen bleiben und mit mir armer Witwe und ihren Geschwistern vorlieb nehmen will oder ob sie ins Kloster zurückgeht, wo sie ja vielleicht ein besseres Leben führt.

So mag mein Gewissen Ruhe finden.

Wenn aber die Äbtissin dies mir abschlägt, so hoffe ich, dass Eure Weisheit als unsere gottgewollte Obrigkeit den Ungehorsam meines Kindes gegen mich und ihre Oheime recht zu beurteilen wissen.

Eurer vorsichtigen Weisheit gehorsame Witwe Ursula Friedrich Tetzel

Caritas legte die Bögen bedächtig vor sich auf den Tisch. „Ihr habt gehört, was Ursula Tetzel fordert – und wie sie über uns und ihr eigenes Kind urteilt." Die Äbtissin blickte Margarete freundlich an. „Sprich du zuerst, was du deiner Mutter antworten möchtest. Danach möchte ich auch euch anderen hören: Wie sollen wir uns vor dem Rat erklären?"

Margaretes Stimme klang rau: „Ehrwürdige Mutter, ich habe es Euch und den Schwestern schon einmal gesagt und ich sage es erneut: Ich will nicht aus dem Kloster. Treibt mich nicht fort von Euch! Auch nicht für vier Wochen – denn ich kann mir nicht denken, dass sie mich zurückkehren lassen würde."

Caritas war aufgestanden. Mit mühsamem Schritt, den die Schwestern nun seit Wochen voller Sorge an ihr beobachteten, trat sie ans Fenster. Die Dunkelheit umgab die Klostermauern wie eine bergende Hülle. Der dichte Nebel schien alle Geräusche von St. Klara fernzuhalten. Die Stille war so vollkommen, dass man hätte meinen können, sie seien allein auf der Welt und nicht umgeben von einer ihnen feindlich gesinnten Stadt.

Caritas hatte sich zu den Schwestern umgewandt. In ihren Augen lag so viel unterdrückte Leidenschaft, dass es Margarete den Atem nahm.

„Die Freiheit zu gehen – die besitzt ihr alle. Nur wer um diese Freiheit weiß, kann ein wahrhaft hingegebenes Leben im Kloster führen. Sonst seid ihr keine Nonnen – sondern Gefangene. Dann hätte Ursula Tetzel recht mit ihrem Wort vom Gefängnis!"

Auf ihrer Stirn bildete sich eine kleine Falte. „Aber ein Hinein- und Hinauslaufen, wie es die Tetzlin vorschlägt – das muss und werde ich als Äbtissin abschlagen. Wir sind ein Kloster – kein Jahrmarkt!" Der Anflug eines Lächelns zeigte sich auf Caritas' Gesicht und glättete ihre Stirn. „Nun jedoch möchte ich gerne hören, wie ihr als Margaretes Mitschwestern über die Bittschrift urteilt."

Ohne darauf zu warten, ob eine der älteren Schwestern zuerst das Wort ergreifen wollte, hatte Katharina sich von ihrem Sitz erhoben. „Es ist wahr, dass Margarete mit jungen Jahren hereingekommen ist – aber jetzt ist sie ja wohl verständig und vernünftig und kann für sich selbst urteilen!“

Sie wandte sich Margarete zu. „Dass deine Mutter dich des Ungehorsams beschuldigt, ist nicht recht! Auch wenn die Kinder ihre Eltern ehren sollen, wie es das Gesetz des Moses fordert – Gewalt dürfen sie nicht gegen uns gebrauchen, wenn wir volljährig sind – das bezeugt ja auch das Recht! Wenn du dich verheiratet hättest mit ihrer Billigung und du in deinem Stand bleiben wolltest, könnte sie dich schwerlich zwingen, deinen Mann zu verlassen! Selbst wenn sie ihre Meinung über deinen Bräutigam in der Zwischenzeit geändert hätte!“

Katharinas Gesicht glühte, als sie sich wieder auf ihren Platz setzte. Wieder einmal hatte die alte Hitzköpfigkeit von ihr Besitz ergriffen. Auch wenn sie selten bereute, was sie sagte, wünschte sie, sie könnte ihre Worte mit der Besonnenheit und Sanftmut vortragen, die sie an Clara so bewunderte. Aber die Schwestern nickten nur zustimmend, ohne sie zurechtzuweisen.

Caritas' Nichte, eine Tochter Willibalds, die alle nur Kätterlein nannten, sagte ruhig: „Katharina hat Margarete gegen den Vorwurf des Ungehorsams verteidigt. Mit Recht. *Ich* wüsste uns gerne verteidigt gegen den Vorwurf des Hochmuts: Wir wissen doch so gut wie Martin Luther, dass das Leben eines rechten Christenmenschen frei ist. Dass es nicht gebunden ist an die Einhaltung von Fastenpflichten oder Gebetszeiten. Und wir wissen auch, dass dies eine Freiheit ist, zu der uns Christus erlöst hat, wie der Apostel Paulus schreibt. Dass nun das Klosterleben uns die Freiheit schenkt zu einem beständigen Gottesdienst und dass wir diese Freiheit gewählt haben – das hat mit Hochmut nichts zu tun. Sondern mit Sehnsucht.“ Der letzte Satz hatte so leise und beinah schmerzlich geklungen, dass es lange still blieb.

„Aber das werden sie uns nicht glauben“, wandte Clara Pirckheimer schließlich ernst ein. „Unser Bestreben, so gut als möglich den ersten Jüngern nachzueifern – auf eigenen Besitz zu verzichten, in Gebet und Lob Gottes gemeinsam zu leben – all das erscheint ihnen als ein Versuch, uns selbst zu erlösen.“

„Ihr wisst vielleicht, wie sie uns nennen, weil wir für die Seelen der Verstorbenen beten?“ Katharinas Stimme klang hart, als sie selbst die Antwort gab: „Totenfresser.“ Ein Schauder lief Margarete über den Rücken.

Begütigend sagte Caritas: „Wenn uns die Menschen verurteilen für das, was wir tun, oder für das, was wir lassen – das können wir nicht hindern. Aber wir sollten danach streben, uns nicht zu sehr darum zu bekümmern. Bekümmert macht mich, dass der Unmut, der sich Bahn bricht, an vielen

Orten seine ernsten Ursachen hat. Gott gebe nur, dass wir, die wir hier versammelt sind, den Leuten nicht mutwillig Anstoß geben zum Zorn."

Auch wenn kein Wort gesprochen wurde, schien jede der Schwestern Caritas ihr stummes Einverständnis zuzusichern: Dass sie, die Klarissen zu Nürnberg, alles tun würden, um jeden gerechtfertigten Tadel vom Kloster fernzuhalten.

Die Äbtissin blickte sich im Kreis der Schwestern um. Dann sagte sie ernst: „Ich werde die Ratsherren wissen lassen, was ihr vorgebracht habt. Nun ruht wohl. Gelobt sei Jesus Christus." „In Ewigkeit, Amen", erwiderten die Nonnen.

Caput jejunii / Aschenmittwoch

Gudenstag, 1. März 1525

Im Klarakloster zu Nürnberg

Die letzten Tage des Februars waren verstrichen, ohne dass die Klarissen eine Antwort des Rates erhalten hätten.

Willibald Pirckheimer hatte den Schwestern einen möglichen Grund für dieses Schweigen genannt, der den Konvent in große Aufregung gestürzt hatte: Der Rat habe verkündet, zu Beginn der Fastenzeit ein Religionsgespräch im Rathaus abzuhalten. Altgläubige Ordensleute und reformatorisch gesinnte Kräfte sollten ihre unterschiedlichen Ansichten dem Rat vortragen.

Willibald wagte nicht zu prophezeien, welche Folgen dieses Gespräch für die beteiligten Parteiungen und die ganze Stadt haben würde. Eine regelrechte Glaubensdisputation hatte der Kaiser nämlich für das gesamte Reichsgebiet verboten – was geschehen würde, wenn er die Unterredung zu Nürnberg als solch eine untersagte Disputation ansah, war ungewiss.

Nur eines war klar: Die Zwietracht und die immer wieder neu aufflackernden Unruhen im Volk wollte und konnte der Rat nicht länger hinnehmen. Als Hüter der Ordnung musste er handeln, um die Einigkeit innerhalb der Stadtmauern wiederherzustellen. Denn eines stehe fest: Es konnte nicht angehen, dass jeder Schustergeselle und jeder Fleischermeister auf eigene Faust Reformation betreiben wollte.

Katharina hatte die letzten Tage, die seit der nächtlichen Beratung im Refektorium vergangen waren, wie im Fieber erlebt. Jede freie Minute hatte sie im Skriptorium oder in einer der Zellen verbracht und gelesen und sich Notizen gemacht.

Dass in den letzten Februartagen laue Winde auch die letzten Eisplatten auf dem Klosterhof zum Schmelzen gebracht hatten, hatte sie kaum bemerkt. Eine für Anfang März ungewöhnliche Wärme hatte so plötzlich Einzug gehalten, dass die Nonnen bei ihren Gängen über das Klostergelände nicht mehr unwillkürlich fröstelten.

Auch wenn die Zweige der Sträucher und Bäume noch kahl waren, schien das in ihnen verborgene Leben mit einem Mal greifbar nahe.

Auch heute hatte Katharina sich nach der Arbeit am Spinnrad in eine Zelle zurückgezogen. Seufzend legte sie einen Traktat des heiligen Augustin vor sich auf das hölzerne Tischchen. Vom langen Sitzen war ihr kalt geworden. Ihre Augen brannten. Noch war Zeit, bis die Glocke zur Terz rufen würde. Sie zögerte kurz, dann verließ sie die Zelle und trat aus einem der südlichen Seitenpförtchen aus dem Kreuzgang ins Freie.

Östlich der Klostermauern ragten zwei Türme in den Frühlingshimmel: der trutzige Frauentorturm mit seinem weit ausladenden Dach und der benachbarte Schraubenturm mit seinen tiefen Mauerfalten. Gleich hinter der südlichen Klostermauer, nur einen Steinwurf entfernt, lag ein Straßenzug, den die Nürnberger „Hinter der Mauer“ nannten. Dort, das wusste Katharina, lebten die käuflichen Frauen.

In den Spottversen, die in den vergangenen Monaten immer wieder auf der Klaragasse gesungen worden waren, hatte diese Nachbarschaft eine nicht geringe Rolle gespielt. Den Freundinnen hatte die Rohheit der Verse die Schamesröte ins Gesicht getrieben. Katharina hatte nur Zorn verspürt.

Vor dem Strohhöflein wandte sie sich nach Osten. Hier lagen die großen Gartenanlagen des Klosters. Die Äste und Zweige der zahlreichen Obstbäume, die in Reih und Glied gepflanzt waren, zeichneten ein verschlungenes Muster gegen den hellen Himmel.

Katharina holte tief Atem. Der Geruch von feuchtem Laub aus dem vergangenen Herbst mischte sich mit den zaghaften Düften des kommenden Frühlings.

Bis auf wenige Schneereste, die sich unter dichten Sträuchern behaupteten, war der Boden mit Gras bedeckt, das sich anschickte, aus seiner Winterruhe zu erwachen. Katharina straffte die vom Lesen steif gewordenen Schultern und blickte sich um. Ein paar winzige harte Äpfelchen hatten die eisigen Monate überdauert – rotgelbe Farbtupfen im Schwarz des Geästes. Auf einem der hoch aufragenden Zweige eines alten Birnbaums saß eine Amsel mit aufgeplustertem Gefieder.

In einer sonnigen Ecke des Gartens entdeckte Katharina ein paar grüne Spitzen: Die Schneeglöckchen würden nicht mehr lange auf sich warten lassen. Katharina dachte an das vergangene Jahr. Damals hatten sie so spät geblüht, dass die Schwestern Mühe gehabt hatten, den Platz der Äbtissin zu ihrem Geburtstag an St. Benedikt mit einem Strauß der Frühlingsboten zu schmücken. Vorsichtig beugte sich Katharina hinab. Sie schob das feuchte, modrige Laub zur Seite und entdeckte zwischen den grünen lanzenartigen Blättern eine einzelne weiße Knospe. Sie fühlte sich samtig und weich an unter ihren klammen Fingern.

Sie verharrte reglos. Die Sonne schien ihr warm auf den Rücken. Manchmal, wenn sie in hellen Sommernächten keinen Schlaf finden konnte, kam sie hierher. Nicht einmal Margarete und Clara wussten davon. Sie hätte ihnen auch nicht erklären können, warum es sie nicht ängstigte, sondern tröstete, allein durch den nächtlichen Garten zu streifen. Wenn sie müde wurde, schmiegte sie sich eng an den noch sonnendurchwärmten Erdboden und sah zu, wie die Sternbilder über den Himmel wanderten.

Jetzt aber war die Erde feucht und kalt. Katharina blieb auf die Fersen gekauert sitzen und strich über das zarte weiße Gebilde. Die Amsel hatte zu singen begonnen. Trotz ihrer Unruhe fühlte sie sich glücklich.

Als sie hinter sich zögernde Schritte hörte, fuhr Katharina herum und stand auf wie ertappt. Vor ihr stand Margarete.

In all den Jahren hatte sich die Freundin wenig verändert. Die eher niedrige Stirn, die schmalen Lippen, die breiten Wangenknochen – ihr ganzes Gesicht drückte eine Verlässlichkeit und Ruhe aus, hinter der ihr leidenschaftliches Wesen und ihre raschen Stimmungswechsel nur manchmal hervorblitzten.

Wieder einmal dachte Katharina, wie ungewöhnlich das helle Grün ihrer Augen war. Im klaren Sonnenlicht waren die tiefen Schatten unter ihnen deutlich zu sehen. Katharina war nicht sicher, ob die Freundin geweint hatte.

Unsicher blickte sie zu Boden. „Schau, was ich gefunden habe." Sie bedeutete Margarete, sich zu ihr ins Gras zu knien. „Wie wunderschön." Zaghaft berührten Margaretes Hände die zarte Blume. *Cunctis diebus terrae sementis et messis frigus et aestus aestas et hiemps nox et dies non requiescen*, sagte sie leise.

Katharina nickte: „Nein, Hitze und Frost, Sommer und Winter, Tag und Nacht – das wird bestehen bleiben, solange die Erde steht … Vielleicht ist das ein Trost."

Die beiden Nonnen schwiegen. Margarete richtete sich auf und blickte in den klaren Frühlingshimmel. Unvermittelt begann sie zu sprechen, ohne Katharina anzusehen.

„All die Jahre habe ich kaum an das Leben jenseits des Klosters gedacht. Jetzt aber strömt alles auf mich ein, was ich vergessen oder nicht des Erinnerns wert gehalten habe." Die junge Nonne ließ ihren Blick über die steinerne Umfriedung des Gartens schweifen. „Wie still es in den letzten Tagen gewesen ist. Weißt du noch, wie in den vergangenen Jahren das Trommeln und das Geschrei der Schembartläufer bis zu uns gedrungen ist?"

Eine leichte Röte färbte Margaretes Wangen. „Nach ihrem Lauf durch die Stadt sind sie stets bei den Frauen hinter der Mauer eingekehrt. Ich habe auf ihr Lärmen kaum geachtet.

Nun, da der Rat alles Faschingstreiben und auch den Schembartlauf als unbotmäßig untersagt hat und es still geblieben ist – nun erinnere ich mich wieder.

Margarete blickte Katharina an. „Weißt du, dass mein Onkel Sigmund einmal ein Hauptmann des Schembartlaufes gewesen ist? Ich weiß nicht mehr genau, wie alt ich damals gewesen bin – fünf oder sechs Jahre vielleicht. Mutter wollte nicht, dass ich den Läufern zusehe – sie sagte, das sei nichts für kleine Kinder. Dennoch muss sie stolz gewesen sein, dass es ihr eigener Bruder war, der diese wichtige und ehrenvolle Stellung in diesem Jahr für sich beanspruchen konnte."

Der Anflug eines Lächelns huschte über ihr Gesicht. „Eigentlich war ich wohl immer sehr folgsam. Aber dieses eine Mal bin ich der Frau, die auf uns Kinder aufpassen sollte, einfach entwischt. Ich wollte um jeden Preis den geliebten Oheim als Anführer der Läufer sehen. Wenn ich es recht überlege, kann ich ja kaum mehr von der Stadt gekannt haben als die benachbarten Gassen, den Weg von unserm Haus zum Markt und zu St. Egidien. Aber ich muss ohne Angst einfach losgelaufen sein, im Strom all der Menschen. Als die Menge stehenblieb und ich mich umsehen konnte, erkannte ich die Große Waage nahe dem Herrenmarkt. Hier, das hatte meine Mutter erzählt, sollten in diesem Jahr die Schembartläufer ihren Lauf durch die Stadt beginnen. Klein und schmal wie ich war, schaffte ich es, mich durch das Gedränge nach vorne durchzukämpfen."

Margarete hielt inne. Sie schluckte. „Und dann kamen sie, die Läufer. Es werden vielleicht dreißig oder vierzig Mann gewesen sein. Erkennen konnte ich wegen der Masken keinen von ihnen, aber sicher waren es allesamt angesehene Patriziersöhne. Mein Onkel und der zweite Hauptmann, Berthold Strobel, liefen an der Spitze der Rotte. Silbrig-weiß glänzend ihre eng anliegenden Gewänder, geschmückt mit Ornamenten aus verschlungenem Eichenlaub, um ihre Hälse Ketten mit klingenden Schellen. Auf ihren Helmen wippende Federbusche. Am meisten haben mich die mit grünen Farnwedeln verzierten Feuerkolben gefesselt, die die Läufer mit sich trugen. Die funkensprühenden Schüsse, die sie damit abfeuerten, das Schellengeläut, die Schreie der Läufer, das Gelärm der rot-weiß gekleideten Nusswerfer und das Rufen der nach Nüssen und Münzen heischenden Kinder, kaum älter als ich selbst – all das hat mich nicht geängstigt. Den Eltern zu begegnen, war in diesem Augenblick meine einzige Furcht. Ich war trunken vor Aufregung, außer mir vor unbändiger Freiheit. Wäre ich nicht eingezwängt gewesen zwischen all den fremden Leuten – ich wäre mit den Läufern gerannt."

Margarete stockte – als Katharina ihr ermutigend zunickte, fuhr sie leiser fort: „Plötzlich aber waren sie da, die wilden Frauen und Männer. Ihre Leiber waren bedeckt wie von Moos oder grünem Fell, die Frauen mit blankem Busen. Mit wilden, grotesken Sprüngen zogen sie an den Leuten vorbei, stürmten immer wieder unvermittelt in die Menge hinein, um sich dann plötzlich wieder zurückzuziehen.

Das Erschreckendste an ihnen war, dass sie auf ihren Schultern kleine Kinder trugen. Heute weiß ich freilich, das waren nur Puppen, aus Stoffbündeln gefertigt. Aber damals stand ich starr vor Schreck und wartete nur darauf, ebenfalls von ihnen ergriffen und fortgeschleppt zu werden. Dies, so fühlte ich, wäre die gerechte Strafe für mein eigenmächtiges Fortlaufen von zu Hause gewesen."

Margarete ging ein paar Schritte durch das feuchte Gras. Katharina schien es, als sei die Freundin weit fort, versunken in ihren Erinnerungen.

Unvermittelt drehte sie sich um: „Und dann kam die Hölle. – Hast du einmal eine gesehen?" Katharina nickte wortlos.

„Davon hatte Onkel Sigmund uns Kindern erzählt – dass die Schembartläufer zu jeder Fastnacht einen großen hölzernen Schlitten oder Wagen mit sich führen. In einem Jahr sei darauf ein großes Narrenschiff gezogen worden, ein andermal ein riesenhafter Teufel. Oder eine Kanone, die alte Weiber schoss! Von ihm hatte ich auch gehört, dass man die Hölle am Aschermittwoch vor dem Rathaus zu verbrennen pflegte, als Sinnbild einer verkehrten, verderbten Welt.

In diesem Jahr thronte auf dem mit Kufen versehenen Gefährt ein riesenhafter Basilisk. Auf mächtigen Hahnenfüßen der glänzende grüne Leib, nach Schlangenart geschuppt und gewunden. Ein spitz zulaufender Schwanz, die gezackten Flügel mit hellsilbernen Punkten. Das Haupt mit einem Hahnenantlitz, stolz erhoben mit rotem Kamm und roten Kinnlappen …"

Mit gleichmütiger Stimme unterbrach sie Katharina: „Eine Ausgeburt der Hölle, geschlüpft aus dem Ei eines alten Hahnes, von einer Kröte oder einer Schlange ausgebrütet. Ein Symbol für den Teufel, aber auch ein Zeichen für die Wollust oder den Neid. Sein Wohnort sind Brunnenschächte, sein Blick soll versteinern können. Nur sein eigener Blick in einem vorgehaltenen Spiegel vermag ihn zu töten."

Katharina legte eine Hand leicht auf Margaretes Schulter. „Hast du das Werk des Thomas Brabantinus gelesen, in dem er über den Basilisken spricht? Ich habe sein *Liber de natura rerum* einmal in der Hand gehabt. Willibald Pirckheimer hat es dem Konvent vor ein paar Jahren geliehen. Dort steht, die von den Augen des Basilisken ausgehenden Strahlen wären imstande, einen

Menschen zu töten. Aber an seine Entstehung aus einem Hahnenei glaubte Brabantinus nicht."

Margarete sah mit Erstaunen, wie ein ironisches Lächeln Katharinas Mundwinkel umspielte. Als diese die Verwirrung der Freundin sah, wurde sie jedoch wieder ernst. „Ich weiß nicht, ob ich an Basilisken überhaupt glauben soll. Aber ich glaube dir, wie sehr dich dieser Anblick als Kind geängstigt haben muss. Und mir wäre es ebenso gegangen."

Einen Augenblick schwiegen beide. Die Amsel im Birnbaum hatte zu singen begonnen. Margarete forschte in den dunklen Augen der Freundin. Aber sie fand darin keinen Spott, nur Anteilnahme und Zuneigung.

Zögernd fuhr sie fort: „Ich weiß nicht, woher ich die Kraft nahm, mich vom Anblick des Basilisken loszureißen. Ich weiß nur, dass ich lief, so schnell ich konnte. Irgendwann habe ich im Gewirr der Gassen, durch die ich irrte, den Turm von St. Egidien ausmachen können. So fand ich nach Hause. Niemand hatte mein Fortsein bemerkt. Niemand hat mich für meinen Ungehorsam bestraft. Vielleicht wären Strafen weniger schlimm gewesen, als die Bilder, die mich danach lange verfolgt haben. Ich hatte Angst, zum Brunnen zu gehen. Ich hatte Angst vor der Dunkelheit und vor meinen Träumen."

Margarete sah Katharina scheu an, dann senkte sie den Blick. „Heute machen die Bilder mir keine Angst mehr. Heute macht mir Angst, wie klar ich mich an all das erinnere. Dass ich heute, am Beginn der Passionszeit, nicht ungeteilt an die Leiden Christi denke. Sondern an einen Schembartlauf, der beinah fünfzehn Jahre zurückliegt."

Ihre Stimme klang rau: „Ich dachte, mit Erinnerungen sei es wie mit alten Schriften, die immer mehr verblassen – bis sie eines Tages unleserlich geworden sind. Aber nun steht mir vieles so deutlich vor Augen, als sei es gestern geschehen." Es schien, als wolle sie weitersprechen. Katharina sah, dass Margarete mit den Tränen kämpfte. Sanft fragte sie: „Weil du fürchtest, deiner Berufung so nicht zu folgen?"

Beinahe hart erwiderte Margarete: „Weißt du nicht, wie es in einer Schrift über den Klosterstand heißt: ‚*Wahrhaft ins Kloster gehen – das heißt, alle Dinge zu verlassen und in die Wüste zu gehen – sonst rettet ER dich nicht.*'"

Nachdenklich blickte Katharina in das Gewirr der Äste. „Sich ganz dem Klosterleben und dem himmlischen Bräutigam hinzugeben – du magst recht haben: Es kann keine vollkommene Einkehr zu Gott geben, wenn wir uns nicht abkehren von der Welt."

In ihrer Stimme klang die Margarete so vertraute Leidenschaftlichkeit, als sie fortfuhr: „Aber nicht wir haben begonnen, uns wieder der Welt zuzuwenden. Die Welt hat begonnen, zu uns hineinzudringen. So, als hätten die

Mauern Risse bekommen, als hätte man die Tore und Türen einen Spalt breit geöffnet. Früher habe ich die Geräusche der Stadt wie eine vertraute Melodie gehört. Sie war immer da. Aber sie war bedeutungslos. Nun ist das anders. Jeder Ruf, jeder Lärm in den Gassen lässt mich aufhorchen, lässt mich fragen, ob er Gefahr bedeutet."

Als sie Margaretes geängstigten Blick wahrnahm, fügte sie ruhiger hinzu: „Auch ich habe seit Jahren kaum mehr an Zuhause und das Vergangene gedacht. Nun aber denke ich oft daran zurück – an Begebenheiten, an Menschen. Wenn ich nachts wach liege, frage ich mich, wie die, die mir vertraut waren, diese Zeiten erleben. Meine Eltern und Geschwister, meine Spielgefährtinnen aus Kindertagen. Eine von ihnen, Ursula Derrerin, lebt im Katharinenkloster. Sie wohnte nur einen Steinwurf von mir entfernt am Obstmarkt. Wir haben zusammen auf der Gasse gespielt. Wie sehr habe ich ihr dichtes, fast schwarzes Haar, ihre blauen Augen bewundert. Und ihren Mut bei all unseren Spielen! Drei Jahre nach meinem Eintritt ins Kloster ist sie ebenfalls Nonne geworden. Damals war ich traurig, dass sie sich für die Katharinen entschieden hat. Ich hatte sie beinah vergessen. Nun frage ich mich oft, wie ihr in diesen Tagen zumute ist."

Von den Wirtschaftgebäuden drangen Stimmen herüber. Der würzige Geruch frisch gebrauten Fastenbieres zog in den Garten und mischte sich mit dem Duft des vermodernden Laubs. Alles schien friedvoll und erfüllt vom nahenden Frühling.

Katharina wandte sich Margarete zu. legte ihr die Hand auf den Arm. Ihre Stimme war sanft und zwingend zugleich: „Dieser Garten hier, alles, was von unseren Mauern umschlossen wird, ist nicht länger eine abgeschiedene Wüste. Wir leben nicht mehr jenseits der Welt. Wir stehen inmitten des Aufruhrs. Dich trifft keine Schuld."

St. Mathilde

Eritag, 14. März 1525

Im Klarakloster zu Nürnberg

Zwei Tage nach Aschermittwoch, am Tag der heiligen Kunigunde, hatte das Religionsgespräch im Rathaus begonnen.

Dem Augenschein nach ging das Leben im Konvent seinen geordneten Gang: Die Glocken der Klarakirche riefen die Schwestern zu den Horen. Gesänge und Gebete erklangen im Rhythmus der Tage und Nächte. Die Nonnen gingen ihren Pflichten im Skriptorium, in der Webstube und in den Wirtschaftsgebäuden nach.

Dennoch beherrschte das Zusammentreffen der altgläubigen und der reformierten Kräfte im Tanzsaal des Rathauses alle Gedanken und Gespräche. Clara war es, als gliche die Anspannung, die in der Stadt herrschte, einem langsam aufziehenden Gewitter, das auch über den Mauern des Klosters zu spüren war.

Die Arbeit, die Clara seit einer knappen Woche in der Paramentenstube beschäftigte, ließ ihr viel Zeit zum Nachdenken über das, was an Nachrichten und Gerüchten aus der Stadt zu den Schwestern ins Kloster drang.

Der verlässlichste Gewährsmann war freilich Willibald Pirckheimer, der seine Schwester beinah täglich am Redefenster besuchte. Wann immer er nicht selbst kommen konnte, sandte er zumindest eine kurze Botschaft an die Schwestern, in der er über den Fortgang der Gespräche berichtete.

Während unter Claras geschickten Fingern langsam aber stetig ein goldenes Kreuz auf grün gewirktem Leinen entstand, kreisten ihre Gedanken um das, was jenseits der Klostermauern vor sich ging.

Von Pirckheimer wussten sie, wen man mit dem Vorsitz der Beratungen beauftragt hatte. Die Schwestern kannten ihn gut: Es war der Ratskonsulent Christoph Scheurl, der als enger Freund des Klosters einst auch an der Einkleidung Katharinas und Claras teilgenommen hatte.

Diese Wahl war nicht weiter erstaunlich. Ihm, dem die Nürnberger schon oft die Leitung schwieriger Gesandtschaften anvertraut hatten, den man zum Kaiser und zu Verhandlungen mit anderen Städten geschickt hatte, traute man wohl am ehesten zu, in dieser Lage das Rechte zu tun. Ganz offenbar setzte man auch diesmal auf seinen kühlen juristischen Sachverstand, um den Konflikt innerhalb der Stadtmauern zu schlichten.

Clara konnte sich an den damals noch nicht einmal vierzigjährigen Mann, der in Bologna kanonisches und weltliches Recht studiert hatte, gut erinnern, so ungewöhnlich und eigenwillig war sein Äußeres.

Das durch ein perlenbesetztes Haarnetz zurückgenommene rotblonde Haar, große ausdrucksvolle Augen unter der hohen Stirn, eine gerade Nase und ein beinah verwirrend weiblicher Mund mit vollen roten Lippen – all das stand in eigentümlichem Kontrast zu seiner massigen Statur.

Ob ihm seine langjährige Verbundenheit mit dem Kloster noch etwas bedeutete? Die Tatsache, dass er es gewesen war, der für die Versendung der 95 Thesen Luthers gesorgt hatte, sprach dafür, dass man ihn als überzeugten Anhänger des Wittenberger Professors einschätzen musste.

Wie aber sollte man dann das Gerücht verstehen, Scheurl habe sich ursprünglich gegen die Durchführung eines Religionsgespräches ausgesprochen?

Clara hatte in diesen Tagen oft das Gefühl gehabt, als wären die Verhältnisse, die Parteiungen und Meinungen, die die Gemüter in der Stadt so erregten, ebenso verworren wie das Ineinander der Fäden unter ihren Fingerspitzen.

War nun also Scheurl ein Anhänger Luthers, warum hieß es dann, man habe ihn erst durch seine Verpflichtung zum Vorsitzenden für das Vorhaben zu gewinnen vermocht? Auch Willibald Pirckheimer hatte sich darauf keinen Reim machen können.

Dass die Ordensleute das anberaumte Gespräch im Rathaus abgelehnt hatten – dies konnte Clara verstehen und zugleich verstand sie es nicht. Bot diese Unterredung ihnen nicht auch eine Möglichkeit, ihre eigenen Ansichten zu verteidigen?

Der Rat hatte ihre Weigerung, daran teilzunehmen, freilich nicht gelten lassen. Auch auf ihre andere Forderung – die Universitäten von Heidelberg, Ingolstadt und Tübingen zu dem Gespräch hinzuzuziehen – war er nicht eingegangen.

Die Antwort der Stadtväter war kurz und knapp gewesen: Man werde das Gespräch notfalls auch in Abwesenheit der Ordensmänner abhalten – und eine Einmischung der Universitäten lehne man ab.

Und so hatten sich am Kunigundentag um elf Uhr zunächst der innere Rat und weitere zweihundert namentlich genannte Bürger zu einer Vorbesprechung versammelt. Kurz danach waren auch die Vertreter der beiden Parteiungen eingelassen worden.

Auf der Seite der Altgläubigen galten der Franziskanerguardian Michael Frieß und der Karmeliten-Prior Andreas Stoß, ein Sohn des großen Bildhauers Veit Stoß, als Wortführer. Durch den Barfüßer Nikolaus Liechtenstein war auch einer der Prediger und Beichtväter der Klarissen im Kreis der Altgläubigen vertreten.

Als herausragende Persönlichkeiten der reformatorisch gesinnten Gegenseite, hieß es, seien Andreas Osiander, der Prediger zu St. Lorenz, und Dominikus Schleupner von St. Sebald zugegen.

Bemerkenswert fand Clara, dass der Rat auch alle Mediziner und Rechtsgelehrten der Stadt als Zuhörer geladen hatte. Ganz offenbar wollte man zeigen, dass man den Willen des Volkes ernst nahm: Fragen der Religion sollten nicht länger allein den Theologen überlassen werden.

Nur der Tanzsaal des Rathauses bot genug Raum für eine solch große Versammlung. Auch wenn Clara bis auf Liechtenstein und Scheurl die übrigen Beteiligten nur vom Hörensagen oder höchstens durch ihre Schriften kannte – den Ort ihrer Zusammenkunft konnte sie sich bildhaft vorstellen. Sie hatte Zeichnungen des Saales gesehen. Nicht allein wegen seiner schieren Länge von etwa 135 Fuß war er der Stolz der Reichsstadt. Sein mit Holz getäfeltes Gewölbe, der steinerne Fußboden und die, wenngleich noch unvollendeten, Wandausmalungen aus Dürers Hand machten ihn zu einem Meisterwerk der Schönheit.

Willibald hatte die erste Sitzung in einem Brief an die Schwestern so lebhaft geschildert, dass es Clara schien, als sei sie dabeigewesen. Auch wenn er selbst am Kunigundentag nicht auf dem Rathaus hatte zugegen sein können, hatte er seine hervorragenden Verbindungen zu nutzen gewusst: Sebald Heyden, einer der drei vom Rat bestellten Schreiber, ein Schulmeister und Freund Pirckheimers, hatte ihm eine Abschrift seines Protokolls überlassen.

Als Caritas dem Konvent den Bericht dieser ersten Sitzung vorgelesen hatte, hatte Clara sich gefragt, wie die Vertreter der Altgläubigen die Eröffnungsrede Scheurls aufgenommen haben mochten: In ihr hatte er – gegen jede herkömmliche Disputationsordnung – als Verhandlungssprache das Deutsche angeordnet.

Dem aufkommenden Murren im Saal hatte er entgegnet, dass es sich ja schließlich nicht um eine regelrechte Disputation, sondern um ein freundschaftliches Gespräch handele. Mit diesem Kunstgriff hatte er freilich den Vorwurf der unerlaubten Disputation im Keim erstickt!

Danach hatte er ohne Umschweife zu verstehen gegeben, dass in dieser Unterredung allein die Bibel als Richtschnur anerkannt sein würde. Alle anderen Autoritäten würden für nicht gültig erachtet.

Eine Passage aus Scheurls Rede hatte Willibald den Schwestern wörtlich übermitteln lassen. Als Caritas den Nonnen diese vorgelesen hatte, hatte Clara wider Willen zugestehen müssen, dass dieser Gelehrte der Rechte ein glänzender Rhetoriker war: *Nachdem aber der Bock so tief im Garten genistelt hat, dass die Kinder auf der Gassen, ganz zu schweigen von den Weibern, schreien: „Schrift! Schrift!" wird es für höchst notwendig, nützlich und gut erachtet, dass ihr in diesem euren Colloquium Papst, Konzilien, Väter, Tradition, Heiligkeit, Statuten, Dekrete, Gebräuche, Gewohnheit, Althergebrachtes ruhen lasst und allein das heilige Wort Gottes führet und gebraucht, das reine Evangelium und die Bibel. Denn auf diesem Markt werdet ihr mit keiner anderen Münze mehr handeln können.*

Katharina, die neben ihr gestanden hatte, hatte ihr leise zugeraunt, dass man auch sie gelehrt habe, die Heilige Schrift als letzte Messschnur der Wahrheit anzulegen. *Sie* würde sich nicht davor scheuen, auf dem Rathaus Rede und Antwort zu stehen – und dies in der verlangten Währung! Wenn es sein müsste: Auch auf Deutsch!

Clara hatte unwillkürlich lächeln müssen – zu gut konnte sie sich Katharina als entschlossene Kämpferin der Worte vorstellen. Ihre Kenntnis der Bibel erweckte sogar bei den älteren Schwestern immer wieder Bewunderung. Und dass sie es auch verstanden hätte, sich auf Lateinisch zu streiten – auch das hatte Katharina oft genug in den Unterrichtsstunden bewiesen.

Immer wieder kehrten Claras Gedanken während ihrer Arbeit in der Webstube zu dem zurück, was Lazarus Spengler, der Ratsschreiber, als eigentliche Verhandlungspunkte genannt hatte. Sie hatte nicht alle im Gedächtnis behalten. Was sie erinnerte, war, dass neben theologischen Streitpunkten auch praktische Fragen verhandelt werden sollten.

Man wolle also nicht nur über das Wesen der Sünde und des Gesetzes, über die seligmachende Gerechtigkeit, das Evangelium, Taufe und Abendmahl und die guten Werke eines Christen debattieren. Man wolle auch klären, welche Machtbefugnisse der weltlichen Obrigkeit zukämen und ob ehemalige Priester heiraten dürften. Dieser letzte Punkt war keine reine Theorie: Mitten in den Vorbereitungen des Religionsgesprächs, am 20. Februar, hatte der reformatorische Prediger Schleupner eine Nürnberger Bürgerstochter geheiratet.

Wie sehr die in sich zerrissene Bürgerschaft einer Einigung bedurfte, hatte sich wohl nicht zuletzt daran gezeigt. Aber ob es zu solch einer Einigung, zu einem friedlichen Ausgleich kommen würde? Der Rat hatte zwar erklärt, man hoffe, durch die Schickung Gottes werde das Religionsgespräch zu einem solchen führen. Aber die Erfüllung dieser Hoffnung erschien Clara mit jedem

Tag, der verstrich, unwahrscheinlicher. Schließlich hatte Lazarus Spengler gar versucht, bereits bei der zweiten Zusammenkunft das ganze Unterfangen als sinnlos abzubrechen.

Dabei hatte er auch sie, die Klarissen, und alle anderen Nonnen der Stadt als Argument angeführt: *Ihre* Seelen gälte es zu retten – die Seelen hochgeachteter Patriziertöchter. Die verstockten Ordensmänner anzuhören, führe aber nicht zu ihrer Rettung. Das einzige Heilmittel sei, Entschlüsse zu fassen, die der katholischen Irrlehre in der Stadt ein Ende bereiteten. Ohne Aufschub und Verzögerung.

Der Rat hatte diesen Vorstoß Spenglers zwar abgelehnt. Dennoch gestalteten sich die einzelnen Sitzungen so verworren und schwierig, dass niemand sagen konnte, zu welchem Ende sie führen würden.

Bereits in der dritten Sitzung, am Tag der heiligen Perpetua und Felicitas, war man dazu übergegangen, nur noch jeweils einem Vertreter beider Seiten das Wort zu erteilen. Nun standen sich der Prediger von St. Lorenz, Andreas Osiander, und der Franziskanerprediger Lienhard Ebner gegenüber. Ein freundliches Gespräch, wie es Scheurl angekündigt hatte, schien sich zwischen den beiden freilich nicht zu entwickeln.

Clara konnte das Gerücht kaum glauben, dass der Rat sich genötigt sah, den Ordensmännern einen Geleitschutz, bestehend aus Bogenschützen und Stadtknechten, zu gewähren. Sie sollten die Mönche vor der Wut der Menge schützen, die sich tagtäglich vor dem Rathaus versammelte.

Man hatte sich zu dieser Maßnahme entschlossen, da man nicht wusste, ob die Leute die Drohungen, die sie vor den Fenstern des Rathauses riefen, wahr machen würden: Man möge ihnen die Mönche nur ruhig zum Fenster hinauswerfen. Man wisse schon auf die rechte Weise mit ihnen zu disputieren.

Vielleicht war es diese überschäumende Wut gegen die Ordensleute, die Clara die Ereignisse unfassbar und unwirklich erscheinen ließ. Hier saß sie und tat ihre Arbeit. So, als würde sich all das in einer anderen Stadt ereignen, in einer anderen Welt und nicht nur ein paar Straßenzüge entfernt, jenseits des Flusses.

Als sie am Vorabend des Sonntags Reminiscere den letzten Stich getan hatte und das vollendete Kelchvelum betrachtete, erfüllten sie Zufriedenheit und Freude. So, als ginge sie das alles nichts an.

Longinus-Tag

Eritag, 14. März 1525

Im Klarakloster zu Nürnberg

Mitten in der Non am Eritag nach Reminiscere wurde Clara jäh aus diesem seltsamen Empfinden gerissen.

Die Schwestern hatten soeben den Introitus angestimmt, als eilige Schritte den Holzfußboden des Frauenchores zum Schwingen brachten. In den hinteren Reihen entstand Unruhe.

Auch wenn die Vorsängerinnen das Gebet fortsetzten, konnte Clara nicht anders: Sie wandte den Kopf und erblickte Magdalena, die junge Servitialschwester, der sie mit Katharina und Margarete auf der Schwelle des Brauhauses begegnet war, kurz vor jenem Gespräch zwischen Margarete und ihrem Vater, Kaspar Nützel. Mühsam ihren fliegenden Atem bezwingend hatte sich Magdalena in die Schar der Nonnen eingereiht. Clara konnte nicht weitersingen.

Es kam selten vor, dass eine der Servitialen an den Stundengebeten teilnahm. Die Klosterregel gab ihnen die Freiheit, den Horen beizuwohnen oder fernzubleiben. Versäumten sie die gemeinsamen Stundengebete, war ihnen eine bestimmte Zahl von Paternostern zu beten aufgegeben.

Etwas musste passiert sein, dass Magdalena hier war. Voller Ungeduld verfolgte Clara die Wanderung der Sonnenstrahlen. Endlos erschien ihr der Wechsel der Gebete und Psalmverse, der biblischen Lesungen und der Gesänge.

Endlich stand Caritas auf: Die Hore war beendet. Die Schwestern verharrten auf ihren Plätzen, als die Äbtissin und Magdalena sich im Mittelgang entgegengingen.

Nach einem prüfenden Blick in das gerötete Gesicht der jungen Servitialschwester sagte Caritas ruhig und vernehmlich: „Lasst uns ins Refektorium gehen und hören, was Magdalena uns zu erzählen hat. Clara, lauf rasch in die Küche und bring der Schwester etwas zu essen und zu trinken!“

In fliegender Eile war Clara an der Außenmauer des östlichen Kreuzgangflügels vorbei zur Küche gehastet. Als sie mit einem Krug Wasser und einem Teller mit frisch gebackenem Brot die Tür zum Refektorium aufstieß, fand sie dort die Äbtissin, Magdalena und die Schwestern versammelt. Leise stellte sie das Verlangte auf den Tisch. Caritas dankte ihr mit einem Nicken, dann sagte sie zu Magdalena gewandt: „Trink und dann berichte, was dir widerfahren ist."

Magdalenas Hände zitterten ein wenig, als sie den Becher nahm, den Clara ihr reichte. Das Brot ließ sie unberührt. Dann begann sie zu erzählen: „Ehrwürdige Mutter, heute Morgen bin ich, wie es mir aufgetragen war, zum Markt gegangen. Kaum hatte ich unsere stille Klaragasse hinter mir gelassen, geriet ich in ein unglaubliches Gedränge.

Ganz Nürnberg schien auf den Beinen zu sein. Ich musste eng an den Häusern entlanggehen, um überhaupt vorwärtszukommen. Dass die Aufregung der Menschen mit dem Gespräch im Rathaus zu tun haben musste, war mir freilich bewusst. Aber ich wagte nicht, jemanden anzusprechen. Manche Leute blickten mich ohnehin scheel an. Als ich auf Höhe der großen Waage angelangt war, beschloss ich einen Umweg zu gehen und wich über den Schindanger aus. Aber auch dort waren Scharen von Menschen unterwegs.

Als ich endlich St. Lorenz erreicht hatte, hörte ich jemand in der Menge meinen Namen rufen. Zuerst erschrak ich. Aber dann erkannte ich Anna, eine der Servitialen aus dem Katharinenkloster. Sie kämpfte sich zu mir durch und zog mich in einen Torbogen. Dort erfuhr ich von ihr, was alle Welt um mich herum schon zu wissen schien. Und ich begriff den Grund für den allgemeinen Aufruhr."

Magdalena machte eine Pause. Clara konnte sich des Eindrucks nicht erwehren, dass ein Fünkchen Abenteuerlust in ihren Augen leuchtete und sie ihre Erzählung genoss.

Ihre Stimme jedoch war ernst, als sie fortfuhr: „Denkt euch – die Ordensmänner haben heute bei Tagesanbruch eine Botschaft an den Rat gesandt: Sie werden künftig nicht mehr im Rathaus erscheinen. Die letzten Tage hätten erwiesen, dass diese Zusammenkünfte nichts anderes seien als eine Disputation. Da der Kaiser aber alle Disputationen im Edikt von Burgos bis zur Abhaltung eines allgemeinen Konzils streng verboten habe, könne man nicht länger daran teilnehmen."

„Und wie hat der Rat darauf geantwortet?", fragte Caritas.

„Anna erzählte, man habe einen Kanzlisten mit einer Botschaft in alle Klöster der Stadt geschickt. In alle Männerklöster. Zwar könne man niemand zwingen, an den Gesprächen teilzunehmen. Aber man werde sie auch ohne die Vertreter der Orden fortsetzen und zu einem Abschluss bringen. Mit oder ohne ihre Mitwirkung."

Magdalena trank einen Schluck aus dem Becher. Ein entschuldigendes Lächeln huschte über ihr Gesicht: „Ehrwürdige Äbtissin, bitte verzeiht und versteht, dass ich nun nicht einfach ins Kloster zurückkehren konnte. Ich wusste, dass ich der Regel zuwiderhandele. Und dass ich ebenfalls gegen die Regel verstoße, wenn ich euch Gerüchte von draußen überbringe. Aber –", Magdalena stockte und suchte Caritas' Blick – „aber ich dachte zugleich, dass ich uns allen am besten diene, wenn ich zum Rathaus laufe, um vielleicht zu erfahren, was dies alles zu bedeuten hat."

Die Miene der Äbtissin drückte keine Verärgerung, sondern nur Besorgnis aus, als sie murmelte: „Damit hast du dich wahrhaftig in Gefahr gebracht. Der Gottesmutter sei Dank, dass dir offenbar nichts geschehen ist." „Ich habe nicht mehr gewagt als das, was jede von euch gewagt hätte. Aber hört weiter. Der direkte Weg zum Rathaus über die Barfüßerstraße und den Herrenmarkt schien mir zu gefährlich. Auch war wegen der vielen Menschen an ein Vorankommen kaum zu denken. Es schien mir klüger, mich abseits der Massen zu halten. Also wählte ich einen Umweg: An St. Katharina vorbei und über die Spitalbrücke, am Schuldturm vorbei, durch Hinterhöfe und Toreinfahrten gelangte ich schließlich zum Obstmarkt und von dort zum Fünferhaus, bis ich endlich den Salzmarkt erreicht hatte. Bis unmittelbar vor das Rathaus vorzudringen, war völlig unmöglich. Die Menschen standen so dicht an dicht, dass mir bald nichts anderes übrig blieb, als inmitten der Menge stehen zu bleiben.

Es war schon am späten Vormittag. Alle Fenster des Rathauses waren trotz des kalten Westwindes weit geöffnet – sicherlich nicht zufällig. Offenbar wollte man die Menge draußen als Zeugen dessen, was innen vor sich ging.

Jene, die zuvorderst standen, riefen uns hinteren zu, was im Rathaus gesprochen werde. Ob ich alles für bare Münze nehmen sollte, wusste ich freilich nicht. Aber hört selbst: Der Rat habe für die heutige Sitzung noch einmal 500 Zuhörer geladen, Adlige und Bürger. Dann hieß es, der Ratsschreiber Lazarus Spengler habe vor allen Anwesenden die Beschwerde der Ordensleute verlesen: Sie hätten sich beklagt, sie könnten in diesen Zusammenkünften nichts mehr gewinnen – zumal ohne einen unparteiischen Richter!

Das Gejohle und die Beschimpfungen der Menge, die darauf folgten, mag ich euch nicht wiederholen. Mir wurde so bang ums Herz, dass ich am liebsten fortgelaufen wäre.

Dann rief einer, er höre die Stimme Andreas Osianders. Und wirklich zeigte sich der Prediger von St. Lorenz mehrere Male am Fenster. Dem Stand der Sonne nach musste mittlerweile die Terz vorüber sein. Ich wusste nicht, ob ich noch bleiben sollte – aber immer wieder drang auch zu uns Hintenstehenden vor, was Osiander in seiner nicht enden wollenden Rede dem Rat einschärfte: Christlich könne eine Obrigkeit in diesen Zeiten nur sein, wenn sie dem Treiben der Altgläubigen ein Ende bereite! Nur wenn sie sich dem evangelischen Glauben zuwende, würden Friede und wahre Untertänigkeit der Leute in der Stadt Einzug halten. Ehre und Preis vor Gott seien den Ratsherren gewiss, wenn sie den alten Glauben aus den Mauern verbannten!

Zustimmende Rufe waren daraufhin zu hören und viele schrien: Fort mit den falschen Pfaffen! Nehmt dem Otterngezücht seine Schätze fort!“

Clara fröstelte. Im Refektorium war es totenstill geworden.

„Ob Osiander selbst gesagt hat, der Rat möge die Klöster enteignen, oder ob es nur die aufgestachelte Menge geschrien hat, weiß ich nicht. „Auf Leib und Leben – auch ohne Konzil“, begannen die Menschen um mich herum zu rufen.

Immer mehr wurde ich gewahr, dass die Umstehenden mich spöttisch und feindselig ansahen. Mein Gewand verriet mich ja als zu euch gehörig. Da bin ich fort. So gut es ging, habe ich mir einen Weg durch die Menschen gebahnt, den Kopf gesenkt. Endlich hatte ich den Rand des Platzes erreicht und konnte freier ausschreiten. Ich weiß nicht, ob ich es mir nur eingebildet hatte – aber hinter mir hörte ich Schritte, die immer näher kamen. Das Herz schlug mir bis zum Hals. Ich begann zu laufen. So gewann ich einen kleinen Vorsprung. Auch als ich den Heumarkt erreicht hatte, wagte ich mich immer noch nicht umzudrehen. Am Eingang zur Judengasse musste ich schließlich vor Erschöpfung stehen bleiben. In diesem Moment fuhr ein Händler mit seinem Eselskarren vorbei.

Da die Gasse an dieser Stelle sehr eng ist und eine Gruppe von Menschen dem Karren entgegenkam, hielt das Gefährt an. Ohne mich lange zu besinnen, sprang ich hinten auf den Karren und legte mich flach zwischen den geladenen Fässern auf den Boden. Ich wollte nur fort von meinen Verfolgern, ganz gleich wohin.“

Magdalena atmete tief ein. Dann lächelte sie spitzbübisch. „Dem Heiligen Antonius sei dank – mein Plan glückte! Lange blieb ich dicht an den Boden gepresst liegen, aus Angst, der Händler oder meine Verfolger könnten mich entdecken. Trotz meiner Angst merkte ich schließlich, dass ich entkommen sein musste. Der Wagen kam auf der stetig ansteigenden Straße nur langsam voran.

Endlich hielt der Karren und ich hörte zu meiner Erleichterung, dass der Mann auf dem Kutschbock abstieg und sich entfernte. Mit einem Satz sprang ich vom Wagen und erschrak: Die Häuser, die ich erblickte, waren mit schrecklichen Figuren von menschlichen Ungeheuern geschmückt, die kleine Kindlein in ihren Klauen halten. Dann aber sah ich den Turm des Laufer Tores und erinnerte mich daran, dass diese Gegend auch ‚Zum Kindleinsfresser‘ genannt wird.

Niemand schien mir gefolgt zu sein. Niemand schenkte mir Beachtung. Mit zitternden Knien wandte ich mich südwärts. Auf dem ganzen Rückweg entlang der Stadtmauer, vorbei am Wöhrder Törlein bis zu unserem Kloster betete ich unaufhörlich zu den Heiligen, sie mögen mich vor aller Gefahr behüten. Und so bin ich unverletzt nach Hause gelangt."

Magdalena ergriff den Becher und leerte ihn in einem Zug. Nun, da sie mit ihrem Bericht zu Ende war, wirkte sie mit einem Mal erschöpft und zerbrechlich. Clara sah, dass ihre Hände zitterten, als sie ein Stück von dem Brot abbrach, das unberührt vor ihr auf dem Tisch gestanden hatte. Aber auch jetzt aß sie nicht davon. Es war, als warte sie darauf, dass die Äbtissin etwas auf ihren Bericht erwidere. Aber Caritas sah sie nur an.

Mit gesenkten Augenlidern sagte Magdalena schließlich: „Ehrwürdige Mutter – nun weiß ich trotzdem nicht, was all das für uns zu bedeuten hat. Ich weiß nicht einmal, ob das, was ich gehört habe, so auf dem Rathaus gesprochen wurde, und was die Menge auf dem Platz erfunden haben mag."

Sie hielt inne. Dann hob sie den Blick. „Aber eines weiß ich: Dass es besser gewesen wäre, *Ihr* wäret in den vergangenen Tagen im Rathaus zugegen gewesen – und nicht die Mönche!"

Clara war so verblüfft über diese freimütige und zugleich unerhörte Äußerung, dass ihr der Atem stockte. Die Äbtissin lächelte nur ein wenig traurig. „Vielleicht muss man dankbar sein, wenn Gott einen nicht vor solch eine Bewährungsprobe stellt. Aber in dem anderen gebe ich dir recht", fügte sie ernst hinzu. „Was das für uns Klarissen zu bedeuten hat – auch ich weiß es nicht. Alles, was wir tun können, ist warten und hoffen."

Oculi

Sonnentag, 19. März 1525

Im Klarakloster zu Nürnberg

Seit Magdalena dem Konvent von ihren Erlebnissen auf dem Rathausplatz berichtet hatte, ließ sich der Klosteralltag nur noch mit Mühe aufrechterhalten. Auch der Geburtstag der Äbtissin, der am Tag des heiligen Benedict, zwei Tage nach Oculi, gefeiert werden sollte, versetzte die Schwestern nicht wie sonst in freudige Erwartung.

Stets hatte Margarete diesen Tag als einen der festlichsten im Jahreslauf empfunden. Das lag nicht so sehr an dem besonderen Mahl, das zu diesem Anlass bereitet wurde, sondern an der Verbundenheit zwischen den Schwestern und ihrer Äbtissin, die an diesem Tag besonders deutlich zu Tage trat.

Ob Caritas wie in den vergangenen Jahren das Hackbrett hervorholen würde, um für die Schwestern Tanzweisen zu spielen? Margarete war nicht sicher, ob die Äbtissin dazu die Kraft aufbringen würde. Aber sie war gewiss, dass sie sich freuen würde, wenn die Nonnen für sie musizierten. Darauf sollte sie nicht verzichten, auch wenn ihnen allen das Herz schwer war.

Es war eine Handvoll Schwestern, die Margarete am Sonntag nach der Terz mit ihren Instrumenten um sich versammelt hatte. Das Zusammenspiel der Lauten, der Harfe und der Flöten erfüllte die kleine Zelle.

In allen Dingen scheute Margarete sich, im Mittelpunkt zu stehen – nur nicht in der Musik. Wie stets, wenn sie die Harfe zur Hand nahm, kam eine große Ruhe über sie. Der leichte Druck an ihrer Schulter, die Schönheit des kühn geschwungenen Halses, die samtweiche Glätte des geschliffenen Ahornholzes unter ihren Händen trugen dazu bei. Die Töne, die ihre Finger dem Instrument entlockten, schienen ihren ganzen Körper in Schwingung zu versetzen. Nur im Gebet hatte sie sonst so sehr das Gefühl, eins mit sich selbst zu sein.

Ein hartes Klopfen an der Tür unterbrach die Harmonie der Töne. Die Musikerinnen blickten sich erschrocken an. Einen Augenblick später wurde die Tür aufgestoßen und Walburga stand im Türrahmen.

Ihr Blick heftete sich auf Margarete. Einen Moment verharrten beide reglos. Margarete fühlte, wie das Blut ihr aus dem Gesicht wich. Schon einmal hatte die Äbtissin die Novizin als Botin zu ihr geschickt. „Die Mutter. Sigmund und Christoph Fürer", sagte Margarete tonlos. Ihre Hände umklammerten den Bogen der Harfe.

Walburga schüttelte den Kopf. Auf ihren blassen Wangen brannten rote Flecken. „Caritas hat mich ausgeschickt, euch ins Refektorium zu rufen. Alle warten schon. Nur ihr fehlt noch." Die Stimme der Novizin klang gepresst. „Die Ratsherren Christoph Koler und Bernhard Paumgartner sind dort. Wir sollen anhören, was der Rat uns zu sagen hat."

Margarete versuchte, zu verstehen, was Walburga eben gesagt hatte. Also nicht die Mutter. Und nicht die Oheime. Dann war noch nicht alles verloren.

Aber welche Ungeheuerlichkeiten mussten geschehen sein, dass die Ratsherren sich ohne weiteres Eintritt in die Klausur verschaffen konnten? In den Gesichtern der anderen las sie ihre eigenen Befürchtungen.

Ihre Knie zitterten. Um ihre Erregung zu bezähmen, legte sie sorgsam das weiche Leinentuch über die Harfe. Das helle Holz fühlte sich warm und tröstlich an. Die anderen taten es ihr nach und wickelten sorgsam ihre Instrumente ein. Es war, als wollten auch sie dem ausweichen, was sie im Refektorium erwartete. Aber schließlich mussten sie Walburga folgen.

***

Im Gleichklang der Schritte hatten sie das Winterrefektorium erreicht. Hinter der schweren Tür war kein Laut zu hören. Walburga öffnete den fünf Schwestern die Tür. Der Konvent saß dicht gedrängt auf der einen Seite des langen Esstisches aus Eichenholz. Auf der anderen Seite, nah am hell lodernden Kamin, standen zwei Männer Schulter an Schulter. Sie hatten den Schwestern halb den Rücken zugekehrt. Eine fahle Nachmittagssonne erhellte den Raum.

Für einen Moment schoss Margarete der widersinnige Gedanke durch den Kopf, ob die Besucher wohl so etwas wie Furcht empfanden.

In diesem Augenblick wandten sich die Ratsherren den Schwestern zu. Mit einer Mischung aus wohlwollender Nachsicht und würdevoller Strenge blickte der ältere der beiden Männer auf die Schar der Frauen. Er mochte gut vierzig Jahre alt sein. Trotz der grauen Strähnen, die sein rotblondes Haar durchzogen, ging von seiner Erscheinung der Eindruck gesammelter Kraft aus, ohne dass er besonders breitschultrig oder hochgewachsen gewesen wäre. Ein Kranz feiner Fältchen lag um seine tiefliegenden blauen Augen. Seiner Kleidung war sein Reichtum anzusehen, ohne dass er den Eindruck erweckte, besonderen Wert auf sein Äußeres zu legen.

In den Augen des Jüngeren meinte Margarete unverhohlenen Spott blitzen zu sehen. Oder war es lediglich Selbstsicherheit? Überlegenheit? Wie eine Welle überkam sie die Gewissheit, wer in diesem Raum Grund zur Furcht hatte.

Der ältere Ratsherr wandte sich nun den Schwestern zu. Seine Stimme klang dunkel und angenehm: „Ehrwürdige Äbtissin, es ist mir wohl bewusst, dass unsere Zusammenkunft hier im Kloster etwas ungewöhnlich sein mag. Aber die Ratsbeschlüsse, die Bernhard Paumgartner und ich euch zu übermitteln haben, sind von solcher Wichtigkeit, dass es uns nicht geboten schien, am Redefenster unsere Botschaft vorzutragen. Wir danken euch, Caritas, dass Ihr ein Einsehen in die Notwendigkeit gezeigt habt, den ganzen Konvent von Angesicht zu Angesicht zu sprechen."

Margarete zog unwillkürlich die Augenbrauen hoch. Sie konnte sich nicht vorstellen, dass Caritas aus freien Stücken dieser Forderung nachgegeben hatte. Sie warf der Äbtissin einen raschen Seitenblick zu. Aber deren Miene war undurchdringlich.

Nun ergriff Paumgartner das Wort. „Uns obliegt die Aufgabe, euch mitzuteilen, welche Wohltaten auch euch Klarissen nach dem Religionsgespräch zugedacht sind." Ein feines Lächeln spielte um seine Mundwinkel. Offenbar gefiel er sich in seiner Ironie.

Er ging vor den Schwestern auf und ab, während er fortfuhr: „Es ist die väterliche Gunst und Sorge des Rates, die ihn dazu treibt, die Wahrheit des hellen Gotteswortes, wie sie nun durch Gottes Willen ans Licht gekommen ist, auch euch als seinen Kindern und Freunden nicht vorzuenthalten. Die Gnade des Evangeliums, das so lange verdunkelt war durch falsche Prediger, soll endlich in euren Mauern wirken. Kosten und Mühen wird der ehrwürdige Rat dabei nicht scheuen."

Etwas in seiner Stimme ließ Margarete den Blick heben und Paumgartner betrachten. Er mochte nur wenig älter sein als sie selbst. Stattlich war er, breitschultrig. Christoph Koler überragte er um Haupteslänge. Seine Gewandung, die ihr so ganz anders vorkam als die Männerkleidung, an die sie sich aus Kindertagen erinnerte, legte Zeugnis von seiner Stellung ab: Das reich verzierte Wams unter der kostbaren, pelzbesetzten Schaube, die an den Ellenbogen mehrfach geschlitzten Hemdsärmel, die den grün schimmernden Unterstoff hervorblitzen ließen – all dies musste viel Geld gekostet haben.

Seine eng beieinander liegenden braunen Augen hatten etwas Zwingendes. In seiner Stimme jedoch hatte noch etwas anderes gelegen, das sie nicht deuten konnte. Unwillkürlich fragte sich Margarete, ob sie ihn außerhalb des Klosters als einnehmend oder abstoßend empfinden würde.

Gegen ihren Willen wurde ihr zugleich ihr eigenes Äußeres bewusst. Seit dem Eintritt ins Kloster hatte sie in keinen Spiegel mehr geblickt. Mit einem Mal erinnerte sie sich an die abschätzigen Blicke der Mutter, die Halbsätze gegenüber anderen, die nicht für ihre Ohren bestimmt gewesen waren. Oder etwa doch …? Wie unwichtig war ihr all das in den letzten Jahren geworden.

Paumgartner riss sie aus ihren Erinnerungen. Er musste gespürt haben, dass sie ihn betrachtet hatte. Als er ihr voll ins Gesicht sah, fühlte sie, wie ihr das Blut in den Kopf schoss. Hatte der Ratsherr ihre Gedanken erraten? Voller Scham senkte sie den Blick.

Sie war froh, dass Christoph Koler sich nun erneut an die Schwestern wandte: „Jene Wohltaten … Um es kurz zu machen: Der Rat hat euch einen äußerst gelehrten, angesehenen Prediger verordnet. Vielleicht ist sein Ruf auch schon bis zu euch gedrungen. Der Domprediger zu Würzburg, Johann Poliander, wird schon morgen zu euch kommen und euch in Zukunft das Evangelium predigen."

Ein Holzscheit barst im Kamin. Wie selbstverständlich ergriff Koler das Schüreisen und schob die glühenden Scheite enger zusammen. Danach setzte er sich bedächtig auf einen der beiden Stühle, die offenbar für die Ratsherren bereitgestellt worden waren. Paumgartner folgte seinem Beispiel. Nun waren die Männer mit den Nonnen auf Augenhöhe.

Koler räusperte sich. „Es ist der ernste Wille des Rates, dass alle Schwestern diesen erleuchteten Mann anhören. Von Euch, Caritas, erwartet man, dass Ihr Eure Schützlinge dazu anhaltet, diesen Predigten tatsächlich beizuwohnen. Alle, ohne Ausnahme." Kolers freundlicher Ton konnte Margarete nicht täuschen. Sie fing einen Blick von Katharina auf und las in ihm ihre eigene Empfindung: Sie drohen uns.

„Auch neue Beichtväter hat der Rat Euch auserwählt. Das heißt – wählen dürft Ihr selbst", mischte sich Bernhard Paumgartner ein. „Euch ist es anheimgestellt, ob ihr Euch dem Augustinermönch Karl oder seinem Mitbruder Dorfer anvertrauen wollt. Aber auch den Weltpriester Seubelt, der an St. Sebald seinen Dienst versieht, könntet Ihr wählen. Eins aber ist beschlossen", die Stimme Paumgartners klang nun hart, „eure Barfüßer müsst Ihr aufgeben. Mit ihnen werdet Ihr nichts mehr zu schaffen haben und sie nicht mit Euch. Diese unglückselige Verbindung muss ein Ende haben! Das werden wir auch Michael Frieß, dem Franziskanerguardian, mitteilen."

Christoph Koler räusperte sich vernehmlich. Es schien, als seien die unverhohlen harschen Worte seines Begleiters ihm unangenehm. „Seid versichert, dass Euer Kloster beim Rat vor allen anderen Klöstern der Stadt in der größten Gunst steht. Alle Veränderungen, die wir Euch mitgeteilt haben, bedeuten lediglich, dass Ihr besser versorgt sein sollt als je zuvor. Nicht Feindschaft, sondern allein väterliche Liebe ist es, die uns zu diesen Schritten nötigt."

Margarete meinte, in seiner Stimme etwas Flehentliches zu hören. So, als ränge er darum, dass Caritas die Redlichkeit seiner Absicht erkennen möge. Beide Ratsherren schwiegen nun. Im Refektorium war es still. Alle warteten auf eine Erwiderung der Äbtissin.

Margarete fühlte, wie sich ihre Nackenmuskeln anspannten. Immer noch schwieg die Äbtissin. Der Schmerz in Margaretes Nacken nahm langsam und unerbittlich an Stärke zu. Ihr schwindelte. Ein Gefühl plötzlicher Übelkeit überfiel sie. Sie kannte und fürchtete diesen Zustand, der sie unfähig machte, einen klaren Gedanken zu fassen und der sogar das Tageslicht in etwas Feindliches, Quälendes zu verwandeln vermochte. Sie bohrte ihre Fingernägel in ihre Handflächen.

„An Eurer väterlichen Treue zu uns habe ich in all den Jahren, die ich als Äbtissin diesem Kloster gedient habe, nie gezweifelt." Die Gegenstände um Margarete verloren ihre Konturen. Ein gleißendes Flimmern trübte ihren Blick. Trotz ihrer körperlichen Schwäche hörte sie die Worte der Äbtissin in überdeutlicher Schärfe.

Sie fragte sich, woher Caritas die innere Stärke nahm, den Ratsherren so unerschrocken zu begegnen. Die Äbtissin war ans Fenster getreten. Ihr Gesicht, obgleich es von ihren körperlichen Leiden beredt Zeugnis ablegte, glühte vor Leidenschaft und ließ sie jünger und kraftvoller erscheinen als sie war.

„Was mich befremdet und betrübt, ist die Plötzlichkeit, mit der uns der ehrwürdige Rat von unseren Beichtvätern zu trennen gedenkt. Wir können nur inständig darum bitten, dass man uns die vertrauten Seelsorger nicht entreißen möge. Von Schande oder Ärgernis, die durch ihren Dienst in unseren Mauern entstanden seien, ist mir nichts bekannt."

Caritas hielt inne und wandte sich nun direkt an Christoph Koler. „Auch Eure andere Sorge, wir hätten bislang die Predigt des Evangeliums entbehren müssen", in Caritas Stimme lag nun ein Hauch von Spott, „seid versichert, dass wir auch bislang nicht auf die Verkündigung des klaren Wortes Gottes verzichten mussten. Eine Trennung vom Barfüßerorden können und werden wir ebenfalls nicht zustimmen – sind doch Franziskaner und Klarissen unauflöslich verbunden."

Margarete verengte die Augen. Langsam ließen das Flimmern und die schmerzhafte Anspannung in ihren Schultern nach. Das helle Tageslicht draußen vor dem Fenster begann der Dämmerung zu weichen, die in diesen Vorfrühlingstagen das Kloster lange vor der Vesper wie ein rauchblauer Schleier umhüllte.

Mit klarer Stimme fügte die Äbtissin hinzu: „Wenn wir aber hierin Gewalt leiden sollten, dann müssten wir auch das hinnehmen. Wir haben keine Macht, uns zu wehren. Meine Zustimmung und Einwilligung jedoch, ehrwürdiger Christoph Koler, kann ich Euch nicht geben."

Trotz ihrer Angst konnte Margarete nicht anders, als eine gewisse Genugtuung angesichts der verdutzten Gesichter der beiden Ratsherren zu empfinden. Es war zu offensichtlich, dass sie mit einer gänzlich anderen Antwort gerechnet hatten.

„Aber ich habe für mich gesprochen und ich möchte, dass Ihr auch die Meinung der Schwestern zu Euren Vorschlägen hören könnt." Caritas hatte sich den anderen zugewandt. In der Stille, die nun im Refektorium herrschte, drang der Gesang einer Amsel durch eines der halb geöffneten Fenster.

Margarete hätte nicht sagen können, wer das Zeichen gegeben, welche der Frauen den Anfang gemacht hatte. Kein Wort wurde gesprochen. Nur das leichte Rauschen der Kutten war zu hören, als sich der Konvent schweigend erhob, als seien sie eine Einheit, ein einziges Wesen. Ihre Gesichter waren Caritas zugewandt.

Auch Koler und Paumgartner waren nun aufgesprungen. In Paumgartners Gesicht las Margarete eine Mischung aus Verdutztheit und Ärger, über die sie unter anderen Umständen gelacht hätte. Die Adern an seinen Schläfen traten deutlich hervor. Er öffnete den Mund, aber bevor er etwas sagen konnte, legte ihm sein älterer Begleiter die Hand auf die Schulter. Paumgartner schwieg mühsam beherrscht.

Ohne die Schwestern eines Blickes zu würdigen, wandte sich Koler mit ernster Strenge an Caritas. „Das Ansinnen des Rates, Euch mit dem hochgelehrten Prediger Poliander zu versehen, kann nicht mehr abgeändert werden. Alles ist vorbereitet, Poliander bestellt – schon morgen wird er seinen Dienst hier im Kloster beginnen."

Koler stockte, dann fuhr er etwas milder fort: „Und wenn Ihr und die Euren Euch vor den Weltpriestern als Beichtvätern scheut – so nehmt einen der Augustiner, die als ehrbare Mönche bekannt sind."

„Ehrbar!", ließ sich Caritas nun voller Ungeduld vernehmen. Ihre Augen blitzten. Sie machte keinen Versuch, ihren Ärger zu verhehlen. „Wir kennen die Mönche, die Ihr uns genannt habt und wissen, welch loses Ordensleben sie führen! Wenn Ihr *diese* als ehrbare Mönche betrachtet –!"

„Nun, im Ordensstand werden sie ja auch nicht bleiben. Bald werden sie wohl ihre Kutten ablegen und – ". Caritas fiel Paumgartner ins Wort: „Ihr ratet uns also zu Männern, die gegenüber ihren Gelübden meineidig werden wollen? Die sich Frauen nehmen und uns dazu raten werden, wir sollten ebenso handeln und uns Männer nehmen? Davor behüte uns Gott!“ Alle Farbe war aus ihrem Gesicht gewichen.

„Bei Euren Mönchen könnt Ihr nicht bleiben. Und sie nicht bei Euch. Alle Welt weiß, welche Früchte diese Verbindung tragen kann“, sagte Paumgartner mit schneidender Stimme. „Wir haben uns nichts zuschulden kommen lassen, was den Rat berechtigen würde, sie von uns zu trennen“, erwiderte die Äbtissin scharf. Eine leichte Röte überzog das Gesicht des jungen Ratsherren. Margarete war nicht sicher, ob aus Scham über seine unverfrorenen Worte oder aus Zorn über die Unbeugsamkeit der Äbtissin.

Einen Moment herrschte angespanntes Schweigen. Christoph Koler war an den offenen Kamin getreten. Ohne die Äbtissin anzusehen, sagte er mit leiser, ernster Stimme: „Euer guter Ruf, Caritas, und der Eurer Schwestern ist dem Rat bekannt. Aber ebenso ist bekannt, dass es sich an anderen Orten, in anderen Frauenklöstern, nicht so verhält. Wie aber soll man den einfachen Leuten erklären, dass man das eine Mal die Mönche in den Frauenklöstern abschaffen muss und sie an anderem Ort unbehelligt lässt?“

Koler wandte sich der Äbtissin zu. „Unfrieden und üble Nachrede wären die Folge – etwas, das Ihr, Caritas, Eurem Konvent nicht wünschen könnt.“

„Und Ihr könnt nicht von uns verlangen, dass wir gegen unser Gewissen handeln und unser Kloster freiwillig verlassen – nur um den Menschen zu gefallen.“

Margarete konnte das Blut in den Adern an Paumgartners Schläfen pulsieren sehen. „Wenn das Euer letztes Wort ist, Caritas Pirckheimer, so werden wir – “ „… Eure Meinung *nicht* dem erwürdigen Rat vortragen!“, fiel Koler dem jungen Ratsherrn ins Wort.

Einen Moment lang maßen er und die Äbtissin ihre Blicke. Ohne der Verblüffung seines Begleiters Beachtung zu schenken, wandte sich Koler zum Gehen. Die Hand auf dem Türschloss, drehte er sich noch einmal um.

„Ich werde dem Rat von Eurer Weigerung nicht berichten. Noch nicht. Denn sie kann und wird Euer letztes Wort nicht sein. Nehmt unser Schweigen als Zeichen unserer väterlichen Sorge um Euch.“

Es war Paumgartner, der das letzte Wort behalten sollte. Nahe trat er an die Äbtissin heran: „Aber wenn Ihr Euren Sinn nicht ändert, werdet Ihr unseren väterlichen Zorn zu spüren bekommen.“ Dann folgte er Koler mit raschen Schritten.

***

„Und dies, Bernhard Paumgartner, ist Euer letztes Wort?“ Erhart Horolt stützte sich schwer auf den hölzernen Tisch, der in der Mitte des Raumes stand. Außer zwei grob gezimmerten Hockern gab es in dem kleinen Beichthaus keine weiteren Möbel. An den Wänden ringsum waren Regalbretter angebracht, die voller Bücher standen.

Koler war auf der Schwelle der niedrigen Eingangstür stehengeblieben. Sein Gesicht verriet keine Regung. Liechtenstein, der Prediger des Klosters, stand am Fenster und sah in die Dunkelheit des Abends hinaus, als wären die Eindringlinge keiner Beachtung wert. Obwohl er kaum vierzig Jahre alt sein mochte, durchzogen tiefe Falten sein schmales Gesicht.

In seiner Hand hielt er ein schwarz eingebundenes Buch, in dem er offenbar kurz vorher noch gelesen hatte, als die Ratsherren das Beichthaus betreten hatten. Auch auf dem Tisch lagen verschiedene Bände.

„Der geistliche Mai“ stand auf dem aufgeschlagenen ersten Blatt des einen. Paumgartner gab sich keine Mühe, sein spöttisches Lächeln zu verbergen – er kannte den Verfasser. Und er kannte diese Art Bücher. Wenn er es recht wusste, verbarg sich hinter diesem Titel eine Anleitung für Nonnen, sich in das Leiden Christi zu versenken. Um dies zu erreichen, sollten sie in ihrer Vorstellung durch einen blühenden Maiengarten wandeln: In Bäumen und Sträuchern und Tieren würden der frommen Seele dann die Leiden Christi in ihrer tiefsten Bedeutung verständlich werden.

Der Ratsherr schnaubte verächtlich. Was für ein Unfug. Er hätte schwören wollen, dass sich unter all den Büchern in diesem Haus keine Ausgabe der Bibel befand!

„Ihr schuldet mir noch eine Antwort“, ließ sich Erhart Horolt vernehmen. In seiner Stimme hielten sich Ungeduld und mühsame Beherrschung die Waage. „Es ist mein letztes Wort“, sagte Paumgartner. „Aber Ihr habt die Wahl, Bruder Erhart. Entweder Ihr verlasst noch heute Abend das Beichthaus. Oder wir schicken noch heute Abend jemand, der Euch bei Eurem Auszug behilflich ist.“

Einen Augenblick lang war es vollkommen still in dem kleinen Raum. Die Knöchel an Horolts Händen traten weiß hervor. Langsam richtete er sich auf. Unwillkürlich wich Paumgartner einen Schritt zurück, so respekteinflößend wirkte der Alte durch seine ungewöhnliche Größe und seine fast schwarzen Augen unter den eisgrauen Brauen. Nun hatte sich auch Liechtenstein zu den Ratsherren umgedreht.

Ohne Paumgartner eines Blickes zu würdigen, wandte er sich an Christoph Koler: „Weiß Caritas, dass Ihr hier seid?“ Diese Frage, so leise der Franziskaner sie gestellt hatte, schien Koler in Verlegenheit zu bringen.

Doch noch ehe er zu einer Antwort ansetzen konnte sagte Bernhard Paumgartner scharf: „Der *Rat* weiß, dass wir hier sind. Und Ihr, Bruder Nikolaus, solltet das wissen. Euch habe ich doch bei dem Religionsgespräch im Rathaus gesehen. Ich verstehe Euer Erstaunen also nicht. Ihr habt den Beschluss der Stadtväter schließlich mit eigenen Ohren gehört: Dass die Barfüßermönche die Predigt und das Beichthören in den Klöstern zu unterlassen haben."

Nikolaus Liechtenstein trat zu Horolt an den Tisch. Dieser sagte mit etwas heiserer, aber fester Stimme: „Unser Gewissen und unser Gelübde heißen uns zu bleiben. Um der Schwestern willen."

Koler mied den Blick der beiden Franziskaner, als er sagte: „Um der Schwestern willen werdet Ihr noch heute Abend gehen. Dass vom Rat gesandte Bewaffnete in die Klausur eindringen – das werdet Ihr nicht wollen. Ich könnte für ihr Vorgehen gegen die Schwestern nicht bürgen."

Paumgartner sah seinen Begleiter an. Dessen Worte konnte man als Drohung auffassen – aber in der Stimme des anderen lag auch etwas Bittendes, so, als wäre ihm selbst daran gelegen, dass den Klarissen nichts zustoßen solle. Paumgartner runzelte die Stirn. Auf welcher Seite stand Koler eigentlich? Von Anfang an hatte er Zweifel gehabt, als der Rat ihm Koler in dieser Sache zur Seite gestellt hatte. Aber daran ließ sich nun nichts mehr ändern. Offenbar lag es nun allein an ihm, die Angelegenheit zu dem erwünschten Abschluss zu bringen.

Entschlossen trat er zu dem kleinen Tischchen. Keine Armeslänge trennte ihn von den beiden Mönchen. „Beschwert Euer Gewissen nicht allzu sehr, Bruder Erhart. Eure Aufgabe hier ist zu Ende. Denn auch der menschliche Irrweg der Klostergelübde wird bald zu einem Ende kommen – so wie es im Rathaus verkündet wurde. Dann wird es keine Schwestern zu St. Klara mehr geben." Paumgartner wandte sich zur Tür. Er drückte sich das Barett in die Stirn. „Noch etwas – bemüht euch nicht, eurem Guardian von eurem Abschied zu berichten. Diese Pflicht werden wir euch gerne abnehmen. Lebt wohl."

St. Claudia

Dies lune, 20. März 1525

Im Klarakloster zu Nürnberg

Es war noch dunkel gewesen, als Katharina am Morgen nach Oculi die Kirche zur Frühhore betreten hatte.

Als sie sich schließlich auf den Weg zum Skriptorium gemacht hatte, um ihr Tagwerk zu beginnen, war sie noch einmal an eines der Kreuzgangfenster getreten und hatte hinausgesehen. Das kleine Stückchen Himmel, das sie erblicken konnte, war durchzogen von gelb und bläulich strahlenden Wolkenbändern. Im Licht des Morgenrotes hatten die Mauern von St. Klara orangefarben geschimmert. Ein Zeichen der Gottesmutter, war es ihr durch den Sinn geschossen.

Nun saß sie an ihrem Arbeitspult und unterdrückte ein Seufzen. Seit Tagen half sie der Priorin, die Ausgaben und Einnahmen der Klosterbrauerei zu prüfen – eine Aufgabe, die sie als mühselig und eintönig empfand. Aber in ihrer Eintönigkeit erlaubte sie ihren Gedanken, eigene Wege zu gehen.

Immer wieder blickte sie unruhig aus dem Fenster. Längst hatte der Himmel seine glühenden Farben verloren. Grau und fern wölbte er sich nun über den Dächern. Sie seufzte. Am morgigen Benediktstag war Caritas' Geburtstag. Auch wenn Katharina sich fragte, wie man mit solch bangem Herzen ein Fest begehen sollte.

Die Wärme des Raumes verstärkte ihre Müdigkeit. Die Zahlen im Rechnungsbuch begannen vor ihren Augen zu tanzen. Immer wieder hatten schwere Träume sie geweckt. Immer klarer hatte sie im Verlauf der Nacht begriffen, was das Eindringen der Ratsherren am gestrigen Nachmittag zu bedeuten hatte. Sie hätte nicht gewagt, es auszusprechen. Und doch war es die Wahrheit: Es bedeutete das Ende des Klosters.

Die Klausur war durchbrochen worden. Selbst wenn man sie nicht mit Gewalt herauszerren würde – ein Leben in Abgeschiedenheit und Gebet, ein Leben jenseits der Welt, dem sie sich geweiht hatten, konnten die Nonnen von St. Klara nicht mehr führen. Aber was sollte dann aus ihnen werden?

Katharina fühlte die alte Ungeduld in sich aufsteigen. Wie konnte sie hier stehen und den Hopfenpreis in die Register eintragen? Ergab es überhaupt noch einen Sinn, dass sie alle versuchten, ihr gewohntes Leben weiterzuführen? Nur ihr mühsam erlernter Gehorsam, der sie hieß, die ihr aufgetragenen Aufgaben getreu zu verrichten, hinderte sie daran, die Feder einfach beiseitezulegen.

Ein kühler Wind von Westen trieb schwere Wolken über die Stadt, als Katharina sich im Auftrag der Äbtissin zum Beichthaus der Franziskaner aufmachte. Sie war froh, dem Skriptorium und der endlosen Liste der Zahlen entronnen zu sein. In ihren Händen hielt sie ein kurzes Schreiben, in dem Caritas die Barfüßermönche wie jedes Jahr zu ihrem Geburtstagsmahl ins Refektorium einlud.

Als die ersten Tropfen fielen, trat Katharina über die Schwelle des Beichthauses. Einen kurzen Moment brauchten ihre Augen, um sich an das dämmrige Licht im Inneren zu gewöhnen. Die Kerzen auf dem bronzenen Leuchter brannten nicht. Der kleine Raum war leer. Katharinas Atem ging schneller. Sie wollte nicht glauben, dass die Abwesenheit der beiden Mönche etwas zu bedeuten hatte. Dort lagen die Habseligkeiten der beiden, ihre Bücher, der Kerzenleuchter, ein Kruzifixus und mehrere Decken. Alles schien unverändert.

Auch wenn Koler und Paumgartner von den neuen evangelischen Predigern für das Kloster gesprochen hatten – so rasch und ohne Ankündigung konnten die Ratsherren doch kaum die Vertreibung der Barfüßer aus dem Konvent bewerkstelligt haben?

Zögernd trat sie an den Tisch, der den Mönchen als Arbeitsplatz diente. Dort sah sie den Brief. Versehen mit dem Siegel Bruder Erharts lag er neben einem Stapel Bücher.

Katharina sah, dass er in großer Hast geschrieben sein musste: Die Tinte war an mehreren Stellen verwischt und die Buchstaben undeutlich, wie von zitternder Hand geschrieben.

Ehrwürdige Äbtissin … Ohne sich zu besinnen, flogen ihre Augen über die Zeilen. Etwas schnürte ihr die Kehle zu. Sie barg den Brief an ihrer Brust. Die Tür fiel hinter ihr ins Schloss. Katharina begann zu laufen.

Auf den Straßen Nürnbergs

Trotz des Regens herrschte geschäftiges Treiben in den Gassen und Straßen am nördlichen Pegnitzufer. Seit den frühen Morgenstunden war Paumgartner ziellos umhergestreift. Den durch das Neutor in die Stadt strömenden Händlern mit ihren Karren und Wägen, mit Kiepen und Körben hatte er ebenso wenig Beachtung geschenkt wie den zum Markt strebenden Männern und Frauen.

Paumgartner wählte die kleinen Gässchen, in denen er sicher sein konnte, niemandem aus dem Patriziat zu begegnen. An diesem Morgen wollte er mit niemandem sprechen. Er musste seine Gedanken ordnen, einen Entschluss fassen. Er schritt kräftig aus.

Immer wieder kam die Burg, die mit ihren trutzigen Türmen auf der Anhöhe ruhte, in seinen Blick. Er merkte, wie ihm trotz des kühlen Regenwetters das Atmen schwerfiel. Wie immer, wenn ihn etwas umtrieb.

Der Ratsherr wandte sich abwärts, der Stadt zu. Der Regen, der beim Verlassen seines Hauses nur ein Schauer gewesen war, hatte an Stärke zugenommen. Der leichte Mantel, den er trug, bot ihm nur wenig Schutz. Seine Schritte wurden langsamer, zögernder.

Vielleicht sollte er nach Hause zurückkehren. Aber dort würde er auf den Vater treffen. Und auf Hieronymus. Zu dieser Tageszeit saßen sie gewiss im Kontor, prüften die Abrechnungen oder berieten ihr Vorgehen für die geplante Zusammenkunft mit den Geschäftspartnern aus Ingolstadt, die am Nachmittag eintreffen sollten.

Sicher warteten sie auf ihn. Aber vielleicht auch nicht. Vielleicht kamen sie auch ohne ihn zurecht und brauchten weder seine Meinung noch seine Mithilfe. Unschlüssig blieb er stehen. Er befand sich nahe der westlichen Stadtmaueranlagen.

Eine kalte Böe rüttelte an den Fensterläden der Handwerkshäuser, welche die vor ihm liegende Weißgerbergasse säumten. Paumgartner schob den flachen, breitkrempigen Hut tiefer in die Stirn. Unwillkürlich schüttelte er den Kopf. Anstatt seinen Pflichten nachzugehen, lief er hier durch die Gassen wie ein gescholtener Schuljunge, der sich nicht traut, nach Hause zu gehen. Nach Hause, zu seinem Vater und seinem Bruder Hieronymus.

Was war nur mit ihm geschehen, dass er sich so sehr verunsichern ließ? Dass man Hieronymus, obwohl er einige Jahre jünger war, mehr Beachtung schenkte als ihm selbst – daran war er schließlich gewöhnt. Nicht nur das einnehmende, wenn auch zurückhaltende Wesen des Bruders, das gar nicht recht zu seiner beeindruckenden, beinahe bulligen Erscheinung passen wollte, mochte der Grund sein. Gewichtiger war wohl vor allem sein Studium in Wittenberg, seine Bekanntschaft mit Melanchthon, mit Luther selbst, die ihm eine besondere Ausstrahlung verliehen.

Der Bruder sprach zwar nicht darüber – aber Bernhard wusste, dass ihm Katharina von Bora als Braut zugedacht gewesen war. Eine aus dem Kloster Nimbschen entlaufene Nonne, schon sechsundzwanzig Jahre alt, hätte dem Vater freilich als Schwiegertochter wenig behagt! Dass Gabriel Paumgartner dem Sohn stattdessen die fünfzehnjährige Sibilla Dichtel aus Starnberg als

Ehefrau ausgesucht hatte, war verständlich: Ihr Vater war einer der bedeutendsten Erzhändler südlich der Donau. Eine Verbindung mit ihm würde der ganzen Familie Nutzen bringen.

Bernhard Paumgartner stieß mit der Fußspitze einen Stein vor sich her. Sicher würde Hieronymus Sibilla für sich zu gewinnen wissen, wie er alle Welt zu gewinnen verstand!

Gerade einmal dreiundzwanzig war der Bruder gewesen und kaum zurück aus Wittenberg, als er zum Ratsherren ernannt werden sollte. Hieronymus hatte mit Verweis auf seine Jugend abgelehnt. Nun aber saß er so wie er selbst im Rat, war einer von ihnen. Auf unerklärliche Weise schien dem Jüngeren all das zuzufliegen, was ihm selbst stets als Frucht mühseliger Anstrengung erschien.

Das unebene, an vielen Stellen schadhafte Pflaster der sanft zur Burg ansteigenden Weißgerbergasse war durch den Regen schlüpfrig geworden. Paumgartner ging nun langsamer. Ein leichter Schweißfilm bedeckte trotz des kühlen Windes seine Stirn. Sein Herz schlug schnell gegen die Rippen.

Dass auch sein Vater mehr und mehr geschäftliche Verantwortung in die Hände des Jüngeren legte – auch dies mochte sein, wie es eben war. Seit dem Tod seiner Frau war Gabriel Paumgartner von Jahr zu Jahr gebrechlicher geworden. Den Reisestrapazen, die der Handel mit Erzen mit sich brachte, hatte er sich schon seit vielen Jahren nicht mehr ausgesetzt.

Manchmal schien ihm der Vater den Herausforderungen der neuen Zeit nicht gewachsen. Seit über zehn Jahren hatten sich die Bedingungen für den Montanhandel verschlechtert. Die Einfuhr billigen Kupfers aus Tirol war nur eine der zahlreichen Schwierigkeiten der Nürnberger Händler. Aber auch die anderen Zünfte der Stadt hatten in den letzten Jahren große Verluste hinnehmen müssen. Der Handel hatte weltweit gelitten.

Er seufzte. Sicherheit und Einheit wären die einzigen Heilmittel für die gebeutelten Kaufleute. Sicherheit und Einheit im gesamten Reich. Aber wie sollte das in diesen Zeiten Wirklichkeit werden? Vorsichtig ging Paumgartner weiter, den tiefen Wasserrinnen ausweichend, die sich durch den Regen auf dem Pflaster der Weißgerbergasse gebildet hatten.

„Wenn wir einig sind, werden wir überleben!“ Seit dem vergangenen Jahr versuchte Christoph Fürer alle Nürnberger Montanhändler davon zu überzeugen, dass nur ein Zusammenschluss zu einer Handelsgemeinschaft sie alle noch retten konnte. Unter wessen Leitung diese Gemeinschaft handeln sollte, hatte Fürer nicht gesagt. Paumgartner verzog die Lippen. Er hatte es auch nicht zu sagen brauchen. An Christoph Fürer würde man wohl nicht vorbeikommen – war es doch seine Familie, die alle anderen übertraf: an Geld, Einfluss und Handelsbeziehungen. Besonders seine Verbindungen nach Mansfeld wussten er und sein Bruder Sigmund zu nutzen.

Ob man dem Vorschlag Fürers folgen sollte, war einer der Streitpunkte zwischen Hieronymus, dem Vater und ihm.

Und wie so oft schien es ihm, als hätte für Gabriel Paumgartner die Meinung seines jüngeren Sohnes mehr Gewicht als die seine.

Der Ratsherr zog ein Tuch aus dem Mantelärmel und wischte sich den Schweiß von der Stirn. Er straffte die Schultern. Dennoch: Der Rat hatte ihn und nicht Hieronymus mit dem wichtigen Auftrag betraut, die Klarissen über die Trennung von den Barfüßern zu unterrichten. Ob dies ein Beweis der Anerkennung oder eine Prüfung hatte sein sollen – er wusste es nicht.

Ein beißender Geruch, ein Gemisch aus Verwesung und Schwefel, drang ihm in die Nase. Er presste das Tuch vor Nase und Mund. Ein Junge in der Lehrlingstracht der Weißgerber war gerade dabei, mit dem Stoßmesser ein großes Stück Kalbsleder abzufleischen. Er stand über den hölzernen Rumpelbaum gebeugt und schenkte dem vorbeigehenden Patrizier keine Beachtung.

Paumgartner beschleunigte seine Schritte und hielt den Atem an. Nun waren es nur noch wenige Schritte bis zum Weinmarkt. Er schlug den breiten Kragen seines Mantels nach oben.

Warum war er nur so rastlos? Eigentlich sollte er mit dem gestrigen Tag zufrieden sein. Der Besuch im Klarakloster hatte zwar nicht das erwünschte Ergebnis gebracht. Aber ein sofortiges Einlenken der Äbtissin war kaum zu erwarten gewesen – alle Welt kannte schließlich die Halsstarrigkeit der Caritas Pirckheimer. Mochten ihre Worte auch Demut und Unterwürfigkeit vorgaukeln – ihre Blicke besagten etwas gänzlich anderes. In ihrem Wesen war sie ihrem Bruder Willibald nur zu ähnlich!

Immerhin hatten er und Koler noch am selben Abend den beiden Beichtvätern und dem Franziskanerguardian Frieß den Willen des Rates überbracht. Und wenn er sich nicht täuschte, so befand sich zu dieser Stunde kein Mönch mehr innerhalb der Mauern von St. Klara. Woher rührte dann seine Unzufriedenheit?

Paumgartner hob den Kopf. Für einen Augenblick hatte der Regen nachgelassen. Die beiden schlanken Türme der Sebalduskirche, die nordöstlich des Weinmarktes stand, hoben sich mit ihren grünen Dächern gegen den bleigrauen Himmel ab.

Die Nässe drang durch seine Schuhe. Ein Schauer überlief seinen ganzen Körper. Aber sie alle – Caritas, Bruder Erhart, Bruder Nikolaus und schließlich Michael Frieß, der Guardian der Franziskaner – hatten nur mit Christoph Koler gesprochen. Ihm selbst hatten sie kaum Beachtung geschenkt. Weder seine Gegenwart noch seine Worte schienen von Gewicht gewesen zu sein. Man hatte ihn als unbedeutsam übergangen. Paumgartners Kinnmuskel zuckte.

Und Koler hatte den Klarissen Bedenkzeit eingeräumt! Das war falsch, er wusste es. Die Äbtissin hatte noch zu viele Freunde in der Stadt. Ob sich Koler vor ihnen scheute? Etwa vor Conrad Celtis? Er, der Verfasser der Nürnberger Stadtgeschichte, der vom Kaiser zum Poetenfürsten Gekrönte – ausgerechnet der Äbtissin hatte er eine seiner berühmtesten Oden gewidmet, sie als einzigartigen Stern und Krone aller Frauen gerühmt.

Er verzog ironisch die Mundwinkel. Wenn Widerspruchsgeist und Undankbarkeit besonders weibliche Wesenszüge waren, mochte das vielleicht zutreffen! Auf ihn, Bernhard Paumgartner, übte sie jedenfalls keinen besonderen Zauber aus.

An der Stelle, an der die Gasse der Weißgerber sich zum Weinmarkt öffnete, blieb er stehen. Der Wind hatte sich gedreht. Hier, auf dem offenen Platz, wehte er dem Ratsherrn mit neuer Kraft ins Gesicht und zerrte an seinem Mantel. Er vergrub seine klammen Finger in den Taschen.

Mit Zaudern und Zurückhaltung war bei Caritas nichts zu gewinnen. Sie war ein solch wichtiger Stein in diesem Spiel der Mächte. Gelang es, sie zu schwächen, würde man das ganze Feld für sich gewinnen. Aber würde der Rat seiner Meinung in dieser Sache folgen? Wie viel galt sein Wort? Wie viel Einfluss vermochte er auszuüben? Und wie konnte er handeln, wenn Koler ihm nicht zur Seite stand? Seine Vorsicht und Zurückhaltung gegenüber den Altgläubigen fand bei vielen Zustimmung …

Paumgartner schnaubte unwillig. Sicher gab es im Rat mehr als eine Handvoll, die dem neuen Glauben im Grunde ihres Herzens zögerlich gegenüberstand. Sie unterstützten Luthers Ideen nur deswegen, weil sie fürchteten, dass die Handwerker und Bauern allein das Heft in die Hand nähmen. Notfalls auch ohne die Ratsherren. Vielleicht auch gegen sie.

Aus dem Badehaus, das am Ausgang der Weißgerbergasse gelegen war, drang lautes Gelächter. Der Klang einer Flöte, raue Männerstimmen. Dazwischen das Lachen einer Frau. Heißer, nach Wacholder duftender Dampf entströmte einem der angelehnten Fenster. Die Tür wurde aufgestoßen und ein Mann trat auf die Schwelle des spitzgiebeligen Fachwerkhauses. Unter dem rechten Arm, dessen Hemdsärmel bis zum Ellbogen hochgeschoben war, hielt er einen kleinen hölzernen Bottich. Er war voller Blut. Mit kräftigem Schwung entleerte der Bader den Bottich in die Abflussrinne der schmalen Gasse. Der schmutzig-braune Strom verfärbte sich rot.

Paumgartner meinte am eigenen Leib den kurzen, schneidenden Schmerz zu fühlen, den die Schröpfschnepper verursachten. Je nachdem, was für ein Leiden den Menschen quälte, aber auch je nachdem, welchem Sternzeichen man angehörte, setzte der Bader sein Messer an unterschiedlichen Stellen an.

Alle paar Wochen entzog auch er sich dieser Prozedur, um seinen Körper von überflüssigen und schädlichen Säften zu reinigen. Auf der Liege ruhend betrachtete er dabei meistens die Zeichnung eines Aderlassmännchens, das der Bader an die Wand der niedrigen, mit Brettern verkleideten Badestube geheftet hatte.

Sein Zeichen, der Widder, stand über dem Scheitel der nackten Gestalt. Die Fische, die seinen Bruder Hieronymus regierten, schlängelten sich zu deren Füßen.

Paumgartner sog scharf die Luft ein. Vielleicht musste er sich endlich eingestehen, wie viel sie voneinander trennte.

Flüchtig erwiderte er den ehrerbietigen Gruß des Baders und ging weiter. Nun hatte er den südwestlichen Zugang zum Weinmarkt erreicht. Unvermittelt nahm der Regen an Stärke zu. Wenn er nicht schnell einen Unterschlupf suchte, würde er bis auf die Knochen durchnässt sein.

Mit langen Schritten, den Hut in die Stirn gezogen, eilte er über den Platz. Ein paar Händler hatten unter den Torbögen der Häuser Schutz gefunden. Heute wollte er sich nicht zu ihnen gesellen. Durch den Regen, der nun unerbittlich niederprasselte, konnte er die beiden Türme der Sebalduskirche nur noch erahnen. Vielleicht konnte er sich dort unterstellen?

Der junge Ratsherr beschleunigte seine Schritte. Ein paar Augenblicke später lehnte er sich atemlos an den hellbraunen, feinporigen Sandstein des Gotteshauses. Unwillig nahm er den feuchten Hut vom Kopf und drehte ihn in den Händen. Er verzog ärgerlich das Gesicht: Das nur wenig vorspringende Kirchendach des Langhauses bot so gut wie keinen Schutz. In unmittelbarer Nähe ergoss sich das Regenwasser aus einem der zahlreichen Wasserspeier mit solcher Wucht auf das Pflaster, dass er nun auch von unten nass wurde. Er wich einen Schritt zur Seite.

Einzig im Schatten des Weltgerichtsportals, das nur wenige Schritte entfernt lag, würde er den Regenguss halbwegs im Trockenen abwarten können. Aber er verspürte wenig Lust auf die Gesellschaft der steinernen Teufel, welche die Verdammten an Stricken fortzogen. Hinein ins ewige Feuer. Er wusste nicht, ob er Angst oder vor allem Abscheu empfand, wenn er ihre zu höhnischen Fratzen verzogenen Gesichter betrachtete.

Mit hochgezogenen Schultern wandte sich Paumgartner um und blickte missmutig nach oben. Trotz des trüben Lichtes schienen die bunten Glasfenster, welche mit den Wappen der einflussreichsten Nürnberger Familien geschmückt waren, von innen zu leuchten.

Eine steile Falte bildete sich auf seiner Stirn. Wozu war er eigentlich von zu Hause weggegangen? Es galt, eine Entscheidung zu treffen. Eine Entscheidung, wie er das beschlossene Ende der Klöster herbeiführen konnte. Die Entfernung der Mönche war ja nur der erste Schritt. Und man musste schnell vorgehen, einen Zug nach dem anderen ausführen. Ohne Aufschub.

Aber ohne Kolers uneingeschränkte Unterstützung waren ihm die Hände gebunden. Wenn er nur einen Weg fände, den Älteren zu gewinnen. Für die Sache Luthers. Gegen Caritas.

In diesem Augenblick blieb sein Blick wie gebannt an einem der zahlreichen Wappenschilde hängen. Ein weißer Ring auf rotem Grund. Das Wappen der Koler. Glatt, ohne Angriffspunkt. Ohne Schwachstelle. Paumgartner kniff die Augen zusammen.

Und plötzlich sah er die Antwort auf seine Frage. Eine silbern glänzende, goldbekrönte Meerjungfrau, mit den anmutig ausgebreiteten Händen je einen schlanken weißen Fischleib umgreifend, die sich in ihrem Schoß vereinten. Die beiden Fische bildeten ein Oval, in dessen Zentrum ihr gebogener Leib ruhte. Ihr Gesichtsausdruck war schwer zu deuten.

Paumgartners Atem ging schneller. Beinah schien es, als wäre das Fischweib eine Abbildung der jungen Gemahlin Kolers. 1518, das Jahr der Eheschließung zwischen Christoph Koler und Margareta Rieter, stand schwarz auf gelbem Glas unter beiden Wappen zu lesen. Seine Wangen brannten.

Er warf einen letzten Blick in das strenge und zugleich lockende Gesicht der Meerjungfrau. Ohne auf den Regen zu achten, wandte er sich stadteinwärts.

Im Hause des Christoph Koler

Margareta Koler stand an einem der Fenster im Obergeschoss ihres Hauses und sah dem Besucher nach, der den Herrenmarkt in Richtung der Frauenkirche überquerte. Der kräftige Westwind hatte die Regenwolken vertrieben. Händler und Käufer, von denen viele vor dem starken Regen Schutz gesucht hatten, waren auf den Platz zurückgekehrt. Immer noch konnte sie in dem bunten Gemenge der Menschen, der Stände und Lasttiere die breitschultrige, massige Gestalt Paumgartners ausmachen.

Selbst aus der Ferne meinte sie, seine mühsam unterdrückte Wut zu spüren. Margareta fühlte, wie ihr Herz noch immer hart gegen ihre Rippen schlug. Sie zwang sich, ruhig zu atmen.

Auf dem mit reichem Schnitzwerk verzierten Tisch aus Nussbaumholz nahe dem Kamin standen noch die beiden Weinkelche, die sie ihrem Gemahl und seinem Besucher gebracht hatte. Hatte sie sich getäuscht oder hatte er zu ihr gesprochen, auch wenn er sich scheinbar allein an ihren Ehemann gewandt hatte?

Als sie Paumgartners Glas noch einmal gefüllt hatte, hatten sich kurz ihre Hände berührt. Der junge Ratsherr hatte ihren Blick gesucht. Zwingend, herausfordernd. So, als sähe er in ihr eine Verbündete. Ausgerechnet in ihr.

Abwesend zeichneten ihre Finger die bleiernen Fassungen der kleinen Butzenscheiben nach, unzählige Rundungen, die ineinander übergingen wie Glieder einer Kette.

Aber warum? Eine Rieter war und blieb sie. Als eine solche hätte Bernhard Paumgartner sie der alten Zeit, der alten Ordnung zurechnen müssen. Wie konnte er wissen, wer in diesem Haus am glühendsten für die lutherische Sache hoffte?

Margareta krampfte die Hände zusammen. Ein tiefer Atemzug hob ihre Brust. Johanna.

Der Schmerz, den sie empfand, wann immer sie an die Schwester dachte, war in all den Jahren, die seit ihrem Verlust vergangen waren, nicht kleiner geworden. Er war ein Teil von ihr, auch wenn es ihr im Alltag gelang, ihren Pflichten nachzugehen, den Mägden Anweisungen zu geben, Besucher zu empfangen, mit Christoph zu lachen, das Bett mit ihm zu teilen.

Aber seit sie im vergangenen Sommer das Kind verloren hatte, ihr erstes, so lange erwartetes, war auch die Trauer über Johanna wieder gefährlich nahe und allgegenwärtig in ihr Leben zurückgekehrt. Sie hatte insgeheim gehofft, es würde ein Mädchen werden, das ihrer verlorenen Schwester gleichen würde, dem sie ihren Namen geben wollte. Manchmal kam es ihr so vor, als trennte sie nur eine dünne Eisschicht von den dunklen Wassern ihrer Verzweiflung und dem Gefühl der Verlassenheit.

Beinah noch ein Kind war sie gewesen, als der Vater sie einmal in die Werkstatt Dürers mitgenommen hatte. Von allen Kunstwerken hatte sie ein Kupferstich besonders in seinen Bann gezogen: Eine weibliche Gestalt mit gebrochenen Flügeln, unfähig, den Blick zu heben, einer unheilbaren Schwermut verfallen. Der Vater hatte ihr erzählt, der Meister habe dieses Werk, die Melancholie, nach dem Tode seiner Mutter geschaffen.

Obgleich ihr dieses Gefühl damals fremd gewesen war, hatte sich ihr das Bild doch ins Gedächtnis eingegraben. Sie wusste, dass die Mönche und Nonnen nichts so sehr fürchteten wie die Todsünde der Melancholie, die man einem Übermaß an schwarzer Galle zuschrieb.

Margareta biss sich auf die Lippen. Es erschien ihr wie Hohn, dass ihre eigene Schwermut sich eben jener Nonnerei verdankte. Am Osterfest würden es acht Jahre sein, seit die Schwester als Novizin zu den Dominikanerinnen nach Engelthal gebracht worden war.

Im Winter des gleichen Jahres war Johanna im Kloster gestorben. An Auszehrung? An religiösem Eifer, der die Nonnen zu immer noch größeren Entbehrungen, zu immer noch härteren Peinigungen des eigenen Körpers trieb? Oder war sie vor Sehnsucht gestorben? Vor Sehnsucht nach ihr und nach einem Leben, das sie nicht hatte verlassen wollen?

Anschmiegsam wie eine Katze war sie gewesen, zugleich voller Ungestüm und Schabernack. Mit ihren beinah schwarzen Locken und den kastanienbraunen Augen war sie ihr eigenes, dunkles Gegenbild gewesen.

Keinen einzigen Menschen, nicht einmal die Mutter, hatte sie so geliebt wie die kleine Schwester. Vielleicht hatten ihr deshalb ihre Eltern all die Jahre verschwiegen, dass sie die Jüngere dem Ordensleben versprochen hatten – aus Dankbarkeit, dass die Mutter und Johanna bei der schweren Geburt nicht gestorben waren.

Der Verlust eines Kindes – heute konnte Margareta ermessen, was er bedeutete. Seit jener schrecklichen Nacht im vergangenen August war neben den Groll und die Bitterkeit noch etwas anderes getreten: Eine Ahnung, zu welchen Versprechen, zu welchen Gelübden man bereit ist, wenn nur das ersehnte Kind am Leben bliebe.

Zu verstehen, vielleicht sogar zu verzeihen erschien ihr dennoch wie Verrat an Johanna. Allein ihr Zorn half, ihren Schmerz zu bannen.

Ihre Augen brannten. Aber sie wollte nicht mehr weinen. Es galt, an das Hier und Jetzt zu denken. Margareta ließ ihren Blick über das weite Geviert des Herrenmarkts schweifen, das Herz der Stadt.

Noch im vergangenen Jahr waren die Bürger hier zusammengeströmt, um die Reichskleinodien zu sehen, die Kaiser Sigismund vor über hundert Jahren in die Stadt gebracht hatte.

Was vor den Augen des Volkes in goldenen und silbernen Schreinen verborgen in der Heilig-Geist-Kirche aufbewahrt wurde, konnte einmal im Jahr von allen betrachtet werden. Das Schopplersche Anwesen, vor dem das Spektakel stattzufinden pflegte, war nur einen Steinwurf vom Rieterschen Haus entfernt. Seit sie nach dem Tode ihrer Eltern als Christophs Frau in ihr Vaterhaus zurückgekehrt war, hatte sie in den vergangenen Jahren neben ihm am Fenster gestanden, wie damals als Kind neben Johanna.

Die heiligen Gegenstände hatte sie wohl besser sehen können als die sich drängenden Menschen auf dem Platz: Die heilige Lanze, mit der Christus durchbohrt worden war, einige Splitter des Kreuzes, Kettenglieder des Apostels Paulus und des Evangelisten Johannes, einen Span der Krippe von Bethlehem – all das hatte man der staunenden Menge vorgeführt. Erst vor wenigen Jahren hatte die Stadt den Reliquienschatz noch durch ein Stück des Tischtuchs des heiligen Abendmahls und einen Fetzen des Schurztuches Jesu bereichert.

Die Heiltumsweisung offenbarte die Bedeutung Nürnbergs: als Zentrum des Glaubens, als Mittelpunkt des Reichs, als auserwählten Ort des Kaisers. All das, was in ewiger Wiederkehr den Ruhm und die Bedeutung der Stadt bekräftigt hatte, stand nun auf dem Spiel.

Wer sollte das besser wissen als sie, eine Rieterin, die hierhin gehörte, in dieses Haus, das man auch das „Haus zur ersten Bitte“ nannte, weil der Kaiser in dem Zimmer, in dem sie heute stand, alljährlich Reichslehen und Regalien zu verleihen pflegte. Die Münze, in der der Kaiser ihrer Familie die Überlassung ihres Hauses lohnte, war nicht mit Gold aufzuwiegen: seine Fürsprache in allen Zwistigkeiten mit den belehnten Fürsten zu Gunsten ihrer Familie.

Die Rieters mochten auf dieses Privileg in Zukunft verzichten. Aber ob Nürnberg auf die Gunst des Kaisers verzichten konnte? Niemand wusste vorauszusagen, welches Schicksal die Stadt ereilen würde, wenn man den offenen Widerspruch gegen ihn wagte.

Margareta öffnete das Fenster einen Spaltbreit und sog begierig die vom Regen reingewaschene Luft ein. Ein Windstoß spielte mit einer blonden Lokke, die sich aus ihrer weißen Leinenhaube gelöst hatte. Ihre Finger berührten die goldschimmernde Spitzenborte, die den Ausschnitt ihres braunen, samtenen Kleides zierte. Schwer wog die in mehreren Strängen verwobene goldene Kette um ihren Hals. Ein Geschenk des Vaters zu ihrer Vermählung mit Christoph Koler.

Noch einmal blickte sie aus dem Fenster. Längst war Paumgartner im Gedränge verschwunden. Seine Abschiedsworte klangen noch in ihr nach. „Niemand kann zwei Herren dienen, Koler … Ich werde morgen nach der Terz vor dem Pfortenhaus von St. Klara auf Euch warten.“ Sie hatte nicht gewagt, Christoph ins Gesicht zu sehen, aus Angst, ihre eigene Leidenschaft zu verraten. Aber sie hatte seine Müdigkeit gespürt und noch etwas, das sie nicht recht benennen konnte. War es Verzagtheit? Oder Überdruss? Auch er war ihrem Blick ausgewichen, als er hinter Paumgartner die Tür geschlossen hatte und mit schweren Schritten die Treppen in sein Arbeitskontor im obersten Stock hinaufgestiegen war.

Margareta presste die Handflächen auf den Mund. Es gab keinen Weg zurück. Der Rat, die Bürger hatten sich entschieden. Die Zauderer mochten den

Gang der Dinge nicht mehr aufhalten. Sie war froh darüber. Mit jeder Faser ihres Körpers sehnte sie das Neue herbei, erhoffte sie ein Ende des falschen Glaubens, der Opfer forderte, die allein der menschlichen Hoffart, nicht aber Gott dienten. Auch wenn sie dadurch die Schwester nicht lebendig machen konnte – zumindest diese Sehnsucht war sie ihr schuldig.

Über sich hörte sie Christoph umhergehen. Für einen kurzen Augenblick lehnte sie ihre erhitzte Stirn an die kühle Scheibe. Dann schloss sie das Fenster und ging mit schnellen Schritten aus dem Zimmer.

Im Dämmerlicht des Treppenaufgangs blieb sie noch einmal stehen und sah nach oben. Ihre Hand umschloss das glatte Holz des Geländers, altvertraut und tröstlich.

Margareta stieg langsam die Stufen hinauf. Sie schuldete Johanna mehr als nur ihre Sehnsucht.

St. Benedictus

Eritag, 21. März 1525

Im Klarakloster zu Nürnberg

Katharinas Hände zitterten, als sie das weiße Leintuch glattstrich, das die Tafel zum festlichen Mittagsmahl schmücken sollte. Durch die großen Fenster des weiten Raums fiel die helle Frühlingssonne und ließ den weißen Stoff noch strahlender leuchten. Ihr Blick fiel auf den kleinen Strauß Schneeglöckchen auf einem der gemauerten Fenstersimse. Vor der Terz hatte sie die Blumen für den Geburtstag der Äbtissin gepflückt. Es waren wohl die letzten dieses Frühlings.

Zweier Tugenden der Gottesmutter, so hatte man sie gelehrt, konnte man in diesen Blumen ansichtig werden: der Hoffnung und der Demut. Katharina schluckte. So trotzig sie gewillt war, an der Hoffnung festzuhalten, so schwer fiel es ihr, sich in Demut zu üben. Ihre Hitzköpfigkeit, für die sie als Kind so oft gescholten worden war, hatte sie auch nach all den Jahren des Klosters nicht bezwingen können. Die Äbtissin war diesem Mangel stets mit Güte und Nachsicht begegnet – vielleicht weil Katharinas Leidenschaftlichkeit ihrem eigenen Wesen nicht fremd war.

Aber das, was sie seit Oculi umtrieb, würde auch Caritas tadeln müssen: Zorn. Eine der sieben Todsünden. Eine, die dem Satan selbst zugerechnet wurde.

Trotz der Wärme, die im Refektorium herrschte, überlief ein Zittern ihren Körper. Und sie, Katharina, müsste es beichten, um ihr beschwertes Gewissen zu erleichtern. Ihre Hände krampften sich um die Tischkante. Ein bitteres Lächeln huschte über ihre Lippen. Beichten. Wenn sie nur könnte …

Sie sind fort, sie sind fort, sie sind fort. Ohne sich zu besinnen, hatte sie immer wieder die gleichen Worte gerufen, als sie am Sonntagabend mit Erharts Brief ins Skriptorium zurückgelaufen war.

Es hatte eine Weile gedauert, bis Caritas sie mit sanfter Gewalt auf einen Hocker genötigt und das Schreiben aus ihren Händen genommen hatte. Die anderen Schwestern hatten sich schweigend um sie geschart. Aller Augen waren auf die Äbtissin geheftet gewesen, als diese mit tonloser Stimme die Botschaft der Franziskaner vorgelesen hatte.

Sie sind fort, sie sind fort, sie sind fort. Der erste Schrecken hatte sich bald in Unglauben gewandelt. Und schließlich in Zorn.

Ihre Wangen brannten. Zum ersten Mal in all den Wochen fühlte sie sich allein. Ihre Furcht und Ratlosigkeit, was aus dem Konvent ohne seine rechtmäßigen Priester und Beichtväter werden sollte, hatte sie mit Margarete und Clara teilen können. Ihre Empörung jedoch hatten die Freundinnen nicht empfunden. Weder Margaretes erschrockener Blick, weder Claras Versuche, sie zu besänftigen, sie zu bitten, die Mönche zu verstehen, noch ihre Angst vor der eigenen Erbitterung konnten ändern, wie ihr zumute war.

Sie konnte es nicht ändern, dass sie den Abschied der Franziskaner als Flucht empfand. Katharina trat ans Fenster. Ihr blieb nicht mehr viel Zeit bis zur nächsten Hore. Sie musste die Blumen ins Wasser stellen. Sie musste den Tisch decken.

Wie abwesend spielten ihre Finger mit den zarten Blüten. *Bonus pastor animam suam dat pro ovibus. Der gute Hirte lässt sein Leben für die Schafe.* Sie presste die Handflächen gegen ihre erhitzte Stirn. Die Verse über die guten und schlechten Hirten – wie oft hatte sie diese in all den Jahren gehört und selbst gelesen. Der gute Hirte lässt sein Leben für die Schafe. War es überhaupt eine Frage von Leben und Tod gewesen? Oder nur eine Frage von Mut oder Feigheit? In der Stille des Raumes klangen ihre geflüsterten Worte laut und erschreckend: *Mercennarius autem fugit quia mercennarius est. Der Mietling aber flieht, weil er ein Mietling ist.*

Et lupus rapit et dispergit oves. Und der Wolf raubt und zerstreut die Schafe, vollendete eine andere Frauenstimme den Vers.

Katharina fuhr herum. Ihr Herz klopfte. Clara Pirckheimer stand auf der Schwelle. Eine Hand hatte sie leicht gegen den Türrahmen gestützt, in der anderen hielt sie einen silbernen Krug. Selbst wenn sie reglos dastand, strahlte ihre ganze Gestalt Anmut und Geschmeidigkeit aus.

„Das Evangelium nach Johannes, im zehnten Kapitel." Unter Claras prüfendem Blick schoss der jungen Nonne das Blut in den Kopf. „Ich werde dir eine Schale bringen."

Verwirrt sah Katharina sie an. Dann blickte sie auf die Blumen in ihrer Hand. Mit wenigen Schritten war Clara neben ihr und nahm ihr das Bündel Schneeglöckchen aus ihren Händen. Ihr Lächeln, spöttisch und liebevoll zugleich, ließ sie wie ein Abbild der Äbtissin erscheinen.

Clara ging mit raschen Schritten zu einer der halbhohen Anrichten aus Eichenholz, die an der Schmalseite des Refektoriums standen. Das Knarren der Schranktür klang überlaut in Katharinas Ohren. Stumm blickte sie auf Clara, die sich vor die Anrichte gekauert hatte.

Katharinas Hände krampften sich in den rauen Wollstoff ihrer Kutte. Sie wusste nicht, wie sie sich erklären sollte. Mit einer Hand Halt suchend stand Clara auf und ordnete die Blütenstängel in einer Tonschale. Eine Fliege summte in dem sonnigen Raum. Wieder und wieder flog sie gegen eine der Fensterscheiben. Sonst war es still. Clara nahm die Kanne, die sie auf dem Tisch abgestellt hatte, und füllte etwas Wasser in die Schale. Sie trat zu Katharina ans Fenster.

Ihre Stimme klang vorsichtig, tastend und dennoch war es mehr eine Feststellung als eine Frage: „Wegen Poliander ist es nicht. Ich habe dich gestern während seiner Predigt beobachtet. Er ist nicht der Grund deines Zorns." Katharina schluckte. Clara war ihrer Schwester Caritas nicht nur äußerlich ähnlich.

Die Predigt, die Poliander gestern in der Klarakirche gehalten hatte, auf der Kanzel des Langhauses, in dem die Nürnberger Bürger dicht an dicht saßen und standen, vor den Klarissen, die vor den Blicken der Leute verborgen im Frauenchor saßen –, diese Predigt hatte sie seltsam unberührt gelassen. In der Tat hatte Katharina Poliander nicht zürnen können. Er tat seine Pflicht. Er handelte nach bestem Wissen und Gewissen. Dass er dieser Pflicht mit Hochmut und Herablassung gegenüber den Klarissen, mit unangebrachter Schärfe nachging – dies konnte sie nicht ändern. Sie wunderte sich selbst, wie wenig seine Scheltworte gegen das Klosterwesen sie im Innersten berührt hatten. Es erfüllte sie mit Unruhe und einem anderen Gefühl, das sie nicht benennen konnte, dass Clara sie beobachtet, dass sie ihren Zorn gespürt hatte und seine Ursache kannte.

Katharina wandte sich zum Fenster. Die Wärme der Frühlingssonne, die durch die Scheiben drang, umfing ihr Gesicht wie eine Liebkosung. Sie senkte den Kopf. Ihre Stimme kam ihr selbst seltsam fremd vor, als sie schließlich sagte: „Was hätte wohl Martin Luther getan, wenn man ihm seinen Beichtvater Staupitz genommen hätte? Weißt du, was er gesagt haben soll? ‚*Wo mir nicht Staupitz oder vielmehr Gott durch Staupitz ausgeholfen hätte, ich wäre ersoffen und längst in der Hölle.*'"[2]

Clara antwortete nicht. Ihre rechte Hand zeichnete die Muster nach, die das Sonnenlicht durch die Butzenscheiben auf das steinerne Fenstersims malte. Hier im hellen Tageslicht sah Katharina die tiefen Schatten unter den Augen der Älteren. Es versetzte ihr einen Stich. Clara sorgte sich nicht allein um das Kloster. Sie hatte Angst um die geliebte Schwester. Eine plötzliche Scheu ergriff Katharina.

2 Anmerkung: Dieses Zitat stammt aus einem Brief Luthers aus dem Jahre 1543 – diese Äußerung wird aus dichterischer Freiheit vordatiert.

Clara Pirckheimer öffnete das Fenster und wartete, bis die Fliege den Weg ins Freie gefunden hatte. Erst dann sah sie Katharina an. „Der Name Staupitz hat für uns Nürnberger einen besonderen Klang, nicht wahr? Für uns war er nicht nur Beichtvater und väterlicher Freund Martin Luthers, nicht allein der Mann, dem jener seine Anstellung an der Universität Wittenberg zu verdanken hat. Du weißt, wie glühend er von der überschwänglichen Gnade Gottes zu reden verstand."

Katharina nickte mit gesenktem Kopf. Alle ungeweinten Tränen brannten in ihrer Kehle. „Dass wir Menschen es nicht selbst erringen können und nicht erringen müssen, Gott gnädig zu stimmen. So wie es uns auch Caritas immer wieder gelehrt hat ..." Ihre Stimme versagte.

Clara berührte leicht ihre Stirn, so als wolle sie sie mit dem Kreuzeszeichen segnen. „Und dass wir nicht über unsere Sünden in Verzweiflung fallen sollen. Sondern unsere Zuflucht zu Christus nehmen." Clara blickte sie ernst an, aber es lag ein Lächeln in ihren Augen. Es war Katharina, als spräche dieses Lächeln die ersehnten Worte: *Ego te absolvo. Ich spreche dich los, ledig und frei.*

Einen Moment war es vollkommen still im Refektorium. Dann fuhr Clara fort: „Seit seinen Predigten im Nürnberger Augustinerkloster habe ich mir von Willibald alles zu lesen gewünscht, was er mir von den Schriften Johannes Staupitz' beschaffen konnte. Bis zu seinem Tod soll er gehofft und geglaubt haben, dass ein Bruch zwischen der Kirche und Martin Luther abgewendet werden könne. Ich habe jene Nürnberger nur zu gut verstanden, die sich in seinem Namen gesammelt haben. Ist nicht auch dein Vater Mitglied der ‚Sodalitas Staupitziana' gewesen?"

Katharina nickte. „Ja. Ebenso wie Albrecht Dürer und Christoph Scheurl. Aber soweit ich weiß, nennen sich die Herren schon lange ‚Sodalitas Martiniana'. Ob ihn das gekränkt hat?" „Staupitz?" Clara schüttelte nachdenklich den Kopf. „Ich glaube nicht. Er hat Martin Luther wohl geliebt. Und ihm vertraut, als Freund. Auch wenn er zugleich unsere Kirche geliebt und ihr vertraut hat. Vielleicht hätte Staupitz die Brücke sein können zwischen Luther und uns. Ich weiß, wie sehr Caritas auf ihn gehofft hat. Aber nun ist er tot."

Katharina hob den Kopf. „Kurz nach dem Christfest, am Tag der unschuldigen Kindlein, soll er gestorben sein. Vielleicht wollte der Himmel ihm gnädig sein. Vielleicht hat ihn die jüngste Kunde aus seinem geliebten Nürnberg so nicht mehr erreichen können." „Du meinst die Nachricht von der Auflösung der Nürnberger Augustiner?"

Katharinas Augen blitzen. „Auflösung? Nein, Schwester Clara, nein, niemand hat von Auflösung gesprochen, nicht einmal die Augustinereremiten selbst! Eine freiwillige Selbstaufgabe ist es gewesen, ungefragt, ohne Not, in vorauseilendem Gehorsam – und sicher nicht zum eigenen finanziellen Nachteil."

Sie stockte. Sie wagte nicht, der anderen ins Gesicht zu sehen. Wie konnte sie auf Vergebung ihres Zornes hoffen, wenn sie ihm so wenig entgegenzusetzen vermochte? Aber in Claras Stimme schwang kein Tadel mit, nur Mitleid und Verstehen, als sie mit leiser Stimme sagte: „Freiwillig? Ohne Not? In vorauseilendem Gehorsam? Im Falle der Augustiner magst du recht haben …"

Ein tiefer Atemzug hob ihren schmalen Brustkorb. Unvermittelt legte sie der jungen Schwester die Hände auf die Schultern. Nun standen sie sich Auge in Auge gegenüber. Katharina konnte ihrem Blick nicht mehr ausweichen. Claras Stimme klang heiser, flehend. „Du hast den Brief von Bruder Erhart meiner Schwester überbracht. Du hast seine Worte gelesen. Katharina, höre: Sie sind gegangen, um uns zu bewahren. Um die Drohungen gegen uns nicht wahr werden zu lassen, die ihr Widerstand zur Folge gehabt hätte. Sie verdienen deinen Tadel nicht."

Katharinas Augen brannten. Sie presste die Zähne aufeinander. Sie wollte nicht weinen. Clara lockerte ihren Griff. Rasch wandte sich Katharina ab. Sie musste den Tisch decken. Sie musste die Blumen an Caritas' Platz stellen. Es blieb nicht mehr viel Zeit. Mit zitternden Händen nahm sie die Schale mit den Schneeglöckchen und wandte sich vom Fenster der langen Tafel zu.

In diesem Augenblick wurde die Tür aufgestoßen. Margarete stand im Türrahmen, atemlos, mit leuchtenden Augen. Ihre Stimme überschlug sich: „Sie sind da. Sie sind da. Sie sind in der Kapelle. Ihr müsst kommen, jetzt, sofort." Die Schale entglitt Katharinas Händen.

Auf den Straßen Nürnbergs

Christoph Koler stand an der Westfassade von St. Lorenz und blickte auf den weiten Platz, der sich vor der Kirche erstreckte. Nur noch wenige Leute waren unterwegs. Die meisten schienen auf dem Heimweg oder schickten sich an, in eines der nahe gelegenen Wirtshäuser einzukehren.

In den bunten Fensterscheiben der Glasrosette über dem Kirchenportal spiegelte sich die Abendsonne.

Bald würde sie hinter dem Giebel des wuchtigen Hallerschen Wohnturmes verschwinden. Dann würde die Dämmerung die Stadt einhüllen und die Garausglocke im Südturm der Lorenzkirche das Ende des Tages und den Beginn der Nacht einläuten.

Koler spürte einen stechenden Schmerz in seinen Knien. Er verzog die Mundwinkel zu einem spöttischen Lächeln: Vielleicht war er mittlerweile zu alt für Tage wie diesen.

Er seufzte. Seit den frühen Morgenstunden war er auf den Beinen gewesen. Das Treffen mit den Geschäftspartnern aus dem Thüringischen hatte sich bis in die Mittagsstunde hingezogen. In aller Eile war er endlich zum Klarakloster aufgebrochen. Wie mit Paumgartner vereinbart, wollten sie gemeinsam noch einmal mit Caritas verhandeln. Danach wäre er am liebsten nach Hause zurückgekehrt. Aber Lazarus Spengler hatte auf seinen Bericht gewartet. Die Unterredung mit dem Ratsschreiber hatte sich schließlich länger hingezogen, als er erwartet hatte.

Er hob den Kopf und blickte zum Himmel. Heute, an St. Benedict, hielten sich Licht und Finsternis die Waage. Er kniff die Augen zusammen. In diesem Augenblick schwand auch das letzte goldene Bruchstück der Sonnenscheibe hinter dem Dachfirst des Hallerschen Hauses.

Koler hielt den Atem an. Der helle Ton der Garausglocke drang durch den dunkelnden Frühlingshimmel. Er meinte, das Vibrieren der Mauern zu spüren. „O KÖNIG DER EHREN, KOMM MIT DEINEM FRIEDEN", murmelte der Ratsherr. Wie eine Antwort, ein Gegenstück zu all dem, was ihn beunruhigte, erschien ihm die Inschrift, die in das Erz der Glocke getrieben war. Reglos verharrte er im Schatten der Türme und lauschte.

Als der letzte Ton verklungen war, schlug er den Mantelkragen hoch und trat auf den weiten Platz vor dem Kirchenportal. Aus einer der Gassen hörte er Gelächter und Rufe, die sich langsam entfernten. Es war Zeit, heimzukehren. Schon bald würde sich die Stadt in ein dunkles Labyrinth verwandeln, nur hier und dort erhellt durch kleine Inseln aus Licht, das aus den Häuserfenstern nach draußen drang. Koler schritt schneller aus. Margareta sollte sich nicht sorgen müssen.

Ein Gefühl der Zärtlichkeit stieg in ihm auf. Sie hatte noch geschlafen, als er kurz vor dem Morgengrauen aufgestanden war. Für einen Augenblick hatte er an ihrer Bettseite gekauert. Mit dem halb gelösten Haar und den vom Schlaf geröteten Wangen war sie ihm jung und zerbrechlich erschienen. Er hatte sich danach gesehnt, sie in die Arme zu nehmen. Aber die Angst war stärker gewesen. Und so hatte er sie nur angesehen.

Er brauchte sie nicht anzurühren, um sie zu spüren: die sanften Linien ihres Gesichtes, den samtigen, hellen Flaum auf ihren Wangen und ihrer Stirn, die Umrisse ihres Körpers unter den schweren Wolldecken. Im Dämmerlicht des frühen Morgens war sie ihm unendlich nah und unendlich fremd gewesen.

Fremd. Ein schmerzhafter Atemzug hob seine Brust. Ob sich dies jemals wieder zwischen ihnen ändern würde? Wie viel gäbe er um die Vertrautheit der Anfangsjahre!

Vielleicht wäre der gestrige Abend der rechte Zeitpunkt gewesen. Vielleicht hätte er gestern, als sie noch einmal zu ihm gekommen war, all seine Ängste vor Fremdheit und Zurückweisung abschütteln müssen und sie in die Arme nehmen. Warum hatte er es nicht getan?

Der Weg, der zum Pegnitzufer führte, ging nun steiler bergab. Der Schmerz in den Knien verstärkte sich und zwang ihn, stehenzubleiben. Jenseits des Spittlertorgrabens erhellte ein letzter Schimmer der untergegangenen Sonne den Himmel. Bald würde dort im Westen der Abendstern erscheinen.

Christoph Koler biss die Zähne zusammen und ging langsam weiter. Vielleicht war er der Antwort auf diese Frage den ganzen Tag aus dem Weg gegangen. Der Ratsherr ging mit gesenktem Kopf. An die Schönheit seiner Frau hatte er sich auch nach den sieben Jahren ihrer Ehe nicht gewöhnt. An die Blicke der anderen Männer, so hatte er sich eingeredet, hingegen schon.

Umso beschämender war es, dass es trotz alledem Paumgartners unverhohlene Bewunderung für Margareta gewesen war, die gestern Abend sein eigenes Verhalten gelenkt hatte. Und dieses war, soviel konnte er sich nun eingestehen, nur eines gewesen: armselig.

Er war an seinem Schreibtisch sitzen geblieben, die Feder in der Hand, als hätte er Wichtigeres zu tun als mit ihr zu reden. Ihren drängenden Bitten, all seinen Einfluss und seine Kraft für die Sache Luthers einzusetzen, war er mit freundlicher Nüchternheit begegnet.

Er hatte die Enttäuschung in ihren Augen gelesen, als sie ihm leise eine gute Nacht gewünscht hatte. Dann waren nur ihre Schritte zu hören gewesen, die sich über die Holzdielen entfernten. Den Kopf in die Hände gestützt hatte er mit geschlossenen Augen dagesessen, hatte sich ausgemalt, was er hätte sagen, was er hätte tun sollen. Sie an sich ziehen, den Namen ihrer Schwester aussprechen, ihr sagen, dass er ihren Schmerz kannte – was hätte er zu verlieren gehabt? Vielleicht hätte er gestern Abend endlich die rechten Worte finden können für das, was ihn seit Monaten umtrieb: Wie sehr auch er über den Verlust ihres Kindes trauerte – und dass dennoch seine Erleichterung, dass sie überlebt hatte, jedes andere Gefühl überwog. Selbst die Trauer, die er mit ihr teilen wollte.

Aber der Augenblick war vorübergegangen und seine törichte Eifersucht hatte ihn daran gehindert, ihn zu nutzen.

Nebelschwaden zogen vom Fluss herauf. Ein Wirbel von Wassertröpfchen erfüllte die Luft und legte sich wie feines Gespinst auf das schwere Tuch seines Mantels.

Koler holte tief Luft. Es gab keine Zufälle.

Paumgartner hatte gestern in Margaretas Beisein nicht nur über die Unterredung mit den Nonnen von St. Klara gesprochen. Der andere Ratsherr hatte seine Forderung nach einem entschlossenen Vorgehen gegen Caritas wortreich begründet. Namen waren gefallen. Namen Nürnberger Familien, die, so hatte Paumgartner versichert, nicht länger willens wären, ihr eigen Fleisch und Blut dem klösterlichen Irrweg zu überlassen.

Von Ursula Tetzel hatte er am ausführlichsten gesprochen. Eher beiläufig hatte er hinzugefügt, auch die Ebners wollten sich den Forderungen der Tetzlin anschließen und ihre Tochter Katharina von den Klarissen zurückfordern.

Koler blieb stehen. Die gestrige Szene stand ihm noch einmal in aller Klarheit vor Augen. Er hatte seine Gemahlin angesehen, aber Margareta war seinem Blick ausgewichen. Paumgartner hatte sie vielleicht täuschen können. Ihn nicht. Es gab wohl niemand unter den Gebildeten der Stadt, der den Namen Ebner nicht mit ihr verband: Christine Ebner, Urahnin jener jungen Klarissin Katharina.

„Von der Gnaden Überlast“ – dieses schmale Bändchen der Christine Ebner hatte die Dominikanerin, aber auch ihren Konvent, das Kloster Engelthal, weit über die Grenzen des Reichs berühmt gemacht. Auch knapp zweihundert Jahre nach ihrem Wirken gründete der Ruhm des Klosters in ihren Visionen. Margareta hatte sich rasch wieder gefasst und dem Gast noch Wein angeboten. Aber ihm war es gewesen, als könne er ihre Gedanken lesen: Der Geist der bedingungslosen Hingabe an Gott, der Christine Ebner beseelt hatte, hatte Margaretas Eltern bewogen, Johanna nach Engelthal zu schicken. Und er hatte sie das Leben gekostet. Wie wenig bedurfte es, um Margaretas Wunden aufzureißen!

Koler fuhr sich mit der Hand über die Stirn. Er war ein Narr gewesen. Johanna Rieter, nicht Bernhard Paumgartner war der Schlüssel für Margaretas Leidenschaftlichkeit, mit der sie den Umsturz in der Stadt herbeifieberte. Was tat es, dass Paumgartner seine Gemahlin mit Blicken verschlungen hatte! Er kannte schließlich ihre Meinung über den jungen Ratsherren.

Christoph Koler blieb stehen. Rechts zweigte die Findelgasse ab und verlor sich in der Dunkelheit. Folgte man ihr, würde man schon bald das Katharinenkloster jenseits des inneren Stadtmauerringes erreicht haben. Ein gutes Jahr mochte es her sein, dass er mit seiner Frau einen Gottesdienst in der Katharinenkirche besucht hatte. Ein Regenguss hatte sie damals davon abgehalten, das Gotteshaus nach dem Ende der Messe zu verlassen. Langsam war Margareta mit ihm an den berühmten Kunstwerken der Kirche vorbeigegangen. Vor dem berühmten Paumgartneraltar Albrecht Dürers hatte sie innegehalten. „Wie schön der Jesusknabe aussieht, Christoph!“, hatte sie gemurmelt. Dann hatte ein spöttisches Lächeln ihre Lippen umspielt. „Aber die beiden Paumgartners … – Stephan als heiliger Georg und sein Bruder Lukas als heiliger Eustachius! Ich verstehe, dass Dürer nicht widerstehen konnte, sie zu porträtieren. Sieh dir nur die Nasen an!“ Dann war sie ernst geworden. „Aber sich als Heilige malen zu lassen! Wer weiß, wen sich womöglich ihr Vetter, dein Ratskollege Bernhard Paumgartner, noch aussuchen wird! Ein einfacher Heiliger wird ihm freilich nicht genügen … Den Erzengel Michael vielleicht? An Dünkel und Hochmut ist er seinen Verwandten jedenfalls ebenbürtig!“

Er hatte mit ihr gelacht und ihr beigepflichtet. Abends im Schlafgemach hatte er Margareta beim Auskleiden zugesehen. Er hatte ihr die Arme um die Schultern gelegt und sein Gesicht in der Fülle ihrer blonden Haare geborgen. Albrecht müsse beim Malen der Madonna sie, seine Margareta, vor Augen gehabt haben, hatte er in die Wärme ihres Nackens geflüstert. Sie hatte den Kopf gesenkt und eine ihrer Haarlocken hatte sich aus seinem Griff gelöst und war ihr über die nackten Schultern gefallen. Sie hatte tatsächlich ausgesehen wie Dürers Mariengestalt. Margareta hatte gelächelt und erwidert, soviel sie wüsste, wäre sie bei der Entstehung des Bildes noch ein kleines Kind gewesen. Dann hatte sie sich seiner Umarmung entwunden. Aber er hatte sie an sich gezogen und sie hatte seinen Kuss erwidert. Wenn er ehrlich war, war ihm an dieser Begebenheit vor allem eines wichtig gewesen: ihre Bemerkung über Bernhard Paumgartner.

Koler sog scharf die Luft ein. Er war nicht nur ein Narr. Er war ein alternder, eifersüchtiger Narr, der nach jedem Beweis hungerte, dass andere Männer Margaretas Spottlust weckten. Warum ihn jedoch Paumgartner so über die Maßen reizte, vermochte er selbst nicht zu sagen. War es der unverhohlene Ehrgeiz des Jüngeren? Oder nur seine Jugend? Die Tatsache, dass er etwa in Margaretas Alter sein mochte?

Er wusste nur, dass er heute Nachmittag froh gewesen war, dass Paumgartner sich bei ihrer Verabredung am Klarakloster verspätet hatte. In Gedanken versunken hatte er am Eingang zur Klaragasse gestanden. Die Wärme des Frühlingstages war ihm bewusst gewesen, das offenkundige Ende des Winters. Er hatte nach dem anderen Ratsherren Ausschau gehalten, als Erhart Horolt und Nikolaus Liechtenstein aus der niedrigen Tür des Pfortenhauses getreten waren. Ohne sich zu besinnen, war er in den Schatten eines Torbogens zurückgewichen. Nur wenige Handbreit trennten ihn von den beiden Franziskanern, als sie in die Straße zum Frauentor einbogen und sich in Richtung der Lorenzkirche wandten. Ein paar Augenblicke später war Paumgartner aufgetaucht.

Er hatte keine Gelegenheit gehabt, sich Rechenschaft darüber abzulegen, warum er der Begegnung mit den Barfüßern ausgewichen war. Wäre Paumgartner schon an seiner Seite gewesen, hätte dieser die beiden zur Rede gestellt: Hatten die Ratsherren ihnen nicht strikt jeden weiteren Kontakt mit den Nonnen verboten? Jetzt, da er endlich allein war, wurde ihm klar, dass er nicht nur die Augen verschlossen hatte vor dem Ungehorsam der Mönche. Ihr Verhalten nötigte ihm sogar Respekt ab. Es war widersinnig – dennoch hoffte er beinahe, die Franziskaner hätten ein letztes Mal mit den Schwestern die Messe feiern können.

Koler atmete tief durch. Hatte Paumgartner mit seiner gestrigen Anschuldigung recht? Diente er zwei Herren? Der Stadt, die sich für Luther entschieden hatte, und seinem eigenen Wunsch, man könne diejenigen gewähren lassen, die einen anderen Weg gewählt hatten? Vielleicht war dieser Wunsch nichts als Torheit.

Töricht war es sicher auch gewesen, zu denken, Caritas und die Schwestern würden bei der heutigen Unterredung Vernunft annehmen und sich aus freien Stücken dem Willen des Rates fügen. Er selbst hatte alles versucht, um den Frauen ein Einlenken zu ermöglichen. Er hatte ihnen vom Kloster St. Katharina berichtet: Die Dominikanerinnen hätten sich allen Anweisungen gefügt, wie es die Gehorsamspflicht der Nonnen gegen ihre Schutzherren forderte. Er hatte ihnen versichert, dass der Rat noch nichts von ihrer Widerspenstigkeit wüsste. Noch müssten die Klarissen nicht befürchten, bei den Vätern der Stadt in Ungnade gefallen zu sein. Länger jedoch könne er seine Hand nicht mehr über ihr Kloster halten – der Rat erwarte eine Antwort. Er erwarte Gehorsam.

Nach seinen Worten war es einen Augenblick still gewesen im Refektorium. Koler hatte seine Blicke schweifen lassen. Hinter den etwa sechzig Schwestern, die Caritas umringten, stand der Esstisch des Konvents. Er war bedeckt mit einem blütenweißen Tuch. Schalen oder Gläser konnte er nicht entdekken. Nur ein Bündel Schneeglöckchen lag wie achtlos hingeworfen auf dem hellen Leinenstoff.

Neben sich hatte er Paumgartners nur mühsam verhohlene Ungeduld gespürt. Aber der jüngere Ratsherr hatte sich diesmal in der Gewalt gehabt und hatte ihn als den Älteren sprechen lassen. Für den Bruchteil einer Sekunde war es ihm erschienen, als habe Caritas über den Eifer des jungen Mannes gelächelt. Dann jedoch hatte sie voller Ernst und mit wohlbedachten Worten geantwortet: „Nicht Ungehorsam ist es, der uns die Forderungen des Rates ablehnen lässt. Sondern unsere Gewissensfreiheit, die wir in den Fragen des Glaubens nicht aufs Spiel setzen dürfen."

Für einen Augenblick hatte sie die Lider gesenkt. Dann hatte sie mit fester Stimme hinzugefügt: „Sorgt Euch nicht, Christoph Koler! Wir werden unseren Pfleger Kaspar Nützel bitten, unsere Haltung dem Rat mitzuteilen. Dies soll Eure Last nicht sein."

Nun hatte er die Barfüßerbrücke erreicht. Er blieb stehen. „Sorgt euch nicht!"… Sorgt euch nicht? Ahnte die Äbtissin seinen Zwiespalt? Vorsichtig setze er seinen Fuß auf die steinerne Brücke. Das Pflaster war schlüpfrig. Kienspäne warfen ein spärliches Licht auf seinen Weg und malten tanzende Schatten auf die Balken des hölzernen Brückendaches.

Dem Bericht im Rathaus war er trotz Caritas' Worten nicht ausgewichen – dies wäre entgegen seinem Auftrag gewesen.

Die Kühle, die vom Fluss aufstieg, ließ ihn frösteln. Eine Gruppe angetrunkener Männer kam ihm auf der Brücke entgegen. Ihr rohes Gelächter und ihre unflätigen Rufe hallten weit über das Wasser. Koler beschleunigte seine Schritte. Er wollte nach Hause. Ob Margareta noch auf ihn wartete?

Nun war es vollständig dunkel geworden. Als er endlich den Herrenmarkt von Osten betrat, klopfte sein Herz hart gegen die Rippen. Mühsam zwang er sich, ruhig zu atmen und weiterzugehen. Wie eine samtene, schwarze Kuppel wölbte sich der Nachthimmel über dem Platz. Vor ihm, an der Westseite des Marktes, lag das Rietersche Haus. Über seinem Giebel leuchtete der Abendstern. Die Fenster des Erdgeschosses waren dunkel. Der Ratsherr beschleunigte seine Schritte. Jetzt konnte er es klar erkennen: Aus dem Fenster ihres Schlafgemachs im oberen Stockwerk drang ein schwacher Lichtschein.

St. Theodorus

Phincztag, 23. März 1525

Im Klarakloster zu Nürnberg

Clara Nützel stand in der letzten Reihe der im Refektorium versammelten Schwestern und hielt den Kopf gesenkt. Ihre Hände strichen über den grob gewebten grauen Stoff ihrer Kutte.

Kette und Schuss. Kette und Schuss. Wie viele Stunden hatte sie in den vergangenen sechs Jahren in der Webstube des Klosters zugebracht? Unzählbare.

Claras Nacken schmerzte. Ihr schwindelte. Sie musste den Kopf heben. Wie von ferne drang seine Stimme in ihr Bewusstsein. Altvertraut. Wie sein Gesicht. Sie hatte es in all den Jahren nicht vergessen. Die schweren Lider, die buschigen Augenbrauen. Der empfindsame Mund mit den vollen Lippen und das kräftige Kinn – alle Züge ihres Vaters erschienen ihr unverändert. Es war, als habe sich sein heftiges Wesen dem Altern entgegengestemmt. Nur sein dichtes, welliges Haar war an den Schläfen ergraut.

Sie schluckte. Hatte sie sich je eingestanden, wie viel es ihr bedeutete, dass es ihr leiblicher Vater war, der als Pfleger über das Kloster wachte? Obgleich er ihren Blicken entzogen gewesen war, obgleich er seit ihrer Profess nur sehr selten nach ihr am Redefenster verlangt hatte – jetzt, in diesem Augenblick wurde ihr bewusst, wie nah ihr der Vater stets geblieben war.

Fast noch ein Kind war sie gewesen, damals am Anfang ihres Noviziates. Kindlich auch ihre Gedanken: Ob der Vater von ihren Buchillustrationen wusste? Ob ihm die Äbtissin von ihren Fortschritten im Griechischen erzählt hatte? Wann immer sein Name unter den Schwestern fiel, hatte dies etwas in ihr zum Schwingen gebracht.

Aber seit sie gehört hatte, der Vater wolle kommen, um mit dem Konvent Aug in Aug zu reden, ihr Gesuch an den Rat anzuhören, hatte sie sich gefürchtet. Wovor?

Nun stand sie ihm gegenüber, eine der Klarissen und zugleich seine Tochter. In all den Jahren, in denen Kaspar Nützel seine Kraft für die Klarissen eingesetzt hatte, hatte sie beides zugleich sein können. Diese Zeiten waren vorbei.

Die helle Nachmittagssonne fiel auf das Gesicht des Vaters, ließ sein dichtes Haar unter der samtenen Kappe glänzen. Feine Schweißperlen standen auf seiner Stirn.

Seine Stimme war voll Eifer und Leidenschaft: „Ehrwürdige Äbtissin! Der ganze Rat weiß von meinem Hiersein! Wenn ich Euch schildern könnte, wie sehr ihr die Ratsherren durch Eure Einladung an mich erfreut habt! Ich bin gewiss, der Heilige Geist selbst hat Euch zu diesem Schritt bewogen. Möge er Euch leiten, Euch mit meiner Hilfe nun für das Rechte zu entscheiden!"

Kaspar Nützel hielt inne und wischte sich den Schweiß von der Stirn. Als Caritas nichts erwiderte, fuhr er eifrig fort: „Ich weiß freilich, wie wenig ich selbst in dieser Sache auszurichten vermag. Aber ich weiß, wie herrlich Poliander es versteht, das klare Gotteswort zu verkündigen – und ich bin gewiss, dass Gott das Wunder Eurer Bekehrung durch ihn erwirkt hat! Poliander und den anderen evangelischen Predigern verdanken wir es, dass die ganze Stadt erkannt hat, wie unselig alle menschlichen Irrlehren des Klosterwesens sind. Eure Gebetszeiten, Eure menschlichen Gelübde, all der leere Tand wird Euch nicht in den Himmel bringen! Eher schon …" Kaspar Nützel unterbrach sich.

Nun musste Caritas etwas erwidern. Aber die Äbtissin schwieg, als gäbe es darauf keine Antwort. Clara überlief ein Schauer. Sie wusste, zu welch plötzlichen Stimmungswechseln der Vater fähig war. Und zu welchem Wüten.

Nützel trat einen Schritt auf die Äbtissin zu. „Caritas, der Weg ist geebnet für Frieden, Ordnung und eine einheitliche Zucht – in ganz Nürnberg! Ihr *müsst* ihn gehen! Glaubt mir – wenn Ihr das Kloster freiwillig aufgebt, wird Euch die Gunst des Rates gewiss sein."

Hatte Caritas unmerklich den Kopf geschüttelt? Clara konnte das Gesicht der Äbtissin nicht sehen. Aber sie sah die Veränderung im Antlitz des Vaters. Seine Wangen röteten sich, die Adern an seinen Schläfen schwollen an. „Wenn Ihr euch weigert – Gott im Himmel – ich vermag es mir nicht vorzustellen! Wenn Ihr euch weigert, wird die ganze Stadt in Aufruhr geraten. Die Bauern haben sich bereits zusammengerottet! Wenn solche Kunde aus dem Klarakloster dringt, wird der Rat sie nicht mehr zurückhalten können! Sie sind entschlossen, dem hellen Gottesworte zum Sieg zu verhelfen – mit dem Schwert und ihrem Leben!" Nützels Stimme war nur noch ein schwer beherrschtes Flüstern. „Wollt Ihr Euch schuldig machen, dass die Stadt in Leid und Blutvergießen versinkt? Mit welchem Recht? Welcher Hochmut treibt Euch?"

Clara schloss die Augen. Wie hatte sie sich fragen können, warum sie die Begegnung mit dem Vater gefürchtet hatte? Seine letzten Worte gaben ihr die Antwort: „Alle Nonnen der Stadt haben sich dem Willen des Rates gebeugt.

Nur Ihr erregt unser aller Unwillen durch Euren Widerspruchsgeist und Euren Starrsinn."

Widerspruchsgeist und Starrsinn. Sie hob den Kopf. Die geballte Faust des Vaters, die steile Falte auf seiner Stirn.

Alles war wieder da. Die Vorwürfe gegen die Mutter, die immer wiederkehrenden Streitigkeiten, in denen Klara Nützel ihrem Mann an Heftigkeit und Unduldsamkeit ebenbürtig gewesen war. Und die Angst des Kindes, das sie einmal gewesen war.

Caritas hatte neben der Priorin gestanden. Nun trat sie einen Schritt auf den Pfleger zu. Im Raum herrschte absolute Stille.

„Ihr nennt es Widerspruchsgeist, Kaspar Nützel? Wir nennen es Gewissensfreiheit! Der Rat möge uns nicht zwingen, uns in Fragen unseres Gewissens binden zu lassen, wenn man allerorten die neue Freiheit predigt."

„Die Predigten! Womit Ihr mir ein weiteres Stichwort nennt, das Euren Starrsinn nur zu deutlich offenbart!", fiel ihr Nützel ins Wort. „Mir ist zu Ohren gekommen, dass mehrere Schwestern den Predigten des ehrwürdigen Poliander nicht beigewohnt haben! Wisst Ihr, was Ihr damit aufs Spiel setzt? Nur der Beschluss des Rates, Euch durch Poliander das Evangelium verkünden zu lassen, hat etliche Nürnberger Familien bislang davon abgehalten, ihre Töchter mit Gewalt von Euch zu fordern. Ihr aber habt diese Gnade des Rates verachtet und seid den Predigten ferngeblieben!"

Clara wollte aufbegehren, wollte ihrem Vater zurufen, dass er den Verleumdungen gegen die Schwestern keinen Glauben schenken sollte. Aber sie schwieg.

Die Äbtissin jedoch sprach ihre Gedanken aus. „Das ist nicht wahr. Die einzige, die in unseren Reihen gefehlt hat, ist Sophie Löffelholz[3]." Leise setzte sie hinzu: „Sie liegt im Siechenhaus. Wir wissen nicht, ob sie das Osterfest erleben wird. Wir sind in großer Sorge um sie."

Kaspar Nützel murmelte etwas Unverständliches. „Wenn wir jedoch schon von haltlosen Verleumdungen sprechen", fuhr Caritas fort, als hätte sie die Worte des Pflegers nicht gehört: „*Mir* ist zu Ohren gekommen, man verdächtige uns, geheime Gänge zu besitzen. Die Franziskaner benutzten sie dazu, unbemerkt das Kloster zu betreten und zu verlassen …"

Die Äbtissin hielt inne. Clara meinte ihren Ohren nicht zu trauen: Hatte Caritas soeben gelacht? Aber die Äbtissin sprach bereits weiter: „Ehrwürdiger Pfleger! Wenn einer unser Kloster kennt, dann seid Ihr es! Ihr habt die Baupläne für alle Umgestaltungsarbeiten der letzten Jahre mit entworfen. Ihr habt ihre Durchführung überwacht. Ihr wart sogar anwesend, als die Arbeiter

3 Historisch: Clara Löffelholz. Namensänderung, um Verwechslung zu vermeiden.

vor ein paar Monaten die Grube des geheimen Gemachs geleert haben! Geheimeres als das haben wir nicht zu bieten – und Ihr wisst das! Ihr wisst, wie haltlos all diese Anschuldigungen sind! Nein – unterbrecht mich noch nicht, denn ich möchte, dass Ihr zuerst anhört, weswegen wir Euch hergebeten haben. Der Besuch der Ratsherren Koler und Paumgartner hat uns genötigt, Euch zu uns zu bitten. Wir werden Eure Worte in unserem Herzen bewegen. Doch nun hört uns an. Fünf Punkte sind es, die wir Euch demütig bitten, dem Rat der Stadt vorzulegen."

Clara hielt den Atem an. Würde ihr Vater es sich gefallen lassen, sich von Caritas den Mund verbieten zu lassen?

Bevor Kaspar Nützel etwas erwidern konnte, war die Priorin nach vorne getreten. Ohne die Augen von ihren Aufzeichnungen zu heben, las Schwester Sabina die von allen Schwestern vereinbarte Supplikation ab. *Fürsichtige, weise, günstige, liebe Herren …*

Clara vermochte nicht zuzuhören. Sie konnte den Blick nicht von ihrem Vater wenden. Wie würde er ihre Bitten an den Rat aufnehmen? Verstand sich der Vater noch als Pfleger und Mittelsmann des Klosters – trotz seiner Leidenschaft für den neuen Glauben?

Kaspar Nützel hatte sich von den Schwestern abgewandt und war ans Fenster getreten. Mit hochgezogenen Schultern, die Arme aufgestützt, blickte er nach draußen. Auch ohne dass sie sein Gesicht sehen konnte, ahnte Clara, wie es um die Gemütsverfassung des Vaters bestellt war.

Sabinas Stimme drang in ihr Bewusstsein: *… so wollen wir uns wegen der neuen Prediger nicht beschweren. Mit Gottes Gnade wollen auch wir Christenmenschen heißen, die nach dem heiligen Evangelium von ganzem Herzen verlangen. Man wolle uns also nicht als Verächterinnen des Gotteswortes geißeln. Unserer Äbtissin möge man überdies nicht unterstellen, sie würde die Schwestern im Chor einschließen, sodass sie die Predigten Polianders nicht hätten hören können. Eine abschließbare Tür gibt es am Chor nicht – dies möge der ehrbare Rat sich von unserem Pfleger bestätigen lassen.*

Neben sich spürte die junge Nonne eine Bewegung. Margarete hatte ihre Hand ergriffen. Alle Farbe war aus ihrem Gesicht gewichen. Clara erschrak. Rasch nahm sie ihre eiskalten Hände in die ihren und begann, sie mit festem Druck zu massieren. Langsam kehrte das Blut in das Gesicht der Freundin zurück. *Ebenso möge der ehrwürdige Rat das Beichthaus inspizieren lassen, ob sich irgendwo eine Spur der vermeintlichen geheimen Gänge finden lasse. Dass wir darum bitten, unsere Beichtväter frei wählen zu dürfen, geschieht nicht aus Ungehorsam. Wir berufen uns auf die christliche Freiheit, die das Gewissen nicht binden soll. Gebunden sind wir in der Klausur. Nicht aber in unserem Gewissen.*

Sabina hatte immer leiser gelesen. Es war, als koste sie jedes Wort Kraft. *Wenn man uns die Franziskaner nicht lassen will, so bitten wir demütig, uns nicht mit anderen Beichtvätern zu beschweren, denen wir nicht beichten wollen und werden. Dann sei es wie es sei – und wir wollen Gott selbst unsere Sünden beichten – ohne menschlichen Mittler …* Der Priorin versagte die Stimme.

Caritas löste sich aus den Reihen der Schwestern und trat auf Kaspar Nützel zu. Dieser rührte sich nicht.

„Ihr wisst doch, wie es geschrieben steht im Buch Daniel, im dreizehnten Kapitel? Ihr kennt die Worte der heiligen Susanna, die sie ihren Verleumdern erwidert? ‚Angst haben wir überall. Und doch ist es besser, dem Zorn der Menschen anheimzufallen als dem Zorn des lebendigen Gottes.'"

Kaspar Nützel wandte sich um. Sein Gesicht war weiß. Unbeirrt fuhr die Äbtissin fort: „Lasst mich hinausgehen, ehrwürdiger Pfleger. Befragt die Schwestern nach ihrem Willen, ohne dass ich anwesend bin. Wenn Ihr es für hilfreich haltet, befragt jede allein! Wenn Ihr die Meinung jeder einzelnen Schwester angehört habt, so bitte ich Euch von ganzem Herzen: Überbringt unsere Anliegen dem Rat!"

„Eure Bitte um die Rückgabe eurer Franziskaner ist vergebens!", schnaubte Kaspar Nützel. Dann lachte er spöttisch: „Also mögt ihr lutherischer sein als die Lutherischen und ganz ohne Beichtväter auskommen!"

Ohne Caritas eines Blickes zu würdigen, schob der Pfleger die Äbtissin zur Seite und ging mit raschen Schritten auf die Tür zu, die aus dem Refektorium führte. Die Schwestern standen regungslos, wie gelähmt.

Clara hätte später nicht sagen können, ob es Margarete oder sie selbst gewesen war, die die andere mitgezogen hatte. Noch bevor Kaspar Nützel die Tür öffnen konnte, hatten sie den Raum durchquert und sich vor ihm auf die Knie geworfen. Clara zitterte am ganzen Körper, sie hielt den Kopf gesenkt, sah den Vater nicht an. Sie wusste, dass sie seinen Zorn nur vergrößern würde, aber sie hatte keine andere Wahl. Im Raum entstand Bewegung: Bis auf Caritas waren alle Schwestern ihrem Beispiel gefolgt. Der ganze Konvent von St. Klara hatte sich seinem Pfleger zu Füßen geworfen.

Es war, als warteten sie alle auf ein Wort von ihr, als habe sie allein die Macht, die Dinge noch zu wenden. Clara hob den Kopf und sah dem Vater voll ins Gesicht. Ihre Stimme war nur ein Flüstern. „Habt Erbarmen! Tut uns keinen Zwang an! Lasst uns unsere Freiheit!"

Gabrielistag

Fridach, 24. März 1525

Auf den Straßen Nürnbergs

Klara Nützel stand auf der Schwelle ihres Hauses und blickte auf die Menschen, die vorübereilten. Noch einmal prüfte sie den Sitz ihrer Haube und tastete nach dem Schlüsselbund an ihrem Gürtel. Es mochte ihr gleichgültig sein, was Kaspar über ihr Vorhaben dachte – sie war dennoch froh, dass er ihren Aufbruch zu dieser ungewohnten Stunde nicht gehört hatte.

Sie wartete, bis eine Horde lachender und lärmender Knaben vorbeigerannt war, die wohl auf dem Weg in die Schule zu St. Egidien waren. Auch ihre eigenen Söhne hatten die dortige Lateinschule besucht. Es war im Wesentlichen das Verdienst Willibald Pirckheimers, dass die Söhne vornehmer Familien dort die Grundkenntnisse der antiken Sprachen, der Mathematik und der Astronomie erlernen konnten.

Sie seufzte unwillkürlich. Noch bis vor kurzem hatte es in der Stadt klare Grenzlinien gegeben: zwischen Gebildeten und Ungebildeten, zwischen Reichen und Armen, mächtigen Familien und einfachem Volk. Nun aber waren die klaren Ordnungen infrage gestellt: Es konnte leicht geschehen, dass ein Angehöriger des eigenen Standes plötzlich zum Gegner, ein schlichter Schuster oder Tischlergeselle zum wichtigen Verbündeten wurde.

Sie trat auf die Straße und wandte sich nach Süden. Den Menschen, die ihr respektvoll Platz machten, schenkte sie keine Beachtung. Klara Nützel schritt eilig aus. Die Straßen der Stadt lagen in der hellen Frühlingssonne, die grünen Dächer von St. Lorenz schimmerten und glänzten, als seien sie der Schuppenpanzer eines gewaltigen Lindwurms. An diesem Morgen hatte sie keinen Blick dafür. Die Ereignisse der letzten Nacht standen ihr zu klar vor Augen.

Als Kaspar nicht wie vereinbart zum gemeinsamen Nachtmahl erschienen war, war sie zunächst besorgt gewesen. Immer wieder war sie ans Fenster der oberen Stube getreten und hatte nach draußen gesehen. Als er endlich die schwere Eingangstür des Hauses geöffnet hatte, war sie ihm voller Ungeduld und Ärger entgegengetreten. Aber dann hatte sie sein Gesicht gesehen und war erschrocken.

Sie kannte ihren Gemahl im Zorn. In den beinahe fünfundzwanzig Jahren ihrer Ehe hatte es unzählbare Gelegenheiten gegeben, bei denen seine Reizbarkeit und sein aufbrausendes Wesen zutage getreten waren. Bis zum gestrigen Tag war es Klara stets so erschienen, als sei seine Heftigkeit etwas, das ihm selbst keinen Schaden zufügte, ihn vielmehr antrieb zu noch größeren Leistungen, zu noch größerem Erfolg.

Nur wenige aus seinem Stand hatten eine so glänzende Laufbahn beschritten. Gerade einunddreißig Jahre war er gewesen, als man ihn zum jüngeren Bürgermeister ernannt hatte, ein paar Jahre später war er zum älteren Bürgermeister gewählt worden. Seit dem letzten Jahr bekleidete er nun das Amt des zweiten Losungers. Dass man ihm auch noch das Pflegeramt für das Klarakloster anvertraut hatte, war nur ein weiterer Achtungsbeweis des Rates gewesen.

Sie war stolz gewesen auf das Ansehen, das ihr Mann genoss, gerade weil sie selbst aus einem Geschlecht stammte, das lediglich zu den ehrbaren Familien zählte. Der Zugang zum inneren Rat war ihnen verwehrt.

Trotz ihres niedrigeren Standes hatte Kaspar ihr nie das Gefühl gegeben, als sei sie ihm nicht ebenbürtig. Stets hatte sie seine Wertschätzung gespürt für das, was sie mit in die Ehe gebracht hatte. Das Haus, in dem sie bis zum heutigen Tag wohnten; ihre Schönheit, deren allmählichen Verlust sie manchmal betrauerte: den einstigen Glanz ihrer kastanienbraunen Haare, die Ebenmäßigkeit ihres Gesichtes. Die einundzwanzig Kinder, die sie Kaspar im Laufe ihrer langen Ehe geschenkt hatte, Nachkommen und Erben des Namen Nützel – in den Augen der Leute war dies sicher das sichtbarste Zeichen einer segensreichen Verbindung.

Sie selbst dachte bisweilen, dass die wichtigste Mitgift ihr eigenes Temperament sein mochte, das seine Ausbrüche nicht fürchtete. Auch gestern hatte sie keine Furcht vor ihm gehabt. Aber zum ersten Mal hatte sie um Kaspar selbst gebangt.

Im fahlen Licht, das in der Diele herrschte, war er ihr um Jahre gealtert erschienen. Rasch und stoßweise hatte er nach Luft gerungen, als kämpfe er um jeden Atemzug. Ein glänzender Schweißfilm hatte seine Züge bedeckt, sein Gesicht war gerötet und heiß gewesen.

Mit Hilfe einer der Mägde hatte sie ihn in eines der Zimmer im oberen Stockwerk gebracht, sie hatte nach kühlem Wein und einer Karaffe mit Wasser verlangt, nach dem Döschen mit zerriebener Brechnuss und einer Schale mit Essigwasser. Mit fliegenden Händen hatte sie ihm den schweren Mantel abgenommen und alles an seiner Kleidung, was ihn einengte und erhitzte, gelöst.

Dann hatte sie die Magd fortgeschickt, die scheu und erschrocken auf ihren Herren geblickt hatte. Endlich waren sie allein gewesen. Sie hatte alle Fenster geöffnet, um ihm durch die kalte Nachtluft Erleichterung zu schaffen.

Obwohl ihr Verstand genau wusste, was zu tun war, hatten ihre Hände gezittert. Kaspar war Choleriker. Die gelbe Galle, die sein Wesen beherrschte, konnte ihn in Zustände blinder Wut und Erregung versetzen. In den Jahren ihrer Ehe hatte sie die Lehren des Aristoteles über die Temperamente oft genug beherzigen müssen, um das seelische und leibliche Gleichgewicht ihres Gatten wiederherzustellen.

Es musste ihr gelingen, die Hitze, die durch das Übermaß der gelben Galle ausgelöst wurde, aus Kaspars Körper abzuziehen. Immer wieder hatte sie Leintücher mit kaltem Essigwasser getränkt und sie ihm behutsam auf Stirn und Brust gelegt. Sie hatte ihm den Wein eingeflößt, vermischt mit einem Löffelchen Brechnuss, und seinen rasenden Puls gefühlt. Ihr Gemahl hatte alles mit sich geschehen lassen. Endlich war sein Atem ruhiger geworden. Noch einmal hatte sie die Magd gerufen und ihr aufgetragen, man möge Kaspar eine leichte Speise aus gekochtem Reis, Mandelmus und Hühnchen bringen, ungewürzt, nichts, was die Hitze in seinem Leib noch steigern würde.

Er hatte das Essen nicht angerührt, aber dankbar ihre Hand gedrückt, als sie schließlich gemeinsam an dem niedrigen Tisch saßen, der in der einen Ecke des Raumes stand.

Dann hatte er zu erzählen begonnen, ohne dass sie ihn dazu hatte drängen müssen.

Als sie ihn schließlich in ihr Schlafgemach geführt hatte, war er endlich in einen unruhigen Schlaf gefallen. Leise war sie zu einem der Fenster getreten und hatte auf seine Atemzüge gelauscht. Jetzt, da die Krise vorüber schien, jetzt, da sie allein war mit dem, was er ihr erzählt hatte, in der Dunkelheit der Nacht, hatte die Angst nach ihr gegriffen.

Kaum mochte sie glauben, was Kaspar ihr erzählt hatte. Noch am Morgen hatte er voller Zuversicht von der Einladung der Äbtissin ins Klarakloster gesprochen. Er war gewiss gewesen, dass er noch am selben Tag dem Rat von der freiwilligen Auflösung des Ordens würde berichten können. Er, der all die Jahre für den ordentlichen Zustand des Klosters gesorgt hatte, würde derjenige sein, der nun die Befreiung der ihm Anvertrauten aus dem mönchischen Irrglauben ins Werk setzen würde.

Sie selbst hatte seine Zuversicht nicht geteilt. Aber sie hatte geschwiegen. Vielleicht wäre es besser gewesen, wenn sie ihre Zweifel ausgesprochen hätte. Vielleicht hätte sie ihn warnen sollen.

Klara Nützel blieb einen Moment stehen und hob den Kopf. Die Doppeltürme von St. Lorenz lagen bereits in ihrem Rücken. Nur noch wenige Schritte trennten sie vom großen Kornkasten und dem Zeughaus der Stadt. Dahinter lag das Klarakloster.

Noch einmal versuchte sie, sich vorzustellen, was sich dort gestern zugetragen hatte. Statt mit demütigem Gehorsam hatten die im Refektorium versammelten Nonnen ihren Pfleger erneut mit Forderungen erwartet: Sollte man ihnen die Barfüßer nicht wiedergeben, wollten sie lieber auf alle Beichtväter verzichten. Auf den Knien hatten sie ihn gehindert, den Raum zu verlassen!

Kaspars Stimme hatte unwillig geklungen, als er von dem Flehen der Schwestern erzählt hatte, von ihren gesenkten Köpfen, Schulter an Schulter, eine lebendige Mauer, die versucht hatte, ihn gegen seinen Willen zum Einlenken zu zwingen.

Tastend hatte sie gefragt: „Und Clara?" Er hatte sie nur wortlos angesehen, ein Schatten war über sein Gesicht geglitten. Sie hatte nicht weitergefragt. Zu groß war ihre Angst vor einem neuerlichen Anfall gewesen. Nach einer Weile hatte Kaspar weitergesprochen. Er habe sich mit Gewalt von den Schwestern losgerissen und der Äbtissin befohlen, ihm in den Chor zu folgen, um dort mit ihr allein sprechen zu können.

Kaspar musste das Erschrecken über diesen Befehl in ihren Augen gelesen haben, denn er hatte sich von ihr abgewendet. Dann hatte er unwirsch hinzugefügt, Caritas selbst habe ihm schließlich angeboten, mit jeder der Schwestern allein zu sprechen. Ein sinnloses Angebot, das er abgelehnt hatte, nichts weiter als eine Finte, die ihn bloßstellen sollte. Sinnlos sei jedoch auch seine Unterredung mit Caritas gewesen, auch wenn er nichts unversucht gelassen hatte.

Klara Nützel ging nun langsamer. „Wenn Ihr einlenkt, so haben wir die ganze Landschaft! Wenn Ihr Euch bekehrt, so wird sich das ganze Land bekehren! Wenn aber nicht – Ihr allein, Caritas Pirckheimer, werdet schuldig sein an Aufruhr und Blutvergießen" – das habe er der Äbtissin bei ihrer Unterredung unter vier Augen gesagt. Sie jedoch habe gelächelt und erwidert, weder Gunsterweise noch Drohungen werden sie dazu treiben, etwas zu tun, das gegen ihr Gewissen sei.

Kaspars Stimme war bei seiner Erzählung immer erregter geworden. Schließlich war er von seinem Sitz aufgesprungen, hatte mit schnellen Schritten den Raum durchmessen und war am Fenster stehen geblieben. Sie hatte nicht recht gewusst, ob seine neuerliche Heftigkeit sie ängstigen oder beruhigen sollte. Zögernd war sie ihm ans Fenster gefolgt und hatte eine Hand auf seine Schulter gelegt.

Ein unterdrücktes Geräusch, halb Fluch, halb unwilliges Lachen, war über seine Lippen gekommen: „Und dann, Klara, hat sie gesagt, sie hätte mich lieb. Sie gönne mir alles Gute. Umso mehr sei sie betrübt, dass ich mich so jämmerlich verführen und verblenden lasse! Es sei eine böse Zeit." „Und was hast du erwidert?" Kaspar hatte sich zu ihr umgewandt und sie angesehen. „Was ich erwidert habe?" Seine Stimme klang heiser, so als habe ihn sein Bericht viel Kraft gekostet. „Ich habe erwidert: Nein, Caritas, es taut und regnet mehr Gnade als in den letzten hundert Jahren." Dann habe er den Chorraum verlassen.

Erst als ihr Gemahl in einen tiefen Schlaf gesunken war, hatte sie den Platz an seiner Bettseite verlassen und sich auf einen Hocker ans Fenster gesetzt. Weit nach Mitternacht war sie eingeschlafen auf ihrem unbequemen Sitz. Als sie das erste Morgenlicht geweckt hatte, hatte ihr Entschluss festgestanden: Sie musste Caritas Pirckheimer zur Rede stellen. Sie würde nicht zulassen, dass dem Eigensinn der Schwestern nicht allein die Sicherheit der Stadt, sondern auch die Gesundheit ihres Mannes geopfert werden sollte!

Als sie in die Klaragasse einbog, quoll ihr ein Strom von Menschen entgegen, der sich aus dem Westportal der Klarakirche drängte.

Es war nicht allein die Menge der Leute, sondern auch ihre Mischung, die sie einen Moment aus der Fassung brachte: Einfach gekleidete Handwerker standen neben kostbar geputzten Männern und Frauen aus dem Patriziat, Bauern und Tagelöhner drängten sich neben Männern, deren Tonsur sie als ehemalige Mönche verriet. Rufe erschollen, Gelächter und Stimmengewirr erfüllte die Straße. Dann aber vermochte sie sich einen Reim auf das Geschehen zu machen: Poliander hatte zu den Nonnen in St. Klara gepredigt. Und das Volk war Zeuge gewesen.

Klara Nützel verzog das Gesicht zu einem grimmigen Lächeln. Nun, Poliander würde nicht der einzige ungebetene Gast dieses Tages bleiben. Entschlossen bahnte sie sich einen Weg durchs Gedränge und klopfte an die Tür des Pfortenhauses.

Im Klarakloster zu Nürnberg

Clara Nützel kauerte zwischen den Beeten des kleinen Gartens, der im Geviert des Kreuzganges angelegt war. Durch die raue Sackleinwand, die sie unter die Knie gelegt hatte, um ihre Kutte zu schonen, spürte sie die Kälte des Bodens. Ihr Rücken schmerzte.

Seit Sophie in einen leichten Schlaf gefallen war und sie ihren Platz am Krankenlager leise verlassen hatte, war sie damit beschäftigt, das Erdreich der Kräuter- und Blumenbeete zu lockern und erfrorene Stauden auszureißen.

In den Vormittagsstunden, die sie nicht bei den Gebetszeiten im Chor und bei der Predigt Polianders in der Klarakirche verbracht hatte, hatte sie an Sophies Krankenbett gesessen. Dumpf und drückend war es dort gewesen, als ginge die Hitze des Fiebers, das Sophie quälte, auch auf die Krankenstube über.

Clara richtete sich auf und legte ihre Hände auf den schmerzenden Rükken. Mit einem tiefen Atemzug sog sie die Frühlingsluft in ihre Lungen. Die Märzenbecher, die wie weiße Kissen die Beete bedeckten, verströmten einen zarten Duft. Morgen, am Tag der Ankündigung des Herrn, wollte sie Sophie ein Bündel dieser Marienblumen bringen.

Seit ihrem Krankenlager hatte sich die kranke Schwester mehr denn je in die Arme der Gottesmutter geflüchtet. Die biblische Erzählung, derer die Gläubigen sich am morgigen Tag erinnern sollten – Clara hatte ihr versprechen müssen, sie ihr vorzulesen. Sophies Hände konnten kein Buch mehr halten. Sie vermochte nicht einmal mehr, sich alleine im Bett aufzurichten, um einen Schluck Wasser zu trinken.

Ave Maria, gratia plena; Dominus tecum; benedicta tu in mulieribus, et benedictus fructus ventris tui, Iesus. Gegrüßet seist du, Maria, voll der Gnade. Der Herr ist mit dir. Du bist gebenedeit unter den Frauen, und gebenedeit ist die Frucht deines Leibes, Jesus.

Claras Kehle brannte. Die Fortsetzung dieser Bibelverse, das ganze Ave Maria – wie oft hatte sie diese Worte wohl in den Jahren im Kloster gesprochen? *Sancta Maria, Mater Dei, ora pro nobis peccatoribus, nunc et in hora mortis nostrae! Heilige Maria, Mutter Gottes, bitte für uns Sünder, jetzt und in der Stunde unseres Todes!*

Sie wusste, dass sie Sophie gehen lassen musste. Und trotzdem hoffte sie auf ein Wunder. Mit ihrer erdverschmierten Rechten wischte sie sich ungeduldig eine Träne von der Wange. Sie wollte nicht weinen. In Sophies Augen las sie keine Furcht vor dem Tod – und sie selbst hatte schon viele Schwestern beim Sterben begleitet. Dennoch war es diesmal anders.

Diesmal würde eine der ihren ohne den Trost der heilsamen Sterbesakramente von ihnen gehen müssen. Dieses Mal würden die Franziskaner nicht zum Bett der Sterbenden gerufen werden können. Wenn sie nur den Vater gestern hätte erweichen können. Clara ließ die Hände in den Schoß sinken. Es hatte keinen Sinn. Auch die Arbeit bot ihr keine Flucht vor ihren Gedanken.

Eine seltsame Leichtigkeit und Schwere zugleich erfüllten ihren Körper. Die Wärme der Frühlingssonne auf ihrem Schleier, auf ihren Schultern, die Kälte, die vom Boden ausstrahlte und sie nach unten zu ziehen schien. Clara kniff die Augen zusammen. Das Weiß der Märzenbecher, das Weiß des

Schnees in jener Winternacht kurz vor Weihnachten. Wie unwirklich erschienen ihr die Erlebnisse dieser Nacht, jetzt im hellen Tageslicht – und wie nah zugleich.

In all den Wochen hatte sie versucht, nicht an ihren Traum zu denken, nicht an ihre Entdeckung der Aufzeichnungen der Äbtissin. Aber so sehr sie sich mühte: Die Bilder, die Worte kehrten zu ihr zurück, immer wieder. Und jedes Mal war es ihr, als stürze sie ins Bodenlose. Der gestrige Abend hatte dem, was sie erschreckte und ängstigte, noch ein Bild, noch eine Erinnerung hinzugefügt: das zornige Gesicht des Vaters.

Ein rauer Atemzug, beinah ein Schluchzen hob Claras Brust. Warum hatte sie in dieser einen entscheidenden Begegnung mit Kaspar Nützel nicht die Kraft gehabt, ihn zum Verstehen zu bewegen? Hätte sie die Macht gehabt, das Kloster zu retten und alle Ängste zum Schweigen zu bringen? Oder war es falscher Hochmut, so zu denken? Wann würde es ihr je gelingen, der heiligen Klara in ihrem bedingungslosen Vertrauen auf Gott zu folgen?

Ihre Hände krampften sich um die verdorrten Pflanzenbüschel in ihrem Schoß. Die Bangigkeit, die sie seit der Thomasnacht in sich trug – nie war sie stärker gewesen als am gestrigen Abend, als sie vor dem Vater auf den Knien lag.

Es war ein Abschied gewesen. Schärfer und unwiederbringlicher als bei ihrer Profess, damals vor sechs Jahren. In ihren Abschiedsschmerz hatte sich jedoch noch etwas anderes gemischt, etwas, das sie in den Stunden der vergangenen Nacht immer wieder versucht hatte zu greifen. War es Angst um ihn gewesen? Angst, es könne ihm etwas zustoßen in seiner Wut, als deren Verursacherin sie sich fühlte?

Der leise Ruf ihres Namens riss sie aus ihren Gedanken. Sie fuhr herum. Margarete stand im Schatten der Kreuzgangsäulen. Rasch schüttelte Clara die abgeschnittenen Pflanzenbüschel von ihrer Kutte, stand auf und ging der Freundin entgegen.

Erst jetzt wurde sie der ungewöhnlichen Ruhe gewahr, die im Klostergeviert herrschte. Um diese Zeit pflegten viele der Schwestern zu ihren Aufgaben in den Wirtschaftsgebäuden oder in die Spinnstube zu eilen. Heute jedoch regte sich nichts.

Alles war still, wie damals in ihrem Traum. Aber diesmal war sie nicht allein. Margarete war da. Erneut fühlte sie, wie die Tränen in ihrer Kehle aufstiegen. Diesmal waren es Tränen der Erleichterung. Nun hatte sie Margarete erreicht.

In den Augen der anderen lagen Mitgefühl und Sorge. Nun griff sie nach Claras Hand und drückte sie fest. Ihre Stimme klang brüchig: „Clara! Caritas wollte dich nicht von der Krankenwache bei Sophie fortrufen. Aber deine Mutter war hier."

Margarete stockte und verstärkte ihren Griff um Claras Hand. Ohne die Freundin anzusehen, sprach sie weiter, schnell, beinahe atemlos. „Sie hat uns zur Rede gestellt. Die Äbtissin, uns alle. Die Schwestern von St. Klara würden nicht allein den Frieden der Reichsstadt gefährden. Ihren eigenen Pfleger, der ihnen nichts als Wohltaten erwiesen habe, würden sie ins Verderben stürzen. Noch nie habe sie deinen Vater so aufgebracht erlebt. Sie wisse nicht, ob er einen neuerlichen Anfall überleben werde. Wenn ihm etwas zustoßen werde – sie könne dies nur unserem Gewissen überlassen."

Clara starrte mit brennenden Augen in den schimmernd blauen Frühlingshimmel, der sich über dem Kreuzgang wölbte. Eine Amsel sang aus voller Kehle.

Trübsal, Angst, Not und Blutvergießen. Die Worte der Prophezeiung.

Margarete sah sie scheu von der Seite an. „Ich wollte diejenige sein, die dir davon berichtet. Weil – ", Margarete senkte die Augenlider. „Weil auch *deine* Mutter hier gewesen ist", vollendete Clara den Satz kaum hörbar. Margarete legte ihr leicht die Hand auf die Schulter. Ihre Augen standen voller Tränen. „Die Scham. Und nicht mehr zu wissen, was zu tun ist." Endlich konnte Clara weinen.

Annunciatio Mariae

Sambestag, 25. März 1525

Auf den Straßen Nürnbergs

Seit Magdalena das Klostergelände verlassen hatte, hatte sie sich unbehaglich gefühlt. Beinah war sie dankbar, dass seit den frühen Morgenstunden ein starker Frühlingsregen eingesetzt hatte. Die meisten Menschen, die auf den Straßen unterwegs waren, waren damit beschäftigt, sich gegen das Nass zu schützen und schenkten ihr wenig Beachtung. Auch das wollene Tuch, das sie sich umgelegt hatte, gab ihr das Gefühl, nicht sofort als eine der Klosterservitialen erkannt zu werden. Dennoch: Jedes Gelächter, jeder rohe Ruf, der auf den Straßen erscholl, ließ sie ihre Schritte beschleunigen, als gälte er ihr.

Natürlich hatte sie seit jenem Nachmittag, als sie auf dem Rathausplatz Zeuge des Religionsgesprächs geworden war, schon oft im Auftrag der Äbtissin Gänge in die Stadt unternommen. Sie hatte diese Besorgungen, die sie zum Herrenmarkt oder in eines der Stapelhäuser der Stadt führten, unbehelligt erledigt. Der Schrecken, der sie damals inmitten der ihr feindlich gesinnten Menge ergriffen hatte, war ihr in den letzten Wochen immer unwirklicher erschienen.

Heute jedoch brannte der Brief in der verborgenen Tasche ihres Gewandes. Immer wieder tastete ihre Hand danach, als fürchte sie, sie könne dieses wichtige Schreiben verloren haben.

Mit gesenktem Kopf folgte Magdalena den Straßen, die sie zu Nützels Anwesen am Pegnitzufer führen sollten. Clara hatte sie noch bis zum Pfortenhaus des Konvents begleitet und ihr den Weg zu ihrem Elternhaus genau beschrieben.

Der starke Regen hatte die Straßen an vielen Stellen unwegsam gemacht. Sie kam nur langsam voran. Immer wieder musste sie Rinnsalen ausweichen, die Unrat und Schlamm mit sich führten.

Wenn es irgend möglich war, wollte sie zum Mittagsgebet wieder im Kloster sein. Früher hatte sie meist vom Recht der Laienschwestern Gebrauch gemacht, nicht an den Tagzeitgebeten teilzunehmen. Gemeinsam mit den anderen Servitialen hatte sie die vorgeschriebene Anzahl des Ave Maria und des Vaterunser gebetet, zu müde, um nach der harten Arbeit auch noch das

Stehen während der Horen auszuhalten. Dies hatte sich in den letzten Wochen verändert. Nachts freilich vermochte nichts und niemand sie zu wecken. In ihrem totenähnlichen Schlaf, in den sie nach ihrem Tagwerk fiel, hörte sie nicht einmal die Glocke auf dem Dach der Klarakirche, die die Schwestern zum Gebet rief. Tagsüber jedoch, wann immer sie die Kraft fand, schloss sie sich nun den Klarissen auf ihrem Gang in die Kapelle an. Seit jenem denkwürdigen Tag, an dem sie den Schwestern von ihren Erlebnissen auf dem Marktplatz berichtet hatte, war in ihr eine neue Verbundenheit mit den Klarissen gewachsen.

Magdalena blieb stehen, um einen schwerbeladenen Ochsenkarren passieren zu lassen. Die Tiere trotteten geduldig durch den Regen, der an Stärke zugenommen hatte. Ihr nasses Fell dampfte. Sie versuchte, nahe an den Häusern zu gehen, um so ein wenig Schutz vor dem Regen zu finden. Zugleich musste sie hier besonders achtgeben, nicht in den immer breiteren Strom aus stinkendem, braunem Wasser zu treten, der sich seinen Weg den Hügel hinab in die Pegnitz suchen würde.

Bis zu jenem Tag im März war das Kloster für sie vor allem ein Ort gewesen, an dem sie der Ärmlichkeit ihres bisherigen Lebens entfliehen konnte. Selbst die Arbeit, die sie für die Nonnen tat, war leicht im Vergleich zu dem, was sie tagtäglich auf dem Hof ihrer Eltern zu schaffen gehabt hatte. Manchmal hatte sie Heimweh nach Vater und Mutter geplagt. Die Kälte und den Hunger, den sie wie die anderen Bauern kannte, hatte sie nur zu gerne hinter sich gelassen.

Zur Heimat jedoch war ihr der Konvent erst jetzt geworden. Es waren keine Worte gewesen, die diese Veränderung bewirkt hatten, sondern ein Blick. Der Blick der Äbtissin, in dem sie Zuneigung und Sorge gelesen hatte. Eine Sorge, die nicht nur den Veränderungen in der Stadt, sondern auch ihr, Magdalena, gegolten hatte. Und es war die zaghafte Freundlichkeit, die zwischen ihr und Clara, Margarete und Katharina gewachsen war, den drei Nonnen, zu denen sie sich von Beginn an hingezogen gefühlt hatte.

Vielleicht hatte die Äbtissin aus diesem Grund gerade ihr diesen wichtigen Brief anvertraut. Aber sie war nicht allein Botin. Caritas hatte sie wissen lassen, welche Botschaft sie zu Kaspar Nützel tragen würde.

Margarete zog das wollene Umschlagtuch enger um sich. *Es ist uns leid, dass wir Euch durch unser Verhalten so sehr verärgert haben, besonders aber durch unseren Kniefall, den Ihr als heuchlerische Demut empfunden habt. Verzeiht uns dies – es wird mit Gottes Hilfe nie mehr vorkommen.*

Kaspar Nützel mochte diese Entschuldigung annehmen oder nicht. Wie er freilich den Rest des Briefes aufnehmen würde – dies konnte man sich denken: Caritas' Versicherung, wie sehr die Klarissen hofften, es werde durch sie nicht zu einem Blutvergießen in der Stadt kommen. Ihr Verständnis für den Unmut und die Nöte der Bauern – und dennoch ihre Weigerung, gegen ihr Gewissen zu handeln und das Kloster aufzugeben.

Trotz ihrer Unruhe musste Magdalena lächeln. Sie kannte keinen Menschen außer der Äbtissin, der es gewagt hätte, dem Pfleger gegenüber Galgenhumor zu gebrauchen. Wie hatte sie geschrieben? – Den Willen der Bauern, das Joch der Leibeigenschaft abzuwerfen, verstehe sie. Und dennoch: Man möge der Klarissen wegen bitte kein Brotmesser, geschweige denn ein Schwert aufheben!

Sie blieb stehen und versuchte, sich an Claras Wegbeschreibung zu erinnern. Nun konnte es nicht mehr weit sein. Bald müsste sie das Nützelsche Haus erreicht haben. Jetzt, so kurz vor dem Ziel, zögerte sie.

Als Caritas ihr den Brief vorgelesen hatte, hatte sie auch etwas wie Widerstand in sich gespürt. An eben jener Stelle, in der die Äbtissin von ihrem Verständnis für die Bauern sprach. Verstand Caritas wirklich, wie es den Menschen, wie es ihresgleichen draußen vor den Mauern der Stadt erging? Sie wusste nicht, wie sie diesen Zweifel hätte in Worte kleiden können. Sie hätte es auch nicht gewagt. Aber sie fragte sich, ob Caritas, als reiche Patriziertochter, als Nonne eines wohlbehüteten Konvents, wirklich verstehen konnte, wie den Bauern zumute war. Was es hieß, zu hungern. In diesem Moment hatte sie begriffen, dass *alles*, woran ihr Herz hing, in Gefahr war: das Klarakloster und der elterliche Hof. In diesem Moment schien es ihr, als könne sie nur verlieren.

Magdalena musste an ein Gespräch denken, deren Zeugin sie am gestrigen Abend geworden war. Sie hatte eben eine Flasche mit fieberstillenden Mitteln zu Sophie bringen wollen, als die Priorin und Clara Pirckheimer ihr auf der Schwelle des Siechenhauses begegnet waren. Sie hatte die beiden Nonnen ehrerbietig gegrüßt und war dann in die Stube der Kranken getreten. Sophie hatte mit geschlossenen Augen auf ihrem Lager gelegen. Durch die halb offene Tür hatte Magdalena das Gespräch der beiden Frauen mit angehört, das sie vor dem Eingang zur Krankenstube geführt hatten. Ganz offenbar hatten sie über die Aufstände der Bauern gesprochen, die in den südwestlichen Reichsgebieten für Angst und Schrecken sorgten.

In aller Munde waren die „zwölf Artikel", in denen eine Abordnung schwäbischer Bauern Rechte für ihren Stand einforderten. Die Priorin hatte gesagt, es sei nur eine Frage der Zeit, bis auch im Fränkischen aus den einzelnen Grüppchen eine geschlossene bäuerliche Front entstehe, die zu allem bereit sei. Die Schwester der Äbtissin hatte darauf erwidert, das Schicksal der

Bauern liege nun in der Hand *eines* Mannes: Alle Welt warte auf eine Stellungnahme Luthers. Sein Urteil über die Forderungen der Bauern werde über ihr Geschick entscheiden. Dann hatten sich die Stimmen entfernt und Magdalena war leise an Sophies Bett getreten. Sie hatte nicht gewusst, ob das harte Klopfen ihres Herzens vom Anblick der Kranken oder von dem Gespräch der Schwestern herrührte.

Der Regen hatte nachgelassen. Magdalena schlug das Tuch zurück und blickte sich suchend um. Mochte Luthers Urteil das Schicksal der Bauern besiegeln – sie trug den Brief, der vielleicht über das Geschick der Nürnberger Klarissen entscheiden würde. Es half nichts, dass ihre Hände zitterten. Dies musste das Haus des Pflegers sein. Sie hatte einen Auftrag.

Palmarum

SONNENTAG, 9. APRIL 1525

Im Klarakloster zu Nürnberg

Clara hätte nicht sagen können, wie lange sie geschlafen hatte, als eine leichte Berührung an ihrer Hand sie weckte. Erschrocken fuhr sie auf. Im ersten Augenblick wusste sie nicht, wo sie sich befand. Verwirrt und schlaftrunken blickte sie um sich. Das fahle Licht der Morgendämmerung fiel durch das kleine ostwärts gerichtete Fenster des Siechenhauses. Sie hatte die Nacht bei Sophie gewacht. Und irgendwann musste sie eingeschlafen sein, den Kopf auf das Lager der Kranken gebettet. Sophies Lider waren geschlossen, aber ihre Finger tasteten wie suchend auf der wollenen Decke.

Rasch ergriff die junge Nonne die Hände der älteren Mitschwester. „Ich bin hier." Sie versuchte, ihrer Stimme einen beruhigenden Klang zu geben, obwohl die Hitze der abgemagerten Finger sie erschreckte: Das Fieber schien über Nacht noch gestiegen zu sein.

In den letzten Tagen, in denen sie fast ohne Unterlass an Sophies Bett bei ihr gesessen hatte, war die Schwester oft über Stunden nicht ansprechbar gewesen. Immer wieder hatten sie heftige Hustenanfälle geschüttelt. Nun jedoch öffnete sie die Augen. Trotz des hohen Fiebers schien sie Clara zu erkennen.

Vorsichtig löste diese ihre Rechte aus Sophies Umklammerung und tauchte ein Tuch in den Krug mit Essigwasser, den sie auf den niedrigen Hocker neben der Bettstatt gestellt hatte. Behutsam tupfte sie der Kranken den Schweiß von der Stirn. Der Schleier war verrutscht und ließ einen Blick auf ihren Kopf frei. Das dunkelblonde Haar war in den vergangenen Wochen zu einem feinen Flaum gewachsen.

Sophie blickte Clara an und bewegte tonlos die Lippen. Clara spürte, wie ihr Herz heftig zu klopfen begann. In den vergangenen Tagen hatte die andere ihr nur mit den Augen oder einer kaum merklichen Bewegung ihrer Finger zu verstehen gegeben, wessen sie bedurfte. Nun jedoch versuchte sie zu sprechen.

Hoffnung und Angst zugleich ergriffen von Clara Besitz. Sollte sie die Krise überwunden haben? Oder –? Vorsichtig beugte sie sich über die Schwester, die auf dem mit weichen Kissen und einem dicken Strohsack gepolsterten

Lager ruhte. „Sophie. Soll ich Magdalena rufen? Sie könnte dir eine Schüssel mit Brühe bringen. Oder soll Caritas –?" Clara versagte die Stimme.

Noch einmal mühte sich die Kranke zu sprechen. Clara neigte ihr Gesicht noch tiefer zu ihr herab, beinahe berührte ihre kühle Wange nun deren glühendes Gesicht. Sie meinte, das Wort mehr gespürt als verstanden zu haben: „Die Brüder."

Langsam richtete Clara sich auf. Noch immer hielt Sophie mit erstaunlicher Kraft ihre Hände umklammert. In diesem Augenblick begriff sie, welche Hoffnung die Schwester in den vergangenen Wochen am Leben erhalten hatte: Dass sie nicht ohne irdischen Beistand werde sterben müssen. Dass die Franziskaner doch noch ins Kloster zurückkehren würden. Clara schluckte.

Sie konnte der Todkranken nicht schildern, in welcher unsicheren Lage sich der Konvent seit Wochen befand. Seit dem Brief, den Magdalena ihrem Vater überbracht hatte, hatten sich die Fronten verhärtet. Kaspar Nützel hatte ihre Bitten zwar den Älteren Herren des Rates vorgelegt, diese hatten sich aber nicht auf eine Antwort festlegen wollen. Erst gestern, am Vorabend des Palmsonntags, war erneut ein Brief des Vaters im Kloster eingetroffen: Der Rat habe beschlossen, den Schwestern eine Reihe von Predigern zu schicken, die ihnen nichts Unchristliches, Unbrüderliches oder Unfreundliches sagen würden. Man solle nur Vertrauen haben: Schließlich hätten ja viele der Ratsherren ihr eigen Fleisch und Blut in den Mauern von St. Klara. An eine Rückkehr der franziskanischen Beichtväter sei freilich nicht zu denken!

Clara blickte in Sophies von der Krankheit gezeichnetes Gesicht. Sie konnte ihr nicht von der Not des Klosters erzählen! Und dennoch: Sie durfte ihre Frage nicht mit einer Lüge beantworten. Clara versuchte zu sprechen, aber ihre Kehle war wie zugeschnürt. Schließlich schüttelte sie den Kopf.

Sophie blickte sie an und griff noch fester nach ihrer Hand. Clara versuchte, sich sanft aus ihrer Umklammerung zu befreien: „Bitte, Sophie, lass mich die Äbtissin holen." „Bleib. Bete mit mir. Das Buch …" Sophies Stimme war nur ein Flüstern.

Claras Atem ging schneller. Auf dem Tischchen neben dem Krankenlager lag das schmale Gebetbüchlein, aus dem sie in den vergangenen Wochen schon so oft für Sophie gebetet hatte. Mit zitternden Fingern griff sie danach und schlug es aufs Geratewohl auf.

Sie erschrak. *Ein Vaterunser sterbender Menschen.* Erst als Sophie den Druck um ihre Hand verstärkte, begann sie mit zitternder Stimme zu beten: *Oh Herr, mache meine Seele heil in der Stunde meines Heimgangs. Tu mir die Türe zum Leben auf, sodass ich mich mit all deinen Heiligen in deiner Ehre und*

Herrlichkeit freue. Vater unser im Himmel, geheiligt werde dein Name, dein Reich komme …“

Das Gesicht der Kranken wirkte gelöst, als ihre Lippen die Worte des Vaterunsers formten. Clara spürte, wie ihre Hände sich entspannten. Ihre Atemzüge wurden ruhiger. Als Clara vorsichtig ihre Finger aus dem Griff der Mitschwester löste, war diese eingeschlafen. Leise erhob sie sich und trat ans Fenster. Die Morgensonne schien warm auf ihr Gesicht. Nach der ruhelosen Nachtwache fühlte sie sich wie zerschlagen.

Margarete hatte sie in den letzten Wochen immer wieder gebeten, die Bürde der Pflege mehr mit den anderen zu teilen. Ihr bekümmerter Blick hatte ihre Gedanken verraten: Dass Claras unermüdliches Wachen am Krankenlager eine Bußleistung sei, die sie sich auferlegt habe. Eine Bußleistung freilich, die sie niemandem schuldete.

Andere Schwestern hatten sie bewundert, dass sie die Regel der Heiligen Klara mit solchem Eifer zu erfüllen versuchte: *Denn alle sind verpflichtet, ihre kranken Schwestern so zu versorgen und zu bedienen, wie sie selbst bedient sein möchten, wenn sie von irgendeiner Krankheit befallen sind. Zuversichtlich soll eine der anderen ihre Not offenbaren. Und wenn schon eine Mutter ihre leibliche Tochter liebt und umhegt, wie es im Thessalonicherbrief heißt, mit wie viel größerer Sorgfalt muss eine Schwester dann ihre geistliche Schwester lieben und umhegen.*

Vorsichtig öffnete sie eines der kleinen Fenster. Die frische Morgenluft, die hereinströmte, tat ihr gut. Vom nahen Garten drang der Gesang der Vögel zu ihr. Die Meisen hatten bereits mit dem Nestbau begonnen. Sie setzte sich auf einen Schemel, der unter dem Fenster stand.

Margarete und die anderen Schwestern täuschten sich. Weder das Bedürfnis nach Buße noch Pflichtgefühl hatten sie dazu bewegt, die vergangenen zwei Wochen fast ohne Unterlass bei Sophie zu wachen. Es war nichts anderes gewesen als der Versuch, zu fliehen.

Hier, in diesem kleinen Zimmer, waren die einfachen Dinge wichtig gewesen. Der Schluck Wasser, den Sophie zu trinken vermochte. Die Blumen aus dem Klostergarten, die sie ihr jeden Tag brachte, die Dankbarkeit in ihrem Blick, wenn sie das Kissen und die weichen Decken aufschüttelte, die der Kranken zustanden.

Alles andere hatte sie hier von sich fernhalten können. Die Nachrichten, die aus Rothenburg und Windsheim in die Stadt drangen: Dort hätten die Bürger den Rat gefangen gesetzt, weil ihnen die evangelischen Prediger verwehrt worden waren. Die Ratsherren seien erst wieder auf freien Fuß gesetzt worden, als sie die evangelische Predigt erlaubt hätten!

Die Briefe des Vaters an den Konvent, teils voller Drohungen, teils Meisterstücke der Überredungskunst, hatte sie hier bei Sophie von sich fortschieben können.

Die Angst, die sie in den letzten Tagen empfunden hatte, wann immer Caritas über die Möglichkeit sprach, ihr Amt als Äbtissin niederzulegen, um so vielleicht den Rat zu besänftigen.

Die Morgensonne blendete sie. Clara schloss die Augen. Hinter ihren geschlossenen Lidern tanzten rote Kreise.

Es war eine trügerische Flucht gewesen. Es gab keinen Ort mehr, der nicht von den Umstürzen draußen vor den Mauern berührt wurde. Vielleicht gab es keinen Ort, der davon so unmittelbar betroffen war wie das Siechenhaus: Sophie hatte nach den Brüdern verlangt, und Clara konnte sie nicht rufen.

Trotz der Wärme fröstelte sie. Sie zog die Beine an und umschlang die Knie mit ihren Armen. Schlafen können, ausruhen. Auf dem Dachfirst der gegenüberliegenden Stallungen saß eine Amsel und sang. Für einen Moment schloss sie die Augen und schmiegte den Kopf auf ihre Knie. Langsam begann die Kälte in ihren Füßen zu weichen. Außer dem Gesang der Amsel war nichts zu hören.

Clara hob erschrocken den Kopf und lauschte. Die Stille im Raum hatte sich verändert. Noch ehe sie mit wenigen Schritten bei Sophie war und ihre noch warmen Hände ergriff, wusste sie es: Die Schwester hatte aufgehört zu atmen.

Antlassabend

Phinczstag, 12. April 1525

Im Hause des Christoph Koler

Margareta Koler ließ die Näharbeit sinken, an der sie seit den späten Nachmittagsstunden gesessen hatte. Die Dämmerung lag wie ein bläulicher Schleier über den Dächern der Stadt.

Die junge Frau trat ans Fenster und blickte hinaus. In den Morgenstunden war der Himmel verhangen gewesen, aber am Nachmittag hatte es aufgeklart. Auf dem großen Marktplatz hatte noch mehr Gedränge geherrscht als sonst: Auch sie hatte Elisabeth angehalten, alles für die bevorstehenden Osterfeiertage zu besorgen.

Sie selbst hatte sich in die Kammer begeben, um die Gewänder zu prüfen, die sie und Christoph bei den Gottesdiensten am Karfreitag und am Osterfest tragen wollten. Bei mehreren der kunstvoll gearbeiteten Kleidungsstücke hatte sie etwas zum Ausbessern gefunden.

Margareta seufzte. Den letzten, kaum sichtbaren Riss an Christophs Hemd wollte sie morgen früh noch rasch nähen. Heute hatte sie keine Kraft mehr dazu. Ihre Augen und ihr Nacken schmerzten. Obwohl es noch nicht spät war, empfand sie eine bleierne Müdigkeit.

Christoph war erst nach dem Nachtmahl heimgekommen und sofort in sein Kontor gegangen. Margareta war froh darüber gewesen. Sie hatte allein sein wollen. Allein mit der Ungewissheit. Allein mit der Frage, ob die Müdigkeit, die Übelkeit, die sie bei bestimmten Gerüchen und Speisen empfand, nur ihren überreizten Nerven zuzuschreiben war. Oder ob dies die ersten Anzeichen waren.

Wie damals, vor einem Jahr, als sie nach einigen Wochen endlich gewagt hatte, es zu glauben: dass sie ein Kind erwartete. Nach all den Jahren ihrer Ehe.

Margareta Koler fuhr sich mit der Hand über die brennenden Augen. Zu oft hatte sie in den vergangenen Monaten schon gehofft. Immer wieder hatte sie versucht, ihrem Körper das Geheimnis abzulauschen, das sie ersehnte. Immer wieder war sie enttäuscht worden. Sie war es müde.

Sie wandte sich vom Fenster ab. Die Dunkelheit stand in den Ecken des großen Raumes. Die Abendkühle ließ sie frösteln. Sie musste neue Kerzen aufstecken. Sie musste das Feuer im Kamin entzünden lassen.

Das Geräusch des Türklopfers an der großen Eingangstür des Hauses ließ sie aufhorchen. Gedämpfte Stimmen drangen vom Erdgeschoss hinauf. Margareta erkannte die leichten Schritte von Elisabeth, die offenbar zu Christophs Kontor im zweiten Stock hinaufging, um einen Gast zu melden. Wenig später hörte sie Christoph selbst die Treppe hinabkommen. Würde ihr Gemahl nach ihr rufen lassen? Ein so später Besucher musste etwas Dringendes auf dem Herzen haben.

Unwillkürlich musste sie an Paumgartner denken. Seit seinem letzten Besuch einen Tag vor St. Benedictus hatte sie ihn nicht wiedergesehen. Auch Christoph hatte den jungen Ratsherren nicht erwähnt. Es war, als würde auch er nun zu den Dingen gehören, die die Eheleute in ihren Gesprächen sorgsam vermieden.

Leise öffnete sie die Tür und trat ins Treppenhaus. Geborgen vom Dunkel, das in der oberen Diele herrschte, spähte sie vorsichtig nach unten. Auch wenn sie die massige, breitschultrige Gestalt des Gastes nur von hinten sehen konnte, war sie sich sicher: Es war Paumgartner.

Sie brannte darauf, zu wissen, was ihn um diese Tageszeit zu ihrem Haus führte. Zugleich hielt sie etwas davor zurück, zu den Männern hinabzugehen.

Wie sie vermutet hatte, bat ihr Gemahl den Ratskollegen nicht hinauf in sein Kontor, sondern betrat mit ihm den im Erdgeschoss gelegenen Raum, in dem er Gäste zu empfangen pflegte. Von hier oben konnte sie unmöglich verstehen, was unten gesprochen wurde.

Margareta regte sich nicht. Sie wartete, bis Elisabeth mit einer Karaffe Wein das Empfangszimmer betrat und kurz darauf im Gang zur Küche verschwunden war.

Vorsichtig tastete sie sich die Treppe hinab. Es war unwahrscheinlich, dass Elisabeth oder eine der anderen Mägde noch einmal zu den Männern gerufen würde.

Endlich hatte sie das untere Stockwerk erreicht. Sie konnte nur hoffen, dass Christoph ihre Schritte auf den Stufen nicht gehört haben mochte, zumal Elisabeth wohl aus Unachtsamkeit die Tür einen Spaltbreit offen gelassen hatte. Nun musste sie nur ein geeignetes Versteck finden, in dem sie alles verstehen, aber nicht von den Männern gesehen werden konnte, wenn diese das Zimmer verließen.

Für einen kurzen Augenblick fühlte sie dieselbe Spannung wie als Kind, wenn Johanna und sie mit den anderen Kindern Verstecken gespielt hatten.

Meist hatten sie sich gemeinsam einen Unterschlupf erkoren, in dem sie dicht aneinandergeschmiegt die anderen mit angehaltenem Atem verlacht hatten: Ihr findet uns nicht!

Es war ein Spiel gewesen. Und sie waren zu zweit gewesen. Vielleicht war es auch heute Abend ein Spiel. Aber sie war allein.

Der Tür gegenüber, hinter der sich Christoph und Bernhard Paumgartner aufhielten, war der Treppenaufgang. Margareta raffte den weiten Rock ihres Kleides zusammen und kroch lautlos hinter eine Truhe, die in der Treppennische stand. Wenn sie sich anstrengte, konnte sie das Gespräch der beiden Männer verfolgen.

„Der Benediktiner Pistorius?! Was hat der Abt von St. Egidien mit den Klarissen zu schaffen?“ Der ungeduldige Unterton in Christophs Stimme war unüberhörbar.

Die Antwort Paumgartners klang nicht minder gereizt: „Habt Ihr nicht gewusst, dass einst der Papst selbst die Äbte von St. Egidien als Hirten des Klaraklosters eingesetzt hat? Pistorius hat der Pirckheimerin gegenüber seine Verwunderung geäußert, dass sie sich in diesen Notzeiten nicht schon längst an ihn als ihren Ratgeber und Helfer gewandt hat.“ „Und was hat Pistorius der Äbtissin geraten?“ „Er hat ihr geraten, in allen Dingen dem Rat gegenüber Gehorsam zu üben. Als ihr geistlicher Hirte sei es seine Pflicht, sie dazu zu ermahnen. Wisst Ihr, was sie ihm erwidert hat?“ Paumgartner machte eine bedeutungsvolle Pause. „Die Klarissen hätten bereits einen Hirten! Jesus selbst – und ihr Gewissen, das niemand, auch der Rat nicht, zwingen dürfe.“ Sie hörte, wie er spöttisch auflachte.

„Dann wollte sie mit dem Abt über eine Schrift des heiligen Augustinus disputieren! Sie erklärte, ihr Bruder Willibald habe ihr erst kürzlich dessen Abhandlung über den freien Willen zugesandt. Ihrerseits wollte sie freilich nichts hören von den reformatorischen Lehren, die der Abt ihr zu erklären versuchte!“ „Wann werden die Benediktiner sich endgültig der Reformation anschließen? Lange wird es wohl nicht mehr dauern“, sagte Christoph gedankenverloren, ohne auf Paumgartners Erregung über die Ungebührlichkeit der Äbtissin einzugehen.

Sie hörte, wie Paumgartner mit langen Schritten den Raum durchmaß. Einen Augenblick fürchtete sie, er könne plötzlich über die Schwelle treten. Sie duckte sich noch ein wenig tiefer in die Dunkelheit des Treppenabsatzes.

„Christoph Koler, ich bin nicht gekommen, um mit Euch über die *Benediktiner* und deren Rechtgläubigkeit zu sprechen! Ich möchte von Euch wissen, was Ihr gegen diesen neuerlichen Akt des Ungehorsams der *Klarissen* zu tun gedenkt!“

Margareta hielt den Atem an. Wollte Paumgartner ihren Gemahl auf die Probe stellen? Eine Weile herrschte Schweigen. Sie meinte, ihr laut klopfendes Herz müsse sie verraten.

Als Koler schließlich antwortete, klang seine Stimme ruhig und gleichmütig: „Erst heute morgen war ich in der Klarakirche und habe Osianders Predigt zugehört. Glaubt mir, mit Gewalt und Zwang ist bei den Klarissen nichts gewonnen. Sie wollen überzeugt werden! Und ich bin gewiss, dass dies unseren Predigern gelingen wird. Wem, wenn nicht diesen hervorragenden Männern? Aber wir müssen Geduld haben."

„Wenn es denn überhaupt sicher ist, dass die Nonnen Osiander und den anderen Predigern zuhören!", warf Paumgartner aufgebracht ein. „Könnt Ihr sicher sein, dass auch nur *eine* Schwester heute auf ihrem Platz im Frauenchor gesessen hat? Ich bezweifle es! Solange wir nicht durchsetzen, dass endlich ein Sichtfenster zum Frauenchor hin ausgebrochen wird, sodass die Nonnen für alle Welt zu sehen sind –" „Für bauliche Veränderungen des Klosters, lieber Paumgartner, ist immer noch Kaspar Nützel zuständig. Wenn Ihr Euch mit diesem Vorschlag an ihn wenden wolltet –"

Das Geräusch eines heftig zurückgestoßenen Stuhles war zu hören. „Ich verstehe Euch nicht, Christoph Koler. Ihr sprecht, als wüsstet Ihr nicht, was auf dem Spiel steht! Ihr habt schließlich ein Weib! Und ein Haus und ein Ansehen und ein Vermögen! Aber all das ist in Gefahr, wenn die Einigkeit Nürnbergs verloren geht. Die Einigkeit Eurer Vaterstadt!"

Margareta musste sich mühen, Christophs Antwort zu verstehen, so leise sprach er nun: „Wir wollen alle gern Einigkeit haben, aber das Mittel zur Einigkeit sucht niemand, welches wäre –" Er hielt inne, als hätte er zu viel gesagt. „Welches wäre? So sprecht!"

Ein Schauer lief Margareta über den Rücken, als sie Christophs Antwort hörte: „– welches wäre: gegenseitige Liebe." Für einen Augenblick drang kein Laut zu ihr hinaus. „Gegenseitige Liebe? Was soll das heißen? Von wem habt Ihr das?", schnaubte Paumgartner schließlich.

Ein leises Lachen lag in Christophs Stimme, als er Bernhard Paumgartner antwortete, langsam, bedächtig, jedes Wort betonend: „Von Martin Luther."

Karfreitag

Fridach, 14. April 1525

In der Werkstatt Albrecht Dürers

Es war kurz vor Mitternacht, als Willibald Pirckheimer die Tür seines Hauses hinter sich schloss und auf den Herrenmarkt trat. Ein heller Frühlingsvollmond tauchte die Häuser in unwirkliches Licht. Kein Laut war zu hören. Es war, als läge die ganze Stadt im Totenschlaf Christi.

Unter dem wolkenlosen Himmel war es kälter, als er gedacht hatte. Aber es half nichts. Selbst wenn die Gicht, die ihn seit Jahren plagte, ihn heute Abend verschont gelassen hätte – an Schlaf war ohnehin nicht zu denken. Er musste sich jemandem anvertrauen. Von seinen zahlreichen Freunden und Weggefährten gab es dafür in dieser Nacht nur einen.

Willibald Pirckheimer zog das schwarzsamtene Barett tiefer in seine breite Stirn. Er hatte keinen weiten Weg vor sich. Als er ein paar Schritte die Waaggasse hinaufgestiegen war, drehte er sich noch einmal zu seinem Haus um. Mit seinen dunklen Fensterhöhlen, beschienen vom Licht des Vollmondes, wirkte es abweisend und verlassen.

Obwohl es tagsüber meist voller Leben war, obwohl an seinem Tisch oft Gäste von nah und fern weilten, die seine Bibliothek nutzten und das Gespräch mit ihm suchten, gab es Augenblicke, in denen er sich selbst dort nicht zuhause fühlte. Seit Crescentias Tod kannte er dieses Gefühl. Konnte dies tatsächlich schon zwanzig Jahre her sein?

Fünfundzwanzig war er gewesen, als er Crescentia geheiratet hatte. Zehn Jahre hatten sie miteinander gelebt. Felicitas, Katharina, Crescentia, Barbara und Caritas hatte seine Gemahlin ihm geschenkt. Und einen Sohn, den namenlosen, dessen Geburt und dessen Tod sie selbst nicht überlebt hatte.

Nicht nur er hatte sie betrauert. Alle, die sie gekannt hatten, hatten die Tiefe seines Schmerzes verstanden. Nicht, dass er in den letzten zwanzig Jahren ohne Gefährtin gewesen wäre. Unwillkürlich musste er lächeln – es war ein grimmiges Lächeln.

Sein Lebenswandel war mehr als einmal ein ernsthafter Streitpunkt zwischen seiner Schwester Caritas und ihm gewesen. Sie als Ordensfrau, die das

Gelübde der Keuschheit abgelegt hatte, hatte sich den geliebten Bruder tugendhafter gewünscht als er war. Immer wieder hatte sie ihm ins Gewissen geredet: Wenn es ihm schon nicht von Gott gegeben sei, ein untadeliges Leben als frommer Witwer zu führen, der den Frauen entsagt, dann solle er doch wenigstens ein zweites Mal heiraten!

Albrecht hatte ihn in seiner Lust an der Freiheit wahrhaftig besser verstanden. Und insgeheim mochte der Freund sich diese Ungebundenheit wohl auch für sich selbst gewünscht haben.

Dass Caritas das Leben, das er führte, fremd bleiben musste, lag freilich auf der Hand. Es hatte Zeiten gegeben, in denen ihre Anklagen beinahe zu einem Zerwürfnis zwischen ihnen geführt hatten. Aber die Bindung zwischen ihnen war stärker gewesen als alle Meinungsverschiedenheiten.

Mit keinem der anderen Geschwister verband ihn eine solch tiefe Zuneigung wie mit der drei Jahre älteren Schwester. Als sie klein waren, hatten sie mit kindlichem Ernst die Ursache dafür in einem göttlichen Zeichen gesehen: Die Eltern hatten die Schwester auf den Namen Barbara getauft – er selbst war am Tag der heiligen Barbara auf die Welt gekommen.

Willibald Pirckheimer schritt kräftig aus und versuchte die Schmerzen in seinen Füßen mit Missachtung zu strafen.

Er verzog das Gesicht zu einer Grimasse. Man konnte schließlich schlecht ein vielbeachtetes und vielbelachtes satirisches Loblied auf die Gicht verfassen und sich zugleich ihrer Herrschaft über den eigenen Körper beugen!

„*‚Die Podagristen werden geehrt, jedermann macht ihnen Platz, bei Gastmählern dürfen sie verlangen, was sie wollen … Dann fahren sie in herrlichen Wagen, während sie sonst zu Fuße gehen müssten*!‘“, murmelte er. „Heute aber bleibt mir nichts anderes übrig.“

Als er endlich das Ende der Zisselgasse erreicht hatte, war sein Gesicht nass vor Schweiß. „*Immer ist diese dicke Masse das Hindernis, dass die Menschen nicht zum Himmel emporstreben.*“ In dieser Nacht war freilich nicht der Anstieg zum Himmel, sondern lediglich die Anhöhe bis zu Albrechts Haus zu bewältigen! Gleich würde er den oberen Milchmarkt erreicht haben. Dann würde er wissen, ob sich sein nächtlicher Aufbruch gelohnt hatte.

In unmittelbarer Nachbarschaft des Thiergärtnertores lag die Wohnstatt des Freundes. Mit seinen vier Geschossen und dem mächtigen Walmdach wirkte es im Schatten der Toranlage und der Burg selbst wie ein Turm oder eine Trutzburg. Die beiden unteren Geschosse aus Sandstein verloren sich in der Dunkelheit. Das weiß verputzte Gefach der oberen Stockwerke leuchtete hell im Mondlicht.

Dass Albrecht noch wach war, konnte er nur hoffen: Die Fenster der Werkstatt zeigten nach Norden. Auf der Südseite des Hauses, auf der er sich befand, drang kein Lichtschein aus den Fenstern.

Mit schmerzenden Knöcheln pochte Pirckheimer an die Eingangstür. Er brauchte nicht lange zu warten, bis Susanne ihm öffnete. Dürers Magd kannte ihn gut. Willibald Pirckheimer trat in den großen Hausflur, der von der Kerze, die die Magd bei sich trug, nur spärlich erhellt wurde.

Ohne Erstaunen über die späte Stunde seines Besuches zu zeigen, half Susanne dem Gast aus dem schweren Mantel und nahm ihm das Barett ab. Dann sagte sie mit gedämpfter Stimme: „Frau Agnes schläft bereits." Ein verschwörerisches Lächeln spielte um ihre Lippen. Sie war lange genug im Haushalt Dürers, um zu wissen, dass ihre Herrin und der nächtliche Besucher nicht besonders gut aufeinander zu sprechen waren. Die regelmäßigen Besuche ihres Mannes in den zahlreichen Badestuben der Stadt lastete sie nicht zuletzt Willibald Pirckheimer an, der den Freund stets ermunterte, ihn zu begleiten.

Sorgsam legte die Magd den pelzbesetzten Mantel über eine Truhe. „Aber er ist in seiner Werkstatt." Nach diesen Worten ergriff sie die Kerze und stieg vor ihm die Treppe in den ersten Stock hinauf.

Willibald Pirckheimer folgte ihr langsam mit zusammengebissenen Zähnen. Der Schmerz in seinen Füßen war nun beinah unerträglich. Im ersten Stock hörte er Susanne hinter der Tür, die zur Küche führte, mit Geschirr klappern. Es roch nach Rauch. Das Feuer im Herd schien noch nicht zur Glut heruntergebrannt zu sein. So leise er es vermochte, ging er an der Tür vorbei, die zur Stube und der dahinterliegenden Kammer führte.

Endlich hatte er den zweiten Stock erreicht. Nur schwach lag der hartnäkkige Geruch von gebrannten Hühnerknochen in der Luft. Gemahlen und mit Leim vermischt ergaben sie die Schlämme, mit denen man das Papier für Silberstiftzeichnungen grundierte. Heute, am heiligen Karfreitag, hatte Albrecht sicher nicht gearbeitet.

Er wandte sich der Tür zu, die zur Werkstatt führte. Leise klopfte er an. Niemand antwortete. Nach kurzem Zögern drückte er mit der Hand gegen die eisenbeschlagene Tür und trat ein.

Für einen Moment blieb Pirckheimer auf der Schwelle stehen. Die dunklen Holzbohlen der Decke wölbten sich wie ein schwerer, düsterer Himmel über dem langgestreckten Raum.

Er ergriff den Kerzenleuchter, der auf einem Bord neben der Tür stand. Auch in Albrechts Abwesenheit schien dessen Drang, die Welt und sich selbst jeden Tag neu auf die Probe zu stellen, mit Händen greifbar zu sein: Sein Atelier barg eine Vielzahl verschiedener Arbeitstische, hier mit einer Fülle von

Kupferplatten und Grabgriffeln, dort mit Farbtiegeln und Pinseln bedeckt, wieder andere übersät mit Federn, Silberstiften und Kohlegriffeln.

Gewaltige Tannenholzbretter lehnten an den Wänden, die darauf warteten, für weitere Tafelbilder des Meisters verwendet zu werden. Die Stirnseiten des Raumes waren mit Vitrinen belegt, die Albrechts stets wachsenden Schatz an Anschauungsobjekten bargen.

Es war zu dunkel, um die dort angesammelten Raritäten deutlich erkennen zu können, aber er hatte sie oft genug eingehend betrachtet: Ausgestopfte Vögel und Reptilien, die der Freund auf den Märkten der Stadt erworben hatte. Riesenhafte Geweihe, ein Stück einer rosafarbenen Koralle, gewaltige Fischflossen sowie eine hölzerne Waffe von den Westindischen Inseln hatte er hingegen von seiner Reise in die Niederlande vor vier Jahren mitgebracht.

Viele von Albrechts Arbeiten verdankten sich dieser „Wunderkammer", wie er seine Sammlung liebevoll nannte.

An einem der mit Butzenscheiben verglasten Fenster stand ein bequemer, mit rotem Polster versehener Scherensessel. Dies war sein Platz, an dem er zu sitzen pflegte, wann immer er in der Werkstatt zu Besuch war. Willibald Pirckheimer durchquerte den Raum und ließ sich mit einem unterdrückten Seufzer der Erleichterung auf den Sitz fallen.

Er fühlte sich hellwach – mochte es an seinem Gang durch die Kühle oder an der unwirklichen Helligkeit dieser Nacht liegen. Er sah sich in dem ihm so wohlvertrauten Raum um. Wie viele Stunden hatte er auf diesem Platz verbracht! Erst im letzten Jahr hatte Albrecht ihn gebeten, ihn porträtieren zu dürfen.

Der Kupferstich, der dabei entstanden war, war jedoch nicht das erste Abbild seiner selbst von Dürers Hand. Gut zwanzig Jahre zuvor hatte er ihm zum ersten Mal Modell gesessen. Es war das Geburtsjahr seiner jüngsten Tochter Caritas gewesen. Crescentia hatte noch ein Jahr zu leben gehabt.

Es war seltsam, wie klar ihm diese erste, intensive Zeit seiner Freundschaft mit Dürer vor Augen stand – ebenso klar wie die Linien des Bildes, das dieser in wenigen Stunden erschaffen hatte. Er selbst hatte damals voller Staunen und Bewunderung den Freund beim Arbeiten beobachtet – mit welcher Sicherheit er den Silberstift führte! Etwas auszulöschen und zu verbessern, hätte viel Aufwandes bedurft. Das Ergebnis war ein Meisterstück gewesen. Es war eines der vielen Zeugnisse von Albrechts künstlerischem Selbstbewusstsein und der Leichtigkeit, mit der er Herausforderungen anzugehen pflegte.

Willibald Pirckheimer blickte auf seine von der Gicht gezeichneten Hände. Manchmal erschrak er selbst vor ihrer Hässlichkeit. Vielleicht war es kein Zufall, dass Albrecht beim zweiten Mal, zwanzig Jahre später, eine ganz andere Technik gewählt hatte, um ihn abzubilden: Die Mühseligkeit, die mit der Anfertigung eines Kupferstiches verbunden war, mochte tatsächlich besser zu der Lebensphase passen, in der sie sich nun befanden.

Hätte man die beiden Bildnisse nebeneinandergelegt, wäre der Vergleich nicht gerade schmeichelhaft gewesen. Auch als junger Mann hatte er nicht als schön gegolten. Allein schon seine von einem Fechtstreich gebrochene Nase hätte diese Zuschreibung unmöglich gemacht! Und dennoch. Seine Gesichtszüge, die als junger Mann Entschlossenheit und Stärke ausgedrückt hatten, waren von Alter, Verlust und Schmerzen gezeichnet worden. Die Entdeckerlust und das Durchsetzungsvermögen seiner Jugend waren der Erdenschwere und dem Skeptizismus des Alters gewichen. Ein ironisches Lächeln spielte um seinen Mund. *Sic transit gloria mundi. So vergeht der Ruhm der Welt.* Er wusste, dass man sich stets zwischen Selbstmitleid und Satire entscheiden musste.

Von plötzlicher Ruhelosigkeit erfasst stand er auf. Wenn Albrecht nicht bald erschien, musste sich Susanne wohl getäuscht haben und er war bereits zu Bett gegangen. Aber dann hätte er doch wohl kaum die Kerzen hier oben brennen lassen! Langsam schritt er an den schmalen Tischen vorbei und betrachtete die unterschiedlichen Arbeiten, die den Freund gerade beschäftigten.

Von Dürer war er in die Geheimnisse der Farben eingeweiht worden: Meist verwendete dieser eine Vielzahl unterschiedlichster Pinsel, manchmal auch seine Hände und Finger, um sie auf die Leinwand zu bannen: Das leuchtende Ultramarin, das man aus Lapislazuli gewinnen musste. Das aus Schildläusen hergestellte Karminrot, das er aus Polen zu bestellen pflegte. Kostbares Blattgold und violette Farbschattierungen aus Brasilholz fanden sich ebenfalls auf seinen Farbpaletten.

An einem Tisch, der mit einer Fülle von Skizzen übersät war, blieb er stehen. Gedankenverloren betrachtete er die Blätter. Die meisten Motive und Studien waren ihm vertraut. Plötzlich jedoch hielt er inne. Hier war etwas, das er noch nicht kannte.

Willibald Pirckheimer beugte sich tiefer über das Skizzenblatt und kniff die Augen zusammen. Vier Männergestalten, je zu zweit vereint. Auf den ersten Blick schienen sich diese Männerpaare zu gleichen in ihrer würdigen, biblisch anmutenden Gewandung. Ein Buch in den Händen der beiden Gestalten im Vordergrund verstärkte diesen Eindruck. Aber auf den zweiten Blick offenbarten sich die Unterschiede zwischen ihnen: heitere Gelassenheit im Gesicht des einen, der sich über das aufgeschlagene Buch beugte, Misstrauen und Schwermut hingegen in den Zügen des anderen. Das Buch in *seinen* Händen war geschlossen. Seine Rechte umklammerte ein gewaltiges Schwert.

Ein Geräusch an der Tür riss ihn aus seiner Betrachtung. Auf der Schwelle stand Albrecht Dürer. „Susanne hat mir gesagt, dass du hier bist." Er schloss leise die Tür hinter sich. „Es tut mir leid, dass ich dich habe warten lassen." Dürer trat zu ihm und legte ihm zur Begrüßung die Hand auf die Schulter. Dann blickte er auf die Skizzen, die Willibald Pirckheimer vor sich liegen hatte.

Ein amüsiertes Lächeln huschte über sein Gesicht. „Aber ich sehe, dass du dich nicht gelangweilt hast." Bevor Willibald Pirckheimer etwas erwidern konnte, fügte er rasch hinzu: „Du weißt, dass du dir jederzeit alle meine Arbeiten ansehen darfst. Dies hier" – Dürer nahm ihm das Skizzenblatt aus der Hand und sah nachdenklich auf die Bleistiftzeichnung – „dies hier soll ein Geschenk werden. Eines, das mir sehr am Herzen liegt. Und ich werde dafür sicher noch deinen Rat und deine Hilfe benötigen. Wie schon so oft."

Willibald sah den Freund von der Seite an. Die gerechten und ungerechten Richter, die Tugenden und die Laster der Mächtigen … Es war *sein* Kopf gewesen, der die Motive für den Rathaussaal erdacht hatte. Und Albrechts Hand, die sie ausgeführt hatte. Über Wochen und Monate hatten sie sich immer wieder zusammengefunden, um den Auftrag für die Ausmalung dieses gewaltigen Saales bis ins kleinste zu durchdenken.

Es war eine besondere Art von Glücksgefühl gewesen, wenn all das, was er aus den antiken Schriften gelernt hatte, durch den Zeichenstift des Freundes lebendig wurde. Sein Bücherwissen hatte leibhaftige Gestalt angenommen. Gemeinsam hatten sie danach gestrebt, den Schatz vergangener Zeiten für ihre und die kommenden Generationen ans Licht zu holen. Weit über die Grenzen der Stadt hinaus hatten die Bilder bereits Berühmtheit erlangt.

Die zarten Frauengestalten etwa, die die Tugenden verkörperten: Die Tugend der *ratio*, des Verstandes, die mit sicherer Hand den Wagen des Reiches lenkte, auf dem Milde und Gerechtigkeit, *clementia* und *iustitia*, *fortitudo* und *prudentia*, Stärke und Klugheit einander die Hand reichten. Ihr sanfter Zügel vereinte die scheinbaren Gegensätze. Zum Wohle des ganzen Reiches.

Auch Albrecht Dürer schien sich an diese Zeit zu erinnern, denn er schwieg. Dann aber legte er das Blatt auf den Tisch zurück und wies auf die beiden Stühle am Fenster. „Ich nehme an, du bist nicht zu dieser Nachtzeit hergekommen, um dir meine neuesten Skizzen anzusehen? Aber ich bin froh, dass du da bist. Ich konnte ohnehin nicht schlafen. Und da ich heute nicht arbeiten kann …"

Ächzend ließ sich Willibald Pirckheimer auf das weiche Sitzkissen des Stuhles fallen. Mit einem Mal fühlte er die Müdigkeit. Er wartete, bis Albrecht zwei Becher aus einem der Wandschränke geholt und ihnen eingeschenkt hatte. Pirckheimer verzog das Gesicht. Noch war Fastenzeit. Aber damit war es ja gottlob bald vorbei.

Er atmete tief ein. „Nein. Ich bin gekommen, weil ich es bin, der heute Nacht deine Hilfe braucht. Oder wenigstens deinen Rat.“ Mit schmerzenden Fingern griff er unter die Schaube und holte einen mehrfach zusammengefalteten Brief aus der Westentasche.

Dürer beugte sich erwartungsvoll nach vorne. Sein Gesicht, das bislang im Schatten gelegen hatte, wurde nun von den Kerzen voll beschienen. Willibald Pirckheimer erschrak. War er all die vergangenen Monate blind gewesen? Blind gegenüber der Tatsache, dass auch sein Freund alt wurde? Vielleicht mochte es an seiner schlanken, fast hageren Gestalt, an seinen immer noch schulterlangen, gewellten Haaren liegen, dass Albrecht ihm all die Jahre alterslos erschienen war. Die grauen Strähnen in seinem Haar, die tiefen Furchen in seinem Gesicht bezeugten das Gegenteil.

Die Vergänglichkeit, der Albrecht damals als junger Mann entkommen war, als er aus Nürnberg vor der Pest nach Italien geflohen war – sie hatte ihn eingeholt. Es war freilich nicht allein das Alter, sondern auch die Krankheit, die immer größeren Tribut zu fordern schien.

Manche ihrer gemeinsamen Freunde meinten, es sei die Malaria, die sich Albrecht auf seiner letzten großen Reise geholt hatte. Das immer wiederkehrende Fieber, die Ohnmachtsanfälle, die Schmerzen in der Milz, die ihn seit seiner Reise in die Niederlande plagten – Pirckheimer vermochte nicht zu ermessen, ob dies tatsächlich sichere Anzeichen von Malaria waren.

Vielleicht hätte er ihn damals zurückhalten sollen. Aber die Reise war notwendig gewesen. Nicht allein sein Streben nach neuen Eindrücken war der Grund gewesen. Nach dem Tod Kaiser Maximilians hatte Albrecht sich von dessen Nachfolger, Karl V., seine Privilegien, die er bei der Reichsstadt genoss, neu bestätigen lassen müssen.

Albrecht hatte Erfolg gehabt. Es war ihm gelungen, die Gunst von Maximilians Enkel zu gewinnen. Nun brauchte er sich auch in Zukunft nicht allein auf die Einkünfte verlassen, die Agnes durch den Verkauf seiner Werke erwirtschaftete.

Trotzdem wünschte Willibald Pirckheimer, Dürer wäre damals nicht in den Norden aufgebrochen. Der Preis war zu hoch gewesen. Aber vielleicht waren es auch die Krankheit und der Tod seiner Mutter gewesen, die seine eigene Kraft gebrochen hatten. Und vielleicht war es auch noch ein anderer Kummer, der an ihm zehrte: Die langen Ehejahre mit Agnes hatten ihm keine Kinder geschenkt – es gab niemand von seinem eigen Fleisch und Blut, der einmal bewahren würde, was er geschaffen hatte.

Willibald spürte Albrechts fragenden Blick. Aber er wich ihm aus. Wie hatte er die Augen davor verschließen können, dass er alles, was Albrechts Schwäche betraf, von sich ferngehalten hatte? Nicht aus einem Mangel an Zuneigung. Sondern aus einem unerträglichen Übermaß derselben.

Ihre gemeinsame Geschichte reichte so weit zurück in sein Leben, dass er sich nicht vorstellen mochte, ohne ihn sein zu müssen. In Albrechts Gegenwart war ihm das Leben, das er als junger Mann geführt hatte, ganz nahe: Sein Studium der Rechte in Padua und Pavia, seine ersten glänzenden beruflichen Erfolge in Nürnberg, wo er Albrecht begegnet war, der ebenfalls erfüllt von neuen Eindrücken aus Italien in seine Vaterstadt zurückgekehrt war. Die zahlreichen Gesandtschaften, die er im Auftrag des Rates ausgeführt hatte. Damals, auf der Reise nach Augsburg, hatte Dürer ihn sogar begleitet.

Hatte nicht Caritas damals an sie beide geschrieben? Leichte, unbeschwerte Scherzworte hatten in ihrem Brief gestanden: Der geliebte Bruder und sein geschätzter Freund wollten über dem guten Augsburger Bier und den schmucken Nonnen dort nicht das heimatliche Gebräu und die grauen Schwestern zu St. Klara ganz vergessen!

Er erinnerte sich noch, wie Dürer und er über ihre Zeilen gelacht hatten. Die unverhohlene Bewunderung der Schwester für Albrecht Dürer war ein offenes Geheimnis.

Pirckheimer seufzte und entfaltete das Schreiben. In welch anderem Tonfall war ihr Brief gehalten, der ihn heute Nacht zu Albrecht geführt hatte. Vielleicht hatten ihre Zeilen ihm einen solchen Stich versetzt, weil aus ihnen jenes Schwächerwerden, jene Bitterkeit des Alterns sprach, die er in dieser Nacht in Albrechts Gesichtszügen gelesen hatte.

Auch was Caritas betraf, hatte er sich in all den Jahren belogen. In seiner Vorstellung war sie immer das junge Mädchen geblieben, das ihn damals in der Welt zurückgelassen hatte. Die letzten Monate, die letzten Briefe von ihr hatten ihn eines Besseren belehrt. Auch diese Selbsttäuschung musste er fahren lassen.

„Caritas hat mir geschrieben. Der Brief hat mich nach dem Nachtmahl erreicht. Ich möchte ihn dir gerne vorlesen. Verzeih, wenn ich langsam lese – die Tinte ist an mehreren Stellen verwischt.“ Dürer nickte schweigend und zog seinen Stuhl ein wenig näher heran. Pirckheimer räusperte sich. Dann begann er mit etwas heiserer Stimme zu lesen:

Lieber Bruder, ich weiß mir nicht mehr zu helfen, als noch heute an dich zu schreiben. Vielleicht kannst du mir raten, denn mir ist, als entglitten die Ereignisse meinen Händen und als wäre ich zu schwach, unser Kloster gegen die Angriffe, die täglich an Stärke zunehmen, zu schützen.

Heute nach der Predigt Osianders teilte mir Kaspar Nützel mit, er habe mit mir zu reden. Also blieb ich mit ihm im Refektorium und hörte mir an, was er mir zu sagen hatte. Willibald, es waren bittere Vorwürfe!

Nützel sagte, es müsse eine Strafe des Himmels sein, dass allein er von allen Klosterpflegern mit einem solch widerspenstigen Konvent geplagt sei. Alle anderen Orden hätten sich längst der evangelischen Freiheit zugewandt und sie als Gottesgeschenk ergriffen. Dann kam er wiederum auf den neuen Beichtvater zu sprechen. Den von uns vorgeschlagenen betagten Bruder aus dem dritten Orden lehnte er ab. Nur ein verheirateter Priester käme in Frage, nur so blieben Zucht und Ordnung gewahrt!

Als ich dies rundweg ablehnte, drohte er mir. Die Bauern, die vielleicht noch in dieser Nacht das Klarakloster in Bamberg überfallen würden – für die sei Nürnberg nur ein weiterer Meilenstein auf ihrem Siegeszug. Ob ich wüsste, dass nur zwei Tagesmärsche zwischen uns und ihnen lägen?

Lieber Bruder, manchmal wache ich in diesen Nächten auf, weil ich geträumt habe, man habe mir all meine Schwestern entrissen. Und ich frage mich, ob ich es hätte verhindern können. Ich habe versucht, mit Nützel zu streiten und ihn zu bewegen, uns zu helfen. Er erwiderte spöttisch, wir sollten uns doch an unsere Heiligen wenden, von denen wir so viel hielten!

Willibald, da packte mich der Zorn. Ich entgegnete ihm, dass derjenige, welcher den Heiligen Franziskus über Christus stelle, den sündigen Menschen über den himmlischen Erlöser, nichts als Mitleid verdiene! Solchen Glauben werde er bei uns nicht finden und er solle sich eine andere Zielscheibe für seinen unbilligen Spott suchen.

Daraufhin ging er, nicht weniger zornentbrannt als ich es war. Neben der Reue, die ich empfinde, dass ich ihm nicht mit freundlichen, gesetzten Worten antworten konnte, bin ich es so müde, lieber Bruder. Ich weiß nicht, wie lange ich noch für unsere Freiheit streiten kann.

Vielleicht ist die Zeit gekommen, da wir Klarissen einen Helfer benötigen, jemand, der uns anhört, der für uns spricht. Ich wünschte, du könntest dies sein, aber wir beide wissen, dass der Rat in dieser einen Sache auf dich nicht hören wird. Die Glocke ruft mich zur Vesper. Betet für mich, Bruder.

Eine Weile war es still. „Einen Fürsprecher." Albrecht Dürer war es, der schließlich das Schweigen brach. „Caritas bittet um einen Fürsprecher und du sollst ihr helfen, ihn zu finden." Es war mehr eine Feststellung als eine Frage. „Ja." Willibald Pirckheimer seufzte. „Es ist offenkundig, um was sie mich bittet, auch wenn sie diese Bitte nicht in klare Worte fasst. Und ich gebe ihr recht. Aber ich fürchte mich davor, die Last dieser Entscheidung alleine zu tragen. Mir ist, als –" „Als würde deine Wahl über das Schicksal der Klarissen entscheiden? Wählst du gut, kannst du sie retten, wählst du jedoch den falschen …"

Albrecht sah dem Freund in die Augen. Willibald erwiderte seinen Blick. „So ist es. Aber richtig oder falsch … Wer ist schon der Richtige, für die Klarissen zu streiten? Der heute als der Richtige erscheint, mag schon in wenigen Wochen wieder der Falsche sein."

Willibald strich nachdenklich über die Bögen in seiner Hand. Dann sagte er leiser: „Vielleicht ist dies eher eine Frage von Macht und Ohnmacht. Albrecht, ich brauche deinen Rat, ob du meinst, dass ich –" Er stockte. Dann fuhr er zögernd fort: „– ihn selbst bitten soll." „Ihn selbst?" Dürer blickte ihn fragend an. Dann blitze das Verstehen in seinen Augen auf. „Martin Luther", sagte er tonlos.

Er stieß den Stuhl zurück und ging ein paar Schritte auf und ab. Unvermittelt blieb er stehen und wandte sich Pirckheimer zu. „Aber du magst recht haben. Luther selbst. Hat er nicht einmal geschrieben, dass man diejenigen Nonnen, die aus freien Stücken im Kloster wären, dort auch lassen solle? Wie hieß nur die Schrift, in der –?" „Ursache und Antwort, dass Jungfrauen Klöster göttlich verlassen mögen", unterbrach ihn Willibald Pirckheimer. „Ich habe auch Caritas diese Schrift schon längst geschickt. Aber die Frage ist eine ganz andere: Würde er kommen, wenn ich ihn bäte?" „Er schuldet dir immerhin etwas! Schließlich hast du seinetwegen über ein Jahr in päpstlichem Bann gestanden!" „Von dem ich mich jedoch inzwischen längst lösen konnte." „Und er war sogar dein Gast hier in Nürnberg." „Sieben Jahre ist dies nun schon her!", wandte Pirckheimer ein.

Albrecht ließ nicht locker. „Aber die Abreibung oder eher die ‚Abhobelung', die du Johannes Eck verpasst hast, wird er dir dennoch bis heute danken. So wie der Papst sie dir übel genommen hat." Dürer lachte. ‚Die Enteckung des Eck' – Willibald, der Titel allein war schon ein Meisterstück!"

Der Anflug eines Lächelns huschte über Pirckheimers Gesicht. Es tat ihm bis heute nicht leid, den Gegner Luthers, diesen eitlen Theologen, so scharf angegriffen zu haben. Auch wenn er heute nicht mehr so überzeugt von Luthers Vorhaben war wie damals. Auch wenn er die Spaltung der Kirche, die mit jedem Jahr bedrohlich näherzurücken schien, so nicht wollte.

Langsam sagte er: „Du meinst also, ich könnte ihn nach Nürnberg bitten? Denn der Feind meines Feindes ist mein Freund? Meinst du, er würde so denken?" Die beiden Männer blickten sich an. Im Ofen, der an der gegenüberliegenden Wand stand, zerbarst ein Holzscheit.

Seit langer Zeit hatte sich Pirckheimer nicht mehr so lebendig gefühlt. Hatte er nicht eben noch vor dem Alter und der Gicht klein beigeben wollen?

So sehr er sich um Caritas sorgte, so sehr genoss er es mit einem Mal, hier mit Albrecht zu sitzen und zusammen nach einem Ausweg zu suchen.

Dürer legte nachdenklich die Handflächen gegeneinander. „Wenn Luther selbst dem Rat gegenüber ein Machtwort spräche – dann könnte den Klarissen wahrhaftig nichts mehr geschehen. Aber wird er es tun? Sicher müsste er zu dem stehen, was er selbst geschrieben hat. Aber da sind zum einen die Bauern. Soweit ich weiß, kosten Luther die Unruhen der Bauern all seine Kraft. Und zum anderen" – Dürer hielt inne. Dann fragte er: „Du weißt sicher, was man sich erzählt?" „Dass es nicht mehr lange dauern wird, bis Martin Luther selbst unter der Haube ist?", schnaubte Pirckheimer, halb lachend, halb ärgerlich.

Dürer nickte. „Vor ein paar Tagen bin ich auf Bernhard Paumgartner getroffen. In der Badestube. Er war ungewöhnlich gesprächig. Es ging um seinen Bruder und jene Katharina von Bora, eine der entlaufenen Nonnen, die Koppen befreit hat." Er lächelte maliziös. „Ganz offensichtlich ist die immer noch frei. Nachdem Paumgartners Bruder Hieronymus wohl doch nicht die rechte Partie war. Oder sagen wir: Nachdem Hieronymus das elterliche Erbe ihr vorgezogen hat – und manche Leute in Wittenberg sagen –" Er hob bedeutungsvoll die Augenbrauen.

Pirckheimer lehnte sich zurück und blickte seinem Gegenüber gerade ins Gesicht. „Du meinst also, ich könne versuchen, Luther um Hilfe zu bitten. Aber du meinst auch, es könne gut sein, dass er mich nicht hört. Entweder, weil er auf dem Schlachtfeld" – „oder im Brautbett liegt", beendete der Freund seinen Satz.

Dürers schlanke Finger spielten mit seinem Becher. „Aber vielleicht gibt es ohnehin einen anderen, der viel besser geeignet ist, Caritas zu helfen", fügte er hinzu. „Zumal dieser eine viel enger an Nürnberg gebunden ist als Luther. Soweit ich weiß, möchte er noch in diesem Jahr in die Stadt kommen, um dem Rat seine Pläne für die neue Oberschule zu St. Egidien vorzulegen. Lazarus Spengler möchte darauf dringen, dass das Vorhaben so bald wie möglich in die Tat umgesetzt wird. Und du weißt ja: Was unser Stadtschreiber sich vorgenommen hat, das wird meistens Wirklichkeit."

Pirckheimer rieb sich nachdenklich das Kinn. „Philipp Melanchthon. Luthers rechte Hand. Du magst recht haben, Albrecht. An ihn habe ich nicht gedacht. Nur an Martin Luther. An seine Macht. Aber vielleicht geht es doch nicht allein um Macht. Sondern um Besonnenheit. Und diese soll ja eine der hervorragendsten Tugenden Melanchthons sein."

Willibald Pirckheimer erhob sich bedächtig aus seinem Stuhl. Er ergriff Dürers Hand und drückte sie.

Der Mond war bereits ein gutes Stück gen Westen gewandert, als Pirckheimer neben dem Freund wieder auf den Stufen vor dem Dürerschen Haus stand. Pirckheimer schlug den Mantelkragen hoch und blickte Albrecht an. „Ich danke dir. Und ich werde Melanchthon schreiben.“ Dann fügte er mit einem etwas schiefen Lächeln hinzu: „Aber nicht mehr heute Nacht.“ Damit wandte er sich um und überquerte den Milchmarkt.

Albrecht Dürer blickte ihm nach. „Willibald! Warte nicht zu lange“, sagte er halblaut in die nächtliche Stille. Dann drehte er sich langsam um und kehrte ins Haus zurück. Er war nicht sicher, ob der andere seine letzten Worte noch gehört hatte.

St. Maximus

Fridach, 21. April 1524

Im Nürnberger Rathaus

Christoph Koler stand etwas abseits der anderen an einem der Fenster der Ratskanzlei. Seit den frühen Morgenstunden hatten sich die Mitglieder des Inneren Rates hier versammelt, um über die Maßnahmen zu sprechen, welche heute Nachmittag öffentlich bekannt gegeben werden sollten. Im Raum herrschte gedämpfte Unruhe. Keiner schien Koler Beachtung zu schenken.

Nach den scharfen Auseinandersetzungen der letzten Stunden war dies auch nicht sonderlich erstaunlich. Er spürte, wie aufgewühlt er noch immer war. Er hatte mit dem Ausgang der Verhandlungen gerechnet. Er hatte sich keine falschen Hoffnungen gemacht. Er hatte gewusst, wie begrenzt sein Einfluss auf die anderen war.

Aber die Art und Weise, in der Paumgartner versucht hatte, ihn als Verräter der lutherischen Sache zu zeichnen, hatte ihm alles an Ruhe und Gelassenheit abverlangt, was ihm zu Gebote stand. Immer wieder hatte er sich innerlich zügeln müssen, den anderen nicht mit wohlgesetzten scharfen Worten in seine Schranken zu weisen. Er mochte nicht darüber nachdenken, warum es ihm so schwerfiel, Paumgartners Angriffe an sich abprallen zu lassen.

Lazarus Spengler lehnte sich über den breiten Kanzleitisch und ordnete seine Aufzeichnungen. Der oberste Ratsschreiber und Leiter der Kanzlei mochte auf die Fünfzig zugehen. Auf den ersten Blick wirkte seine Gestalt eher unscheinbar und bescheiden. Auffällig waren vielleicht seine ausdrucksvollen großen graublauen Augen unter den geschwungenen Brauen.

Koler hatte sich oft gefragt, wodurch Spengler dennoch solch große Autorität auszustrahlen vermochte. Sicher waren es seine Genauigkeit und sein glühender Arbeitseifer, die allen Respekt abverlangten. Seine Sympathie für Luther war kein Geheimnis, spätestens seit seiner Schutzschrift für den Wittenberger Theologen.

Auch deren Abfassung lag nun schon wieder sechs Jahre zurück. Er hatte die Schrift damals nur in Auszügen gelesen. Ihrem Hauptgedanken jedoch hatte er zustimmen müssen: Die Gültigkeit jeder christlichen Lehre dürfe allein an der Heiligen Schrift gemessen werden. Nicht an der Frage, ob sie den Traditionen der Kirche entspreche.

Koler blickte in die Runde. Wer von den Anwesenden hatte wohl die Schutzschrift des Stadtschreibers von Anfang bis Ende gelesen? Schließlich waren die Ratsherren keine gelehrten Doktoren, sondern vielbeschäftigte Kaufleute wie er.

Aber das Kirchenlied, das Spengler im vorigen Jahr gedichtet hatte, war in aller Munde. Seine Strophen klangen wie die Summe des lutherischen Glaubens: Das Wort rettet. Die Gnade rettet. Christus rettet. Vor Sünde und ewigen Höllenstrafen. Christoph Koler meinte, den volltönenden Gesang der Sebaldusgemeinde zu hören: *Ich bitt, o Herr, aus Herzensgrund, du wollst nicht von mir nehmen dein heilges Wort aus meinem Mund.*

Lazarus Spengler klopfte mit dem Knöchel auf den Kanzleitisch und sah in die Runde. Im Raum wurde es still. Koler blieb an seinem Fensterplatz stehen. Spenglers Stimme klang auch nach dieser aufreibenden Sitzung liebenswürdig und ruhig: „Es ist sicher nicht nötig, alle Einzelheiten der neuen Ordnung, die ab heute Gültigkeit haben wird, zu verlesen. Ich möchte den ehrbaren Mitgliedern des Rates jedoch noch einmal die drei wichtigsten Dinge verlesen, die ab heute geltendes Recht für die Reichsstadt sein werden."

Lazarus Spengler hielt kurz inne und ordnete seine Papiere. Dann fuhr er mit etwas gehobener Stimme fort: „Zum ersten ist es im gesamten Stadtgebiet fürderhin untersagt, die lateinische Messe zu lesen. Alle Gottesdienste müssen in deutscher Sprache gehalten werde. Zum zweiten ergeht ein gesondertes Verbot an alle Bettelorden: Sie haben das Läuten ihrer Klosterglocken sowie ihr Stundengebet ab heute zu unterlassen."

Christoph Koler senkte den Kopf. Wenn er an Margareta dachte, hätte er erleichtert sein sollen, dass er schließlich wie die anderen für die neue Ordnung gestimmt hatte. Alles andere wäre ohnehin sinnlos gewesen. Er hatte keine Mitstreiter für seine Ansichten gefunden. Wäre Willibald Pirckheimer noch Mitglied des Rates wie in vergangenen Zeiten, wäre dies freilich anders gewesen. Trotz ihres unterschiedlichen Wesens waren sie einander freundschaftlich verbunden gewesen.

Aber Pirckheimer hatte sich schon vor zwei Jahren aus dem Rat zurückgezogen. Als man ihn zum wiederholten Male bei der Wahl zum ersten Losunger übergangen hatte, hatte er seinen Sitz aufgegeben. Vielleicht war sein freizügiges Leben, über das man sich allerhand erzählte, der Grund gewesen, dass ihm der verdiente Aufstieg verwehrt worden war. Man achtete und bewunderte ihn nach wie vor als Gelehrten. Aber seinen Einfluss auf die Geschicke der Stadt hatte er längst verloren.

Er selbst hatte ihn stets gerade als Ratsherren geschätzt. Er mochte ein Querkopf sein – aber seine Leidenschaft für die Gerechtigkeit hatte sie miteinander verbunden. Ob seine Schwester ihm glauben würde, dass seine Forderungen nach Zurückhaltung und Nachsicht kein Gehör gefunden hatten?

Spenglers Stimme riss ihn aus seinen Gedanken. „Und zum letzten: Alle Laienpriester sollen in den Stand ehrbarer Bürger erhoben werden."

Er hob den Kopf und sah, wie Bernhard Paumgartner ihn von der anderen Seite des Raumes triumphierend ansah. Dies, so schien sein Blick zu sagen, ist das Ende der Nürnberger Klöster. Daran ist nun nichts mehr zu ändern!

Koler wandte sich brüsk ab. Dem sich erhebenden Stimmengewirr hinter ihm schenkte er keine Beachtung. Die Sitzung war beendet, aber er verspürte wenig Lust, mit den anderen gemeinsam das Rathaus zu verlassen.

Er sah aus dem Fenster. Wie an jedem Markttag war der langgestreckte Platz voller Stände und Händlerkarren. Sein Haus an der Westseite des Herrenmarktes lag im hellen Sonnenschein. Margareta würde dort schon auf ihn warten. Es wurde Zeit, nach Hause zu gehen. Die Versammlung hatte ihn über die Maßen ermüdet. Er öffnete das Fenster und blieb im offenen Fensterrahmen stehen. Er hoffte, Paumgartner würde mit den anderen die Kanzlei verlassen. In Blick des Jüngeren hatte so viel Spott und Überlegenheit gelegen. Sicher: Paumgartner sollte seinen Sieg genießen. Dies war sein gutes Recht. Er konnte wahrhaftig mit den heutigen Beschlüssen zufrieden sein.

Koler fuhr sich mit der Hand über die grauen Schläfen und warf einen letzten Blick aus dem Fenster zu seinem Haus. Ob Margareta auch so empfand wie Paumgartner? Würde auch sie angesichts der Beschlüsse Zufriedenheit, Erleichterung empfinden? Mit einem unterdrückten Seufzer wandte er sich um. Spengler und die anderen waren fort. Die Kanzlei war leer.

Ein tiefer Atemzug hob seine Brust. Gelassenheit. Er wusste sehr gut, warum sie ihm nicht glücken wollte. Wie lange mochte es her sein, dass Paumgartner ihn an jenem Abend in seinem Haus aufgesucht hatte? Wenn er sich recht erinnerte, musste es der Abend vor Gründonnerstag gewesen sein. Kurz nach Ostern hatte er wie beiläufig Margareta von diesem Besuch erzählt. Hatte sie bemerkt, wie hart sein Herz dabei geklopft hatte? Wie ängstlich er jede Regung ihres Gesichtes, ihrer Hände beobachtet hatte? Er hatte sich all die Tage seiner Eifersucht geschämt, sich einen Narren gescholten. Warum sollte seiner Gemahlin auch nur das Geringste an diesem eitlen Jüngling gelegen sein? Aber Margareta war errötet, als er ihr von Paumgartners Besuch erzählt hatte.

Wieder sah er den triumphierenden Blick des anderen vor sich. Hatte er wirklich nur seinem Sieg in diesem Kanzleizimmer gegolten? Koler war so voller Ungeduld über sich selbst, dass er am liebsten gegen einen Stuhl getreten hätte. Er bezwang sich. Er hatte genug. Er wollte nach Hause.

St. Marcus

Eritag, 25. April 1525

Im Haus des Philipp Melanchthon zu Wittenberg

Katharina Melanchthon saß auf der niedrigen Bank vor dem grün gekachelten Ofen in der Stube. Durch das halb geöffnete Fenster drangen die Geräusche aus der Collegiengasse bis hinauf in die Wohnstube des kleinen Lehmhauses. Sie horchte auf die Rufe der Vorübereilenden, das Klappern von Holzschuhen auf dem Pflaster. Das Leben draußen schien ihr weit fort.

Schlafen können. Ausruhen. Gleich würde ihr Gemahl nach Hause kommen und mit ihm sicher eine ganze Schar von Studenten. Ihre kleine Margareta, die sie bei Dorothea in der Küche wusste, würde hereinstürmen und auf ihren Schoß klettern wollen.

Aber noch war im Hause alles still. Soeben hatte sie ihren Sohn in sein Körbchen gelegt. Nach einer unruhigen Nacht war er nun endlich in tiefen Schlaf gesunken.

Sie schmiegte sich an die warmen Kacheln. Auf den Wiesen am Elbufer zu liegen, auf den Grasmatten, die sanft zum Strom abfielen. Im letzten Jahr um diese Zeit war sie mit Margareta oft zu den nahe gelegenen Flußauen gelaufen. Schon als Kind hatte der Strom eine geheimnisvolle Anziehung auf sie ausgeübt.

In diesem Jahr jedoch war ihr, als sei der Frühling ohne sie erwacht. Sie sehnte sich danach, endlich wieder richtig bei Kräften zu sein. Die Enge des Hauses begann sie zu erdrücken. Damals, vor beinah drei Jahren, nach Margaretas Geburt, hatte sie sich viel schneller erholt.

Katharina unterdrückte einen Seufzer. Sie beugte sich zu dem schlafenden Säugling hinab. Gut zwei Monate war der kleine Philipp nun auf der Welt. Fünf Tage nach dem Geburtstag seines Vaters war er geboren worden. Anders als Margareta, die ihrer Großmutter Krapp glich, war der kleine Philipp seinem Vater wie aus dem Gesicht geschnitten. Er hatte die gleiche, stark nach vorne gewölbte Stirn und große Augen. Auch die Nase wirkte für einen Säugling ziemlich spitz. Katharina lächelte und steckte vorsichtig die wollene Dekke fester, die sie über ihn gebreitet hatte.

Eine Schönheit würde er also nicht gerade werden. Aber er mochte am Vater lernen, wie man die Leute auch ohne imponierendes Äußeres für sich gewinnen kann.

Sieben Jahre war es her, seit ihr Gemahl diesen Beweis erbracht hatte. Wittenberg war solch ein Nest, dass der ungläubige Spott, den der neue Griechischprofessor damals bei seiner Ankunft in der Stadt ausgelöst hatte, auch bis zu ihr gedrungen war: Man staunte, wie ein Einundzwanzigjähriger von solcher Winzigkeit, der neben einem schüchternen Wesen auch noch mit einem Sprachfehler gestraft war, diese Stellung hatte erringen können!

Nur drei Tage später hatte er seine Antrittsvorlesung in der Schlosskirche gehalten. Und die Wittenberger waren eines Besseren belehrt worden. Eine einzige Vorlesung hatte genügt, um den Spott in sein Gegenteil zu verkehren! In der ganzen Stadt hatte man sich von Melanchthons leidenschaftlicher Rede erzählt. „Ad fontes, iuventus!“ Zu den Quellen, Jugend!

Er hatte einen Nerv getroffen. Seit diesem Tag war die Zahl seiner Hörer gewachsen. Heute war es keine Seltenheit, dass bis zu vierhundert Studenten seine Vorlesungen besuchten und sich von seiner Liebe für die alten Sprachen, für die lateinischen und griechischen Schriftsteller, anstecken ließen.

Die Verehrung, die ihrem Mann entgegengebracht wurde, war ja gut und schön. Aber dass sie so weit reichte, dass etliche dem geliebten Lehrer auch nach Hause folgten, um nicht allein ihren Geist, sondern auch ihren Bauch zu nähren – von Melanchthons Brot!

Sie wusste nur zu gut, dass es keinen Sinn hatte, sich deshalb bei Philipp zu beklagen. Ihr schien es, als nähme er die Ärmlichkeit, in der sie trotz seines guten Gehaltes lebten, gar nicht wahr. Wie oft hatte man ihm schon an anderen Orten andere, noch besser bezahlte Stellungen angeboten. Aber sie hatte nie daran geglaubt, dass er von Wittenberg fortgehen würde. Nicht, solange Luther hier war. Und Luther selbst würde Melanchthon nicht gehen lassen.

„Graeculus“ nannte er ihn! Kleines Griechlein! Katharina kräuselte die Lippen. Natürlich. Es war verständlich, dass der vierzehn Jahre jüngere, schmächtig und kränklich wirkende Philipp bei Martinus väterliche Gefühle wecken mochte.

Aber dennoch war etwas an ihrem Gemahl, eine innere Kraft, die es mit Luther aufnehmen konnte, die ihm ermöglichte, ihm auf Augenhöhe gegenüberzutreten.

Katharina blickte nachdenklich auf ihren Sohn. Ihre Geschicke schienen miteinander verwoben zu sein. Auch ihre eigene Verbindung mit Philipp verdankte sich dem Einfluss Martin Luthers. Starrköpfig wie er war, hatte er es sich in den Kopf gesetzt, Philipps Junggesellendasein zu beenden. Zwei Jahre hatte er gebraucht, bis er Melanchthon dort hatte, wo er ihn haben wollte: An ihrer Seite.

Sie, Katharina Krapp, hatte er wohl vor allem als Krankenschwester und Fürsorgerin gesehen, die den Freund aus den Unbilden seiner ganz der Arbeit verschriebenen Lebensweise erretten sollte.

Katharina schoss das Blut in die Wangen. Wie sehr hatte sich Philipp damals gegen die wohlmeinenden Heiratspläne seines Freundes gesträubt! Das Einzige, das ihm etwas bedeute, sei die Arbeit, so hatte er Luther gegenüber beteuert. Und für diese sei eine Ehe nicht gerade förderlich. Auch nach der Hochzeit hatte er ihr eine ganze Weile zu verstehen gegeben, dass er das Eheleben als Knechtschaft empfinde, als ein Joch, das er nur unter Zwang auf sich genommen habe. Sie wollte nicht mehr an diese Zeit denken.

Sie strich sich eine Haarsträhne aus dem Gesicht. Wann war es leichter geworden? Nach Margaretas Geburt? Sie konnte es nicht mehr recht sagen. Dass Verbundenheit und Zuneigung an die Stelle von Notwendigkeit und Verpflichtung getreten waren – dies hatte sich als leise, beinah unmerkliche Wandlung vollzogen.

Katharinas Mund verzog sich zu einem spöttischen Lächeln. Geblieben war ihr gemeinsames Erstaunen darüber, dass Luther diesen Schritt, zu dem er den Freund so gedrängt hatte, bis zum heutigen Tag nicht selbst vollzogen hatte. Martin Luther war Junggeselle geblieben, und dies, obwohl die Zustände im Schwarzen Kloster, in dem er hauste, nicht viel besser waren als die, wegen derer er um Melanchthons Gesundheit gebangt hatte.

Sie sah sich in der Stube um. Mit der niedrigen Lehmdecke und den einfachen Möbeln mochte sie nicht gerade herrschaftlich wirken. Aber es herrschte zumindest Sauberkeit und Ordnung. Leise, um den kleinen Philipp nicht zu wecken, stand sie auf und trat an eines der kleinen Fenster der „Bude“, wie ihr Gemahl das kleine Häuschen in Erinnerung an die Tage seiner Männerwirtschaft immer noch nannte.

Bei Westwind drang das Geläut der Stadtkirche klar bis zu ihrem Haus hinüber. Katharina lehnte ihre Stirn an den Fensterrahmen. Hier hatte sie damals gestanden und auf die aufgebrachte Menge herabgeblickt, die zur Marienkirche geströmt war.

Philipp hatte sie davor zurückgehalten, den Menschen nachzulaufen: Damals war sie mit Margareta schwanger gewesen. Und so hatte sie nicht mit eigenen Augen gesehen, was bald im ganzen Reich die einen entsetzte und viele andere zur Nachahmung anstachelte: Beinahe alle Bildnisse, alle heiligen Statuen in der Stadtkirche fielen einer wütenden Menge zum Opfer. Der evangelische Prediger Andreas Bodenstein hatte das Ende aller Götzenbilder ausgerufen: Dieses eine Übel des alten Glaubens der Papstkirche könne man über Nacht hinwegfegen!

Dann aber war Luther aus seinem Versteck auf der Wartburg gekommen und hatte dem Treiben ein Ende gesetzt. Sie hatte seinen Mut damals bewundert. Als Vogelfreier hatte er damit sein Leben aufs Spiel gesetzt.

Ein röchelnder Atemzug des kleinen Philipp riss sie aus ihren Erinnerungen. Mit wenigen Schritten war sie neben dem Körbchen. Das Gesicht des Kleinen war verzerrt, aber seine Augen waren geschlossen. Als litte er im Schlaf an Schmerzen oder bösen Träumen.

Katharina fühlte ihr Herz heftig schlagen. Seit der schweren Geburt war die Angst ihr ständiger Begleiter. Die Angst, er könne nicht nur des Vaters Namen und dessen Züge, sondern auch dessen Kränklichkeit geerbt haben. Die Angst, sie müsse ihn seinem Schöpfer wiedergeben.

Das Glockengeläut von St. Marien ließ sie erschrocken aufblicken. Konnte es schon so spät sein? Sie hätte Dorothea bitten müssen, den Tisch zu decken. Sie hätte es selbst tun sollen. Sie war so müde.

***

Als Philipp Melanchthon wenige Augenblicke später die kleine Stube betrat, fand er Katharina noch immer neben dem Körbchen knien. Etwas in ihrem Ausdruck machte es ihm noch schwerer, den Vorsatz auszuführen, der ihn heute früher als üblich nach Hause geführt hatte. Ihm blieb nicht viel Zeit, mit ihr zu reden, bevor die Studenten zum Mittagsmahl kommen würden.

Wie müde seine Frau aussah. Vorsichtig trat er zu den beiden an den Kachelofen. „Er schläft?“, fragte er mit leiser Stimme. Katharina blickte auf und nickte.

Melanchthon bot ihr seine Hand und half ihr vorsichtig auf. „Ich möchte dir etwas zeigen, Katharina. Ich hätte es längst tun sollen, aber …“ Er stockte. Er hielt ihre Hand fest und zog sie durch die niedrige Tür, die von der Wohnstube in das kleine Studierzimmer führte. Katharina blieb auf der Türschwelle stehen, so als wagte sie nicht, den kleinen Philipp allein zu lassen.

Melanchthon öffnete eine der Schubladen seines Sekretärs und zog ein Schriftstück hervor. „Bitte setz dich zu mir.“ Sie sollte nicht dort stehen, mit verschränkten Armen und diesem Ausdruck in den Augen, den er nicht zu deuten vermochte. War es Angst? Oder einfach Erschöpfung? Seine Frau löste sich zögernd vom Türrahmen und setzte sich zu ihm neben den Schreibtisch.

„Ich habe Nachrichten aus Nürnberg." „Hat Spengler dir noch einmal geschrieben? Wegen der neuen Schule? Hat er noch einmal in dich gedrungen, du mögest das Angebot der Schulleiterstelle noch einmal überdenken?", fragte Katharina hastig.

Melanchthon schüttelte den Kopf. „Nein. Mein Entschluss vom vergangenen Herbst steht fest, das weißt du, Katharina. Wenn es damals nicht einmal mein lieber Schüler Hieronymus Paumgartner geschafft hat, mich zu überreden …" Katharina und Melanchthon wechselten einen Blick. Der junge Patrizier aus Nürnberg war während seines Studienaufenthaltes in Wittenberg ein gern gesehener Gast bei ihnen gewesen.

Melanchthon blickte nachdenklich auf das Papier in seinen Händen. Es war auf beiden Seiten eng beschrieben. „Der Brief ist nicht von Lazarus Spengler. Er ist von Willibald Pirckheimer. Es geht auch nicht um die Egidienschule."

Unvermittelt stand Melanchthon auf und öffnete das Fenster des Studierzimmers. Ein frischer Luftzug spielte mit den Blättern eines aufgeschlagenen Buches auf seinem Schreibtisch. Katharinas Hände krampften sich ineinander. „Du sollst nach Nürnberg kommen? Jetzt sofort?" Ihre Stimme klang gepresst.

Melanchthon wandte sich um und sah sie erstaunt an. Bisweilen erschreckte sie ihn mit ihrer Hellsichtigkeit. Er wich ihrer Frage aus. „Es geht um Pirckheimers Schwester Caritas", fuhr er mit fester Stimme fort. Er hatte geahnt, in welche Gemütsverfassung er sie mit dieser Angelegenheit bringen würde. Aber es half nichts, er musste mit ihr darüber sprechen. „Das heißt, es geht um das Klarenkloster in Nürnberg, in dem Caritas Äbtissin ist."

Er hielt inne. Dann setzte er sich neben sie und fuhr bedächtig fort: „Hast du gewusst, dass auch eine der älteren Schwestern unseres kleinen Erasmus dort Nonne ist? Er hat oft von ihr gesprochen. Er erzählte, er sei erst sieben Jahre alt gewesen, als sie die Familie verlassen habe und Novizin im Klarakloster geworden ist. Ich habe sogar ihren Namen behalten." Melanchthon berührte scheu ihre Hand. „Das war nicht schwer: Sie heißt auch Katharina. Wer weiß: Vielleicht hast du Erasmus an sie erinnert … Er hat sie sehr geliebt und bewundert. So wie er dich geliebt und bewundert hat."

Katharina musste lächeln. Für gewöhnlich bereiteten ihr die Hausschüler Melanchthons vor allem eines: Mühe. Aber Erasmus Ebner war eine Ausnahme gewesen. Ein Jahr hatte er bei ihnen gelebt, bei Philipp Latein und Griechisch gelernt. Seine munteren braunen Augen, sein offenes Jungengesicht, sein fröhliches Wesen hatte alle im Haus angerührt. Nun war er bereits regelrechter Student der Universität! Wann immer sie ihm auf den Straßen der Stadt begegnete, war seine alte Anhänglichkeit an sie noch zu spüren.

„Darf ich lesen, was er dir geschrieben hat?", fragte sie tastend, als Philipp nicht weitersprach. „Pirckheimer hat auf Latein geschrieben", murmelte er, „aber ich möchte dir gern das Wichtigste übersetzen." Sie sah ihn erwartungsvoll an, aber Philipp hielt den Brief achtlos in den Händen. Es war, als suchte er nach den rechten Worten. „Der Brief ist am 16. April verfasst. Am heiligen Osterfest. Er liegt schon seit drei Tagen hier auf meinem Schreibtisch. Ich wollte dir gleich davon erzählen, aber dann ging es unserem Philipp so schlecht und ich wollte nicht –"

Er suchte ihren Blick. Aber Katharina hielt den Kopf gesenkt. Wie hätte sie ihm erklären können, wie sie sich fühlte. Sie wollte es gar nicht. Sie wusste ja, dass dieser Zustand irgendwann ein Ende finden würde. Nach Margaretas Geburt war es so gewesen. Irgendwann hatte sie aufgehört, sich so furchtsam und verletzlich zu fühlen. Aber die Ängste, die sie um den kleinen Philipp ausstand und ihre eigene Schwäche machten dieses Mal alles nur noch schlimmer. Sie konnte sich selbst kaum ertragen. Sie hatte nicht gewollt, dass Philipp wusste, wie ihr zumute war. Seine Worte verrieten ihr, dass er ahnte, wie es um sie bestellt war.

Bedächtig glättete Philipp das Papier. Er schien die lateinischen Zeilen ohne Zögern ins Deutsche zu übersetzen, als er mit leiser Stimme Bruchstükke des Briefes vorzulesen begann: *Sei gegrüßt. Ich bin gezwungen, mich zu dir, mein Philipp, zu flüchten, um dich um deinen Rat und deine Hilfe anzuflehen. Vor Jahren sind zwei meiner Schwestern und eine Tochter in den Konvent zu St. Klara eingetreten, damals mit meiner Erlaubnis.*

Denn, wie ich ehrlicherweise gestehen muss, irrte ich wie alle anderen, als ich dachte, ich riete ihnen gut, ins Kloster einzutreten.

Philipp sah auf. Mehr zu sich selbst als zu Katharina sagte er nachdenklich: „Er lehnt also selbst den Klosterstand ab. Und dennoch – aber höre weiter:"

Ihre franziskanischen Beichtväter hat der Rat ihnen genommen. Seit vierzig Tagen entbehren sie der Beichte und des Abendmahles. In der Zwischenzeit haben sie sich den neuen Predigern zu unterwerfen, damit diese ihnen das Wort Gottes verkündigen, was diese aber mit solcher Verachtung und Überheblichkeit tun, dass sie bei jenen Armen eher noch mehr Ablehnung hervorrufen.

Denn es will jenes Geschlecht, wie du weißt, durch Überzeugungskraft geführt werden, keinesfalls jedoch durch Gewalt.

Diese Prediger jedoch, wenn sie sich nicht genügend beachtet fühlen, beginnen zu schreien, zu schmähen und zu wüten und den Zorn der Leute gegen die

Ärmsten anzufachen. Daraus folgt, dass jeder, der eine Beleidigung gegen diese Unglücklichen ersinnt, meint, damit Gott einen besonderen Dienst zu erweisen.

Katharina hatte den Kopf gehoben und sah ihren Mann an. Die unterdrückte Wut in seiner Stimme brannte auf seinen Wangen. Philipp wandte den Brief um: *Eins weiß ich gewiss: Wenn du hier wärst und all diese Gaunereien und Täuschungen, Verleumdungen und Machenschaften sähest, mit denen jene Elenden täglich gequält und bekämpft werden – vix a lachrymis temperares, du würdest die Tränen kaum zurückhalten können.*

Die Tränen. Katharina spürte, wie sie in hinter ihren gesenkten Lidern brannten. Ob sie wegen der Nonnen zu St. Klara weinte, wegen Katharina Ebner oder um sich selbst – sie wusste es nicht.

Philipp strich ihr unbeholfen über die Wange. „Katharina. Ich weiß, dass ich gerade nicht von euch dreien fort sollte. Nicht, bis es unserem Philipp besser geht. Ich weiß auch, wie schwierig es sein würde, nach Nürnberg zu gelangen, ohne zwischen die Fronten der Bauern zu geraten. Aber was soll aus der Sache Luthers werden, wenn ein Rat, der sich der evangelischen Freiheit verschrieben hat, nun selbst diese Freiheit mit Füßen tritt?"

Katharina nickte nur stumm. Sie verstand ihn. Aber sie konnte es ihm nicht sagen, ohne zu weinen. Weinen jedoch wollte sie nicht.

Philipp ließ ihre Hand nicht los. „Vielleicht ist die Lage auch nicht so ernst, wie Pirckheimer meint. Schließlich ist er doch selbst ein Mann von großem Einfluss, auch wenn er nicht mehr im Rat sitzt. Aber dort muss es doch noch andere vernünftige Männer geben, die eine gewaltsame Auflösung des Klosters verhindern werden!"

Von unten hörte man das Getrappel vieler Füße auf den hölzernen Stufen des Treppenaufgangs, Gelächter und Scherzworte. Mechanisch schickte sich Katharina an, aufzustehen. Aber Philipp hielt sie zurück und zog sie an sich. Für einen Augenblick ruhte sie an seiner Schulter.

„Ich möchte bei euch bleiben", flüsterte er, „aber ich kann dir nichts versprechen."

Im Klarakloster zu Nürnberg

Katharina Ebner fuhr erschrocken von ihrem Lager auf. Sie hatte geträumt, man rufe sie. Immer lauter hatten die Stimmen in ihrem Traum geklungen, immer näher. Immer bedrohlicher. Aber sicher waren es nur die Glocken von St. Klara gewesen, die zur Mette riefen.

Es musste kurz nach Mitternacht sein. Katharina lauschte in die Dunkelheit. Sie spürte, wie ihr Herz hart gegen die Rippen schlug. Die Glocken läuteten tatsächlich. Auch die anderen Schwestern begannen, sich aufzurichten, um zur nächtlichen Gebetszeit in die Kirche zu gehen.

Aber in den wohl vertrauten, melodischen Klang mischte sich noch etwas anderes. Wie von fern hörte man das Bersten von Glas, Geschrei und Gelächter.

Jemand griff nach ihrer Hand. Clara stand neben ihrem Lager. „Katharina, was ist das?“, flüsterte sie angstvoll. Katharina warf die Wolldecke zurück und sprang hastig auf. „Komm! Wir müssen in die Kirche!“ „Die Bauern! Nun hat mein Vater doch die Wahrheit gesagt!“ Clara schien gelähmt vor Angst. Katharina schüttelte energisch den Kopf. „Mitten in der Nacht? Wie soll das zugehen? Die Stadttore sind doch verschlossen!“

Ohne ein weiteres Wort zog sie Clara mit sich. Ihr Gesicht glühte. Ihre Furcht hatte sich in Aufruhr verwandelt. Aus den Augenwinkeln sah sie, wie auch andere Schwestern sich anschickten, ihnen zu folgen.

In blinder Hast eilten die Klarissen in den Chorraum. Noch immer läuteten die Glocken. Von draußen schien das flackernde Licht von Fackeln durch die Kirchenfenster. Die Nonnen blieben erschrocken stehen: Sie waren an mehreren Stellen zerschlagen. Der Boden des Altarraumes war übersät mit Scherben. Wie ein feindseliger Eindringling wehte die kalte Nachtluft zu ihnen herein. Nun waren die Rufe der Menschen draußen deutlich zu verstehen. Katharina spürte, wie die Empörung ihr den Atem nahm. Es war ein immer wiederkehrender Chor, rhythmisch, lustvoll und bedrohlich: „Heraus mit den gemeinen Weibern! Heraus mit den Huren!“

St. Desiderius

Eritag, 23. Mai 1525

Auf dem Herrenmarkt zu Nürnberg

Margareta Koler bereute es, dass sie nicht Elisabeth zu den Fleischbänken geschickt hatte. Es war ein ungewöhnlich warmer, fast sommerlicher Maimorgen. Sie stand am südlichen Ende der Fleischbrücke, auf der die Fleischer ihre Buden aufzubauen pflegten. Die sich auf der Brücke drängenden Menschen, der Geruch des frisch geschlachteten Fleisches verstärkten ihre Übelkeit, die sie seit dem Aufstehen plagte. Margareta blieb stehen und presste den feinen Stoff ihres Ärmels gegen Mund und Nase.

Sie hätte Elisabeth bitten können. Aber Christoph hätte sich darüber gewundert. Für gewöhnlich ließ sie es sich nicht nehmen, das Fleisch für wichtige Gastmähler selbst zu besorgen. Heute Abend erwartete er Kaufleute aus dem Thüringischen.

Sie blieb für einen Augenblick am Brückengeländer stehen und sah auf den träge dahinfließenden Fluss. Das Gewicht des Korbes schnitt in ihren Unterarm. Sie würde nach Hause gehen und Elisabeth bitten, die restlichen Besorgungen zu übernehmen.

Langsam ging sie über den Herrenmarkt auf ihr Haus zu. Begingen heute die Altgläubigen nicht den Tag des heiligen Desiderius? Desiderius, der Schutzpatron der Schwangeren.

Margareta blieb unvermittelt stehen. Warum tat sie alles, um zu vermeiden, dass Christoph von ihrem Zustand etwas wusste oder ahnte? Sie wusste es selbst nicht recht. War es das unausgesprochene Zerwürfnis über ihre Meinung zu den Nürnberger Klöstern? Oder reichte der feine Riss in ihrer Vertrautheit in den letzten Sommer zurück?

Sie benahmen sich zuvorkommend und höflich gegeneinander. Aber die unbekümmerte Herzlichkeit zwischen ihnen war verschwunden. In den letzten Wochen hatte sie immer wieder das Gefühl gehabt, als litte Christoph an etwas, was er ihr nicht offenbaren wollte. Ob sie die Ursache war – sie vermochte es nicht zu sagen. Vielleicht waren es auch nur die Sorgen wegen des Rates, die ihn so anders erscheinen ließen.

Vor ein paar Abenden hatte er beim Nachtmahl kurz erwähnt, Lazarus Spengler habe ihm beschieden, der Rat habe eine wichtige Aufgabe für ihn.

Als sie ihn gefragt hatte, worum es sich handele, hatte er abgewehrt: Er wisse selbst nichts Genaues und sie solle sich keine Gedanken machen. Sie hatte ihn gefragt, ob Spenglers Andeutung nicht eine besondere Auszeichnung bedeute.

Christoph war ihrem Blick ausgewichen. Eine leise Bitterkeit hatte in seiner Stimme gelegen, als er schließlich leise erwidert hatte: „Eine Auszeichnung? So könnte man es freilich betrachten." Dann hatte er das Gespräch auf etwas anderes gelenkt.

Margareta strich sich eine widerspenstige Locke unter die Haube zurück. Vielleicht tat sie recht daran, ihm diesmal nichts von ihrer Schwangerschaft zu erzählen. Es war besser, die Bürde der Ungewissheit alleine zu tragen. Es kostete sie alle Kraft, von Tag zu Tag zu bangen. Sie fürchtete sich davor, ihre eigene Verunsicherung in Christophs Augen lesen müssen. Es mochte Unsinn sein, aber sie hatte Angst davor, sich zu freuen. Als würde der Himmel ihre Vorfreude bestrafen!

Nun hatte sie die letzte Reihe der Marktbuden erreicht. Hier konnte man wieder leichter atmen. Sie hielt inne und strich sich eine Schweißperle aus der Stirn. Sie sehnte sich nach der Kühle des Hauses. Mit gesenktem Kopf ging sie die letzten Schritte auf das herrschaftliche Portal ihres Hauses zu. Als sie die Hand auf den Türgriff legte, stockte sie.

Ein Mann löste sich aus dem Torbogen, der zum Seiteneingang des Hauses führte. Gegen ihren Willen erschrak sie. Sie hatte ihn zu spät bemerkt.

Margareta zwang sich zu einem Lächeln. „Christoph ist vorhin auf den Weinmarkt gegangen, aber er wird wohl jeden Augenblick zurück sein. Wollt Ihr auf ihn warten oder soll ich ihm bestellen, dass er Euch aufsuchen soll?" Ihre Stimme klang atemlos.

Paumgartner reichte ihr die Hand und murmelte einen Gruß. Da er keine Anstalten machte zu gehen, öffnete Margareta die Haustür. Dicht hinter ihr betrat der Ratsherr den Hausflur. Gegen den hellen Sonnenschein herrschte hier drinnen Dämmerlicht.

Sie war noch nie allein mit ihm gewesen. „Elisabeth!", rief sie hastig. Sie horchte. „Wir haben einen Gast!" Als keine Antwort kam, sagte sie: „Ich werde Euch rasch selbst etwas zur Erfrischung holen. Wenn Ihr solange –." Sie deutete auf die Tür des Raumes, in dem die beiden Männer in jener Abendstunde miteinander gesprochen hatten.

Paumgartner ergriff ihre Hand und hielt sie für einen kurzen Augenblick in der seinen. Sie hätte sie ihm gerne entzogen, aber sie bezwang sich. „Habt vielen Dank, aber bemüht Euch nicht. Ich will nicht lange bleiben. Ich kann ebenso gut Euch ausrichten, was ich Eurem Mann berichten wollte." Margareta hielt den Blick gesenkt. Sie wünschte, Elisabeth habe sie gehört. Aber im ganzen Haus war kein Laut zu hören. Mochte er also mit ihr sprechen. Und dann fortgehen.

Endlich ließ er ihre Hand los. „Was haltet Ihr von den Ereignissen?" Seine Frage war so unvermittelt, dass sie nicht wusste, was sie erwidern sollte. „Ihr meint –?" „Habt Ihr gehört, dass mittlerweile sogar schon Nonnen aus dem Nürnberger Land fliehen mussten? Aus den Klöstern Pillenreuth und Engelthal haben Schwestern hier bei uns Unterschlupf gesucht!", unterbrach er sie. „Nichts als ihr nacktes Leben haben sie vor den Bauern retten können. Zum Glück haben sich angesehene Nürnberger Familien gefunden, die sich dieser Jammergestalten erbarmt haben! Sogar die Witwe Ursula Tetzel zählt zu denen, die sie vorerst bei sich aufgenommen haben. Ich denke, sie wird nun sicher mehr denn je die Herausnahme ihrer eigenen Tochter aus dem Klarakloster vorantreiben! Sie wird nicht ruhen, bis auch diese in Freiheit ist."

Margareta nickte mechanisch. Ganz offenbar wollte Bernhard Paumgartner nichts über ihre Ansichten erfahren, sondern selbst reden. Nun jedoch schwieg er. Er lehnte sich gegen den Treppenaufgang und betrachtete sie prüfend. Sie spürte, wie sie unter seinem Blick errötete.

„Habt Ihr nicht auch eine Schwester an Engelthal verloren?", fragte er langsam. Margareta wich unwillkürlich einen Schritt zurück. Paumgartner war der letzte, mit dem sie über Johanna sprechen wollte.

„Es tut mir leid, dass all dies für sie zu spät kommt", fuhr er fort, als habe er ihr Zurückweichen nicht bemerkt.

Gegen ihren Willen sah sie für den Bruchteil eines Augenblicks, wie sie zum Haus der Ursula Tetzel lief, wie dort Johanna auf sie warten würde. Sie meinte, das Gesicht der Schwester unter ihren Händen spüren zu können, ihr Lachen zu hören. Gemeinsam würden sie nach Hause zurückkehren. Gemeinsam würden sie sich auf das Kind freuen.

Margareta hielt den Kopf gesenkt. Sie fühlte Paumgartners Blick auf sich ruhen. Nah und rau klang seine Stimme, wie eine Berührung: „Vielleicht könnt Ihr Euren Christoph überzeugen. Nicht nur um der Nonnen im Kloster willen, denen man zu lange ihre Freiheit geraubt hat. Ich bin nicht allein um sie besorgt. Auch wegen der Bürgerinnen in der Stadt. Wegen Euch, Margareta! Wenn sich der Rat nicht gegen die verhassten Klöster wendet, werden die Bauern vielleicht ganz Nürnberg als Feind betrachten! Und wer weiß, wie sie mit ihren Feinden ins Gericht gehen werden …"

„Aber Luther hat doch in den letzten Wochen die Gewalt, die die Bauern ausüben, streng verurteilt!", hörte sich Margareta mit einer ihr fremden

Stimme sagen. Versuchte sie tatsächlich, Paumgartners beängstigenden Worten mit den Argumenten ihres Mannes zu begegnen? „Wird Luthers Aufruf zur Mäßigung die Bauern nicht zurückhalten?"

Der Ratsherr lachte spöttisch. „Die Bauern haben sich längst anderen Männern des Evangeliums zugewandt und leisten nun jenen Gefolgschaft. Sie werden auf Luther nicht mehr hören. Sein Zaudern, sein Schelten ist für sie nichts weiter als Verrat."

Bernhard Paumgartner wandte sich zum Gehen. „Was ich Euch bitten wollte, Eurem Gemahl zu bestellen: Der Rat hat sich entschieden. Da mit guten Worten bei den Klarissen nichts gewonnen werden kann, werden nun die Daumenschrauben etwas enger gezogen. Ich denke, es wird ihnen sauer genug werden, wenn auch das Brauen *ihres* Bieres in Zukunft besteuert werden wird!"

Margareta blieb regungslos stehen, als er auf die geschlossene Tür zuging und sie öffnete. Auf der Schwelle drehte er sich noch einmal um. „Ich wollte nur sichergehen, dass Euer Mann davon weiß. Seine Hilfe in dieser Angelegenheit wird freilich nicht benötigt. Der Rat hat *mich* damit betraut."

Für einen Augenblick füllte seine breite Gestalt die Tür. Geblendet vom hellen Licht draußen schloss Margareta die Augen. Als sie sie wieder öffnete, stand sie allein in der dämmrigen Diele.

St. Bedae

Fridach, 26. Mai 1525

Im Klarakloster zu Nürnberg

Margarete Tetzel hob den Kopf und rieb sich die verkrampften Hände. Nach einer Stunde im Skriptorium schmerzten ihre Finger und ihre Augen von der Mühsal des Abschreibens. Clara, die am Nebentisch saß, sah auf und lächelte ihr zu. Dann beugte sie sich wieder über ihre Arbeit. Draußen rauschte der Regen. An Christi Himmelfahrt hatte ein gewaltiges Gewitter über der Stadt getobt. Seitdem hatte es immer wieder kräftig geregnet. Die Hitze der letzten Tage war vorüber.

Margaretes Finger spielten nachdenklich mit dem Federkiel. Wie glücklich und gelöst Clara aussah. Alle Arbeiten des Klosteralltags schienen der Freundin leicht von der Hand zu gehen. Aber hier im Skriptorium, im Spiel mit Linien und Farben, schien sie am glücklichsten. Wäre sie ein Mann, so wäre sie wahrscheinlich Maler geworden, dachte Margarete. In ein paar Jahren würde sie zu den besten Illustratorinnen des Konvents gehören. Schon jetzt übertraf sie viele der älteren Schwestern. Sich selbst würde sie nie mehr zutrauen als das bloße Abschreiben von Texten. Sie unterdrückte einen Seufzer. Aber auch diese Aufgabe musste getan werden.

Sie blickte sich im Raum um, der selbst an einem solchen Regentag nicht düster wirkte. Manchmal konnte man glauben, alles sei wie früher. Die Äbtissin an ihrem Platz, über Rechnungen und Listen gebeugt. Clara, versunken in ihre Arbeit. Und doch war es töricht, der Gegenwart zu trauen oder auf eine Zukunft zu hoffen.

Nichts war wie früher. Der Angriff in der Markusnacht war nicht der einzige geblieben. Bei den letzten beiden Malen hatten die Schwestern das Dormitorium nicht mehr verlassen. Wenn sie dann zum Gebet in die Kirche gegangen waren, hatten sie nur stumm die neuen Scherben fortgeräumt. Auch an den Rat hatten sie sich nicht gewandt. Die Nonnen kannten die Antwort ohnehin: Wer selbst gegen die geltende Ordnung in der Stadt verstoße, brauche sich nicht zu wundern, mit dem eigenen Unrecht neues Unrecht herauszufordern. Margarete wusste, dass die Klarissen die einzigen waren, die sich dem Verbot des Glockenläutens noch widersetzten. War es denkbar, dass in den anderen Klöstern nicht allein die Glocken sondern auch das Gebet verstummt war?

Nichts war wie früher. Vor zwei Tagen, am Vorabend von Christi Himmelfahrt, hat sie auf dem Weg zur Dörre mit einem Mal vor Bernhard Paumgartner gestanden. Er hatte eine Gruppe von Männern bei sich gehabt. Manche hatten ihr unverschämt ins Gesicht gestarrt, andere hatten verlegen zur Seite geblickt. Der Ratsherr selbst mochte sie nicht einmal wiedererkannt haben. Sicher hatte er den sonderbaren Blickwechsel damals im Refektorium längst vergessen. Aber ihre Hände hatten noch gezittert, als sie den Korb mit getrockneten Fischen für die Küche in Empfang genommen hatte.

Später, beim Nachtmahl, hatte Caritas mühsam gefasst vom Grund dieses unangekündigten Überfalls erzählt: Niemand konnte bislang ermessen, welche finanzielle Belastung die neu auferlegte Besteuerung durch den Braupfennig bedeuten würde, den man nunmehr für den städtischen Bierverkoster zu entrichten hatte.

Als sie sich wieder ihrer Arbeit zuwenden wollte, öffnete die Pfortenschwester die Tür und reichte der Äbtissin einen Brief. Etwas in ihrer Haltung ließ Margarete zögern, weiterzuschreiben. Sie konnte den Blick nicht von Caritas wenden. Diese hatte die kurze Nachricht überflogen und das Papier sinken lassen. Ihr Gesicht wirkte auf einmal grau und eingefallen. Als habe ihr jemand eine Todesnachricht überbracht.

„Clara!“ Caritas' Stimme klang wie ein Schluchzen. Noch nie hatte Margarete die Äbtissin die Beherrschung verlieren sehen. „Clara“, wiederholte die Äbtissin nun leise. „Deine Mutter hat geschrieben. Noch vor Sonntag will der Rat uns eine neue Regel überbringen lassen. Und in der kommenden Woche wird sie dich holen.“

Im Skriptorium herrschte völlige Stille. Margarete sah zu Clara. Alle Farbe war aus ihrem Gesicht gewichen. Caritas' Stimme klang heiser. „Nun muss dein Vater helfen. Er muss.“

Quotember

Gudenstag, 7. Juni 1525

Im Klarakloster zu Nürnberg

Clara Nützel stand inmitten der anderen Nonnen und blickte zu den Ratsherren, die am offenen Kamin des Refektoriums standen. Diesmal waren es drei.

„Mein Oheim!“, hatte Margarete beinah unhörbar geflüstert. Die Begleiter von Sigmund Fürer waren Clara unbekannt. Der eine von ihnen war ein hochgewachsener stattlicher Mann mit rötlichen Haaren. Der andere war von kleiner Statur und hatte eisgraues, kinnlanges Haar.

Die Morgensonne blendete sie. Auch vorhin während des Stundengebets hatte sie das Licht des Frühsommermorgens auf ihren geschlossenen Lidern gespürt. Apollonia Tucher hatte aus einer Predigt des heiligen Augustinus vorgelesen, die für die Prim des Quotembertages vorgeschrieben war. Dann aber war die Pfortenschwester atemlos in den Frauenchor gekommen: Der Konvent solle sich unverzüglich im Sommerrefektorium einfinden! Abgesandte des Rates erwarteten sie dort. Man dulde keinen Aufschub.

Apollonia hatte zu Caritas geblickt. Als diese keine Anstalten gemacht hatte, die Kirchenbank zu verlassen, hatte Apollonia weitergelesen. Ihre Stimme hatte dabei unmerklich gezittert: *Einen jeglichen ziehet seine eigene Leidenschaft, nicht die eigene Notdurft; nicht die Schuldigkeit, sondern das Ergötzen.* Auf dem Weg ins Refektorium hatte Clara sich an die letzten Worte der Lesung geklammert: *Unter dem Schatten deiner Flügel haben wir Zuflucht. Du tränkst uns mit Liebe wie mit einem Strom.*

Die junge Nonne senkte den Blick. Nun waren sie also hier. Sie empfand beinahe Erleichterung darüber. Dreizehn Tage des Wartens lagen hinter ihr. Aber die Mutter war nicht gekommen. Auch die Ratsherren waren nicht erschienen. Und der Vater hatte nicht auf Caritas’ Briefe geantwortet.

Sie schluckte. Dreizehn Tage, in denen sie von Stunde zu Stunde gelebt und gebangt hatte. Sie hatte alle Arbeiten verrichtet, die man ihr aufgetragen hatte. Sie hatte die Tagzeiten gesungen. Am Leben der heiligen Klara jedoch hatte sie keinen Federstrich mehr getan.

„Wo ist Christoph Koler?“ Die Frage der Äbtissin klang ruhig, aber bestimmt. „Der Rat hat ihn mit anderen, wichtigeren Aufgaben betraut“, erwiderte Sigmund Fürer kühl. „Deshalb hat man Andreas Imhoff, Sebaldus Pfinzing und mich beauftragt, zu euch zu kommen."

Er räusperte sich. „Es mag euch erstaunen, dass wir so früh am Tag zu euch geschickt wurden, aber die Sache duldet keinen weiteren Aufschub. Zu groß ist die Sorge des Rates, es könne euch ein Leid geschehen. Dieses zu verhindern, sind wir gekommen. Das einfache Volk nimmt an euren Kutten und eurer Lebensweise so großen Anstoß, dass wir um euer Leben fürchten. Deshalb sind wir mit einer neuen Regel zu euch geschickt worden. Nehmt ihr sie an, können wir euch umso besser vor den Leuten draußen beschützen. Wenn jedoch nicht –", Fürer machte eine bedeutsame Pause und sah Caritas eindringlich an, „– aber das mag ich nicht glauben."

Andreas Imhoff trat einen Schritt nach vorne. Seine Stimme klang leise aber scharf: „Das klare, evangelische Gotteswort hat es an den Tag gebracht: Der Klosterstand ist ein verworfener, irriger, sündhafter und verdammter Stand, in dem man gegen Gottes Willen und gegen das heilige Evangelium lebt. Dies ist die Ursache des großen Blutvergießens im ganzen Land."

Rasch sprach Sigmund Fürer weiter, als wolle er verhindern, dass die Äbtissin auf Imhoffs Worte etwas erwiderte: „Wir wollen ohne Umschweife zur Sache kommen!"

Er nickte Sebald Pfinzing zu. Der älteste der drei Männer trat vor, entfaltete ein Schreiben und begann zu lesen. „Zum ersten"– „Wo ist Kaspar Nützel?"

Clara hielt den Atem an. Es war eine Ungeheuerlichkeit, dass die Äbtissin es wagte, dem Ratsherren ins Wort zu fallen. Aber sie wünschte brennend, dass er auf ihre Frage antworten würde. Sigmund Fürer tat es an seiner Statt. „Euer Pfleger ist sehr krank. Wir haben ihn gestern in seinem Hause aufgesucht. Er weiß von unserem Hiersein."

Clara spürte, wie sich etwas in ihr zusammenzog. Der Vater war krank. Hatte die Mutter recht gehabt mit ihren bitteren Vorwürfen? War dies die Folge ihres Ungehorsams?

Sebaldus Pfinzing riss sie aus ihren Gedanken. „Zum ersten: Die Äbtissin möge alle Schwestern von ihren Gelübden entbinden, sodass sie ihre evangelische Freiheit gebrauchen können." „Was die Schwestern gelobt haben, das haben sie weder mir noch einem anderen sündigen Menschen gelobt, sondern Gott selbst. Darin kann und darf ich mich nicht einmischen", erwiderte die Äbtissin.

Sebaldus Pfinzing sah verunsichert zu Sigmund Fürer. Als dieser ihm kurz zunickte, fuhr er fort: „Zum zweiten: Es ist des Rates und der Gemeinde endgültiger Wille, dass ihr die Kutten ablegt und euch kleidet wie andere Leute, da doch kein Unterschied ist zwischen Weltlichen und Geistlichen. Also soll auch keiner in der Kleidung sein, da doch das Himmelreich nicht in den Kleidern besteht.

Zum dritten habt ihr die Redefenster in Gesichtsfenster umzuwandeln, damit man sicher sein kann, dass eine Schwester bei ihrer Unterredung mit ihrer Familie oder Freunden allein ist und dass es überhaupt die rechte ist! Zum vierten muss das gesamte Inventar des Klosters aufgelistet und diese Liste dem Rat übergeben werden: Alle Zinsen, Renten, Gulden und Höfe, deren Lage und Einkünfte, alle Kleinodien und alles, was die Schwestern ins Kloster eingebracht haben, müssen dort verzeichnet werden. Für dieses wie auch für das zweite und dritte gewährt euch der Rat eine Frist von vier Wochen. Nun aber zum fünften" – Sigmund Fürer nahm Pfinzing das Schreiben aus der Hand und wandte sich mit ernster Mine der Äbtissin zu.

„Zum fünften: Ist es der Wille einer Schwester, das Kloster zu verlassen, muss sie unverzüglich freigegeben werden. Keine der Schwestern darf gegen ihren Willen im Kloster behalten werden."

Sigmund Fürer stockte. Hatte er zu Margarete geblickt? Clara lief ein Schauer über den Rücken. Dann hörte sie den Ratsherrn langsam und bedächtig hinzufügen: „Da es aber Gottes Gebot ist, dass die Kinder den Eltern Gehorsam schulden, gilt auch dieses: Eine Schwester muss unverzüglich freigegeben werden – wenn es der Wille ihrer Eltern ist."

St. Feliciani

Sambestag, 10. Juni 1525

Im Hause des Willibald Pirckheimer

In der Bibliothek, in die Willibald Pirckheimer sich nach dem Abendessen zurückgezogen hatte, herrschte angenehme Kühle. Nach einer durchzechten Nacht hatte er lange geschlafen. Seit den Mittagsstunden war er wieder unterwegs gewesen. Sein erster Gang hatte ihn zum Egidienhof aufgeführt, in die Werkstätte der Koberger.

Er lächelte, als er an das Geschenk dachte, das er seinen beiden Schwestern und seiner Tochter Katharina machen wollte. Gemeinsam mit Meister Johannes hatte er einen besonders kostbaren Einband für das Neue Testament gewählt. Er hatte diesen Wunsch seiner Tochter schon lange erfüllen wollen.

Am späten Nachmittag war er schließlich zum Milchplatz aufgebrochen. Albrecht hatte ihm vor ein paar Tagen eine kurze Nachricht geschickt: Willibald solle ihn bald aufzusuchen. Ob er sich noch an jene kleine Skizze erinnerte, die er in der Karfreitagsnacht betrachtet hatte? Er brauche seinen Rat.

Von Neugierde getrieben war er die Stufen zu Albrechts Werkstatt emporgestiegen. In den vergangenen Wochen hatte er oft an die vier Männergestalten denken müssen und über ihre Bedeutung gerätselt. Aber seine Erwartung, heute mit Albrecht über jenen Entwurf sprechen zu können, war enttäuscht worden: Der Freund war nicht zuhause gewesen.

Nun, nach einem einsamen Nachtmahl, hatte er endlich Muße, den Brief zu öffnen, den eine Servitialschwester des Klaraklosters während seiner Abwesenheit in seinem Haus abgegeben hatte. Zunächst hatte er gedacht, er stamme von Caritas. Aber dann hatte er die Handschrift seiner Schwester Clara erkannt.

Pirckheimer trat an eines der hohen Fenster. Die Helligkeit des Frühsommerabends bot ihm noch genug Licht, um den Brief ohne Kerzenlicht zu lesen.

Meinem lieben Bruder, Herrn Willibald Pirckheimer. Mein herzlieber Bruder, die ehrwürdige Mutter, ich und der ganze Konvent danken Dir tausend Mal für deine Fürsorge und für deinen Rat. Unser Herr gebe Dir den ewigen Lohn dafür. Wir haben sonst keinen lebendigen Menschen, dem wir so zuversichtlich vertrauen können wie Dir.

Pirckheimers Augen flogen über die dicht beschriebenen Zeilen. Die Vorschriften der neuen Regel waren ihm bereits zu Ohren gekommen. Er ahnte, in welcher Gemütsverfassung sich Caritas und Clara befinden mussten. An einer Stelle hielt er inne und musste trotz seiner Sorge lächeln: *Den Schwestern ist die Sache mit den Kutten besonders arg. Einige meinten, sie wollten in ihre Betttücher gehüllt ans Redefenster gehen – andere schlugen vor, die Tischtücher zu verwenden. Was meint Ihr, lieber Bruder? Ich fürchte, in modischen Dingen sind wir recht unbeholfen!*

Sein Gesicht wurde jedoch wieder ernst, als er Claras Nachsatz las: „Margarete Tetzel, Katharina Ebner und Clara Nützel ließ man ausrichten, sie sollten sich nicht um die neuen Kleider bemühen – man werde sie in den nächsten Tagen aus dem Kloster holen."

Willibald Pirckheimer ließ den Brief sinken und starrte aus dem Fenster. Der Himmel über dem Herrenmarkt leuchtete in allen Farben des Abendrots. Christoph Koler hatte man fortgeschickt. Philipp Melanchthon hatte seinen Brief nicht beantwortet.

Ein schwerer Atemzug hob seine Brust. Albrecht war ihm geblieben. Aber was half das? Er hatte sich noch nie so allein gefühlt.

St. Basilidus

Gudenstag, 12. Juni 1525

Im Klarakloster zu Nürnberg

„Ich beschwöre Euch: Lasst uns zu unseren Töchtern hinein. Oder soll ich die Landsknechte holen?“ Ursula Tetzels Stimme klang schrill.

Dem Lärmen nach, das draußen vor den Mauern des Konvents zu hören war, hätte man meinen können, die Bewaffneten ständen bereits dort, bereit, auf einen Wink der drei Besucherinnen das Pfortenhaus zu stürmen. Aber es mochte nur die Menge sein, die die Ankunft der drei Frauen beobachtet hatten. Die Tatsache, dass sie nicht zu Fuß gekommen, sondern mit einem Wagen vorgefahren waren, schien vielversprechend. Offenbar erwartete man dort draußen ein großes Schauspiel.

Caritas Pirckheimer wandte sich vom Redefenster ab und sah Schwester Walburga an. Die junge Novizin, die heute den Pfortendienst versah, blickte sie ängstlich an. „Bitte rufe Katharina, Margarete und Clara. Sag ihnen, ihre Mütter erwarten sie hier am Redefenster.“

„Ihr habt mich nicht verstanden! Ich sagte: Lasst uns zu ihnen *hinein*!“ Walburga blieb zögernd auf der Schwelle stehen. „Die Anweisung, die ich von unserem ehrbaren Rat erhielt, sieht dies nicht vor. Dem Rat ist nicht daran gelegen, dass jeder hier, wie es ihm gefällt, aus- und eingehen kann. Aber ich werde gerne eure Töchter hier ins Pfortenhaus ans Redefenster –“

„Ans Redefenster!“, unterbrach Helena Ebner die Äbtissin aufgebracht. „Wenn Ihr schon auf die Anweisungen des Rates pocht, dann erklärt uns bitte, wo sich die geforderten Gesichtsfenster befinden! Und lasst es Euch gesagt sein: Ich beanspruche ein eigenes für mich allein, um Clara im Evangelium unterrichten zu können!“ „Man hat uns vier Wochen Frist eingeräumt, um diese Veränderungen vorzunehmen. Fünf Tage ist es her, dass man uns die neue Regel überbracht hat“, erwiderte Caritas. Sie wandte sich Walburga zu. „Bitte geh und hole nun die drei Schwestern. Oder soll ich sie ans Sakramentenfenster in der Kapelle bitten? Ihr habt schon einmal dort mit Eurer Tochter gesprochen, Frau Tetzel.“

„Wir wollen unsere Kinder von Angesicht zu Angesicht sehen! Wir wollen sie in die Arme schließen. Lasst sie zu uns in die Kirche.“ Die Stimme von

Helena Nützel klang tränenerstickt. „Ohne das Wissen und das Beisein ihrer Väter kann ich solch einen Schritt nicht zulassen", erwiderte die Äbtissin bestimmt. „Ihr wollt uns also unser eigen Fleisch und Blut vorenthalten?", fragte Ursula Tetzel. „Wir wollen sehen, was der Rat dazu sagt!" „Euer eigen Fleisch und Blut" – Caritas machte eine bedeutsame Pause – „hat mich angefleht, sie zu nichts zu zwingen, nicht ehe die Meinung ihrer Väter gehört worden ist."

Von der Tür her hörte man ein leises Geräusch. Walburga hatte die Pfortenstube verlassen.

Ursula Tetzel lachte spöttisch auf. „Ihre Väter! *Wir* haben unsere Kinder getragen und es ist uns sauer genug gewesen! Niemand hat größeres Recht auf sie als wir, ihre Mütter! Dies freilich, Caritas Pirckheimer, ist etwas, von dem ihr nichts versteht."

Einen Augeblick war es still in der Pfortenstube. Nur das Gelächter und die Rufe von draußen waren zu hören. Es war die Frau des Pflegers, die ein letztes Mal das Wort ergriff:

„Ihr werdet sehen, wohin Euch Euer Ungehorsam bringen wird. Ihr werdet von uns hören."

***

Walburga sah mit geröteten Wangen von einer zu anderen. Die vier Schwestern standen in einer Ecke des Kreuzgangs. War es recht gewesen, den dreien ohne Anweisung der Äbtissin vom Besuch ihrer Mütter zu berichten? Sie wusste es nicht. Sie hatte gehandelt, ohne nachzudenken.

„Was werden sie mit uns tun?" Clara Nützels Gesicht war bleich, ihre Augen brannten. „Was sie mit uns tun werden?" Katharina Ebners Stimme war so voller Bitterkeit, dass die junge Novizin erschrak.

„Was denkst du, Clara? Sie werden uns verheiraten! Habt ihr nicht Luthers Schrift über das eheliche Leben gelesen?", fragte sie in die Runde. Clara legte zaghaft eine Hand auf Katharinas Arm. Katharina sah sie an, als wollte sie vor ihr zurückweichen.

Dann aber schlug sie die Hände vors Gesicht. „Nun wüte ich schon gegen euch", sagte sie mit erstickter Stimme. Ohne ein Wort zu sagen, zog Clara sie an sich und streckte die Hand nach Margarete aus. Sie hörten nicht, wie Walburga sich leise entfernte.

St. Felicula

Eritag, 13. Juni 1525

In der Amtsstube des Advokaten Nikolaus Haller

Nikolaus Haller saß an seinem Pult und blickte nachdenklich auf das Schreiben, an dem er seit gestern Abend gearbeitet hatte. Ihm war, als sei in den letzten Tagen mehr an bedeutsamen Dingen geschehen als in all den Jahren zusammen, in denen er als Advokat für die Bürger Nürnbergs tätig war.

Gerade zwei Tage war es her, dass er mit zwei Notarskollegen und einer Handvoll Zeugen ins Katharinenkloster aufgebrochen war. Seine Frau hatte ihn schon seit Monaten gedrängt, ihre Schwester Ursula aus dem Kloster zu befreien. Auch die alte Elisabeth Derrerin hatte es nicht länger mit ihrem Gewissen vereinbaren können, ihre Jüngste in diesen Zeiten hinter den Mauern von St. Katharina eingesperrt zu wissen.

Nikolaus Haller rieb sich das Kinn. Es war eine aufreibende Szene gewesen. Erst hatte Ursula sich versteckt. Dann hatte man sie schließlich gefunden. Und sie hatte geweint. Nun aber war sie geborgen im Schoße ihrer Familie.

Er beugte sich wieder über das Schriftstück. Der Vorgang, mit dem er sich in den vergangenen Stunden befasst hatte, wäre noch vor fünf Jahren eine Ungeheuerlichkeit gewesen: Dass drei Laien, noch dazu Frauen, eine Person aus dem geistlichen Stand durch einen Advokaten bei der weltlichen Obrigkeit verklagen ließen! Noch dazu mit zwei solch schwerwiegenden Vorwürfen: Ungehorsam gegenüber dem Rat und vorsätzliche Lüge. Das erste Vergehen bestehe in Caritas' Weigerung, die Frauen mit ihren Töchtern sprechen zu lassen, obwohl diese Möglichkeit vom Rat selbst angeordnet worden war. Der zweite Vorwurf beruhte auf der Angabe der Frauen, Caritas habe ihnen beschieden, es sei nicht Brauch, dass man bei den Klosterschwestern ein- und ausgehen könne. Die Mütter der jungen Nonnen hätten aber in der Zwischenzeit Zeugen gefunden, die erklärten, es sei durchaus häufig, dass Besucher im Kloster empfangen würden.

Advokat Haller runzelte die Stirn. Sobald Zeugen ins Spiel kamen, wurde die Angelegenheit meist schwierig und verworren. Aber dies sollte nicht seine Sorge sein. Er tauchte den Federhalter in das Tintenglas und setzte schwungvoll seine Unterschrift unter das Schriftstück. Dann griff er zur Petschaft. Der angenehme Geruch des erwärmten Wachses erfüllte den Raum. Mit sicherer Hand drückte Haller dem Schreiben sein Siegel auf.

Nachdenklich hielt er die ausgefertigte Schrift in den Händen. Wie der Rat wohl die Anklage gegen Caritas Pirckheimer aufnehmen würde? Als das Wachs erkaltet war, stand er auf.

„Jakob!“ Der junge Gehilfe Hallers erschien im Türrahmen. „Lauf und bring dies in die Kanzlei im Rathaus! Aber beeile dich!“ Nikolaus Haller trat ans Fenster und blickte dem Burschen nach, bis er ihn im Gedränge aus den Augen verlor.

In der Ratskanzlei des Lazarus Spengler

„Dies entscheidet die Sache.“ Lazarus Spengler und Selbaldus Pfinzing blickten den jungen Ratsherren fragend an. Andreas Imhoff trat an den Schreibtisch des Ratsschreibers und legte seine Rechte auf das Schriftstück, das Spengler soeben in ihrem Beisein entsiegelt hatte.

„Eine Anklage gegen eine Äbtissin in unseren Mauern. Die Linien der aufständischen Bauern im Südwesten der Stadt. Wenn wir nicht handeln, werden es andere tun.“

Lazarus Spengler nickte bedächtig und trat an eines der geöffneten Fenster der Ratskanzlei. Bald würde die Sonne ihren höchsten Punkt erreicht haben. Auch der heutige Tag versprach beinah sommerliche Wärme. Dann wandte er sich wieder den beiden Männern zu. „Ihr meint also, Andreas Imhoff?“ – „Dass wir die Äbtissin von St. Klara zu den Vorwürfen befragen werden. Auch sie soll in dieser Sache gehört werden. So will es das Recht. Aber das Recht will auch, dass wir den Müttern ihre Kinder wiedergeben! Dies duldet keinen weiteren Aufschub.“

„Ihr werdet gehen?“ Die beiden Ratsherren nickten. „Und Bernhard Paumgartner?“ Der Hauch eines Lächelns spielte um den Mund des Ratsschreibers. „Sicher brennt er darauf, euch in dieser Sache zu begleiten.“

Sebaldus Pfinzing und Andreas Imhoff wechselten einen beredten Blick. Schließlich sagte der alte Ratsherr mit scheinbar gleichmütiger Stimme: „Vielleicht ist es besser, wenn der Rat nur Andreas Imhoff und mich mit dieser Angelegenheit betraut. Außerdem – Paumgartner hat doch bereits die Inspektion des klösterlichen Brauhauses unter sich. Wer weiß, wie viele Mühen ihn dies noch kosten wird! Wir wollen ihn nicht über Gebühr belasten.“

Im Haus des Philipp Melanchthon

Katharina Melanchthon hastete die Stufen zur Stube hinauf. Sie war länger fortgeblieben, als sie gedacht hatte. Margareta und den kleinen Philipp hatte sie in Dorotheas Obhut gelassen und war selbst in die Stadt gegangen, um für Philipp neue Schreibfedern und Papier zu besorgen. Auf dem Rückweg hatte sie der Versuchung nicht widerstehen können und ein Körbchen mit Walderdbeeren gekauft. Auf der sonnigen Gasse zu stehen, den Geschmack der Erdbeeren auf der Zunge, das geschäftige Treiben um sich her zu betrachten, – sie hatte das Gefühl der Leichtigkeit und Freiheit von ganzem Herzen ausgekostet.

Nun aber war sie zurück. Die Stille im Haus verwunderte sie. Ob Philipp bereits zuhause war? Es war sicher schon später Nachmittag. Sie hoffte, dass er wegen der teuren Beeren nicht mit ihr schelten, sondern sich darüber freuen würde. Vielleicht konnte sie ihn für die nächsten Tage sogar zu einem Spaziergang an die Elbe überreden. Vielleicht könnten sie dort an den sonnigen Hängen selbst Erdbeeren suchen. Unwillkürlich musste sie lächeln. Ihn von seinem Schreibtisch fortzulocken, würde schwierig werden. Aber sie wollte es versuchen.

Katharina betrat ein wenig atemlos die Stube und blieb auf der Schwelle stehen. Ihr Gemahl war tatsächlich vor ihr nach Hause gekommen. Er stand an einem der Fenster und blickte auf die Straße hinaus. Beim Anblick seiner gebeugten Schultern, seines gesenkten Kopfes, verwandelte sich ihre Beschwingtheit in jähe Furcht. Hatte er sie nicht gehört? Warum drehte er sich nicht um? Wenn nun während ihrer Abwesenheit …

Ihr Herz begann wild zu schlagen. Mit wenigen Schritten war sie neben ihm am Fenster. „Ist etwas mit dem Kleinen? Mit Margareta?“

Ihr Mann drehte sich langsam um und schüttelte stumm den Kopf. Eine Welle der Erleichterung überflutete sie. Dennoch lag etwas in seinem Blick, das sie ängstigte. „Philipp, was ist geschehen?“ Sie forschte in seinem Gesicht. Sie konnte dessen Ausdruck nicht deuten. War es Erstaunen? Oder Zorn? Oder? – Dann sah sie den Brief.

Etwas schnürte ihr die Kehle zusammen. „Hat Pirckheimer geschrieben? Musst du nun doch nach Nürnberg?“

Philipp wandte sich von ihr ab, als wolle er ihr nicht antworten. Ein paar Augenblicke lang herrschte Schweigen. Dann sagte er mit gepresster Stimme: „Der Brief ist nicht aus Nürnberg. Er ist aus Wittenberg. Aus dem Schwarzen Kloster. Martinus. Er – hat geheiratet. Gestern Abend. Katharina von Bora.“

„Aber“ – Katharina stockte. Das Blut schoss ihr in die Wangen. Beide wussten, was sie sagen wollte und nicht auszusprechen wagte: Warum hast du nichts davon gewusst? Warum hat er dich nicht eingeladen? Warum Katharina von Bora?

Philipp drehte sich zu ihr um. Sie sah, wie sein Kinnmuskel zuckte. Sie spürte, wie viel Kraft es ihn kostete, ihr gegenüber die Fassung zu bewahren. „Cranach war sein Trauzeuge. In den Abendstunden wurde die Trauung vollzogen. Martinus bittet uns, in zwei Wochen zu einem Festmahl anlässlich seiner Trauung zu erscheinen.“

Katharina zögerte. Dann legte sie behutsam ihre Hand auf seinen Arm. Sie hoffte, er würde ihn nicht fortziehen.

„Ich sollte mich für ihn freuen“, sagte er rau. „Ich werde mich für ihn freuen. Aber es ist dennoch ein Schlag. Nenne es gekränkte Eitelkeit, Katharina. Aber wir sind doch befreundet – und ich habe nichts geahnt, er hat seine Pläne mit keiner Silbe erwähnt.“

„Und das Festmahl?“ Ihre Stimme klang vorsichtig.

Melanchthon nahm ihre Hände in die seinen. „Zu diesem werden wir natürlich erscheinen.“ „Und Nürnberg?“ Melanchthon lächelte sie an. „Du musst oft an die Nonnen dort denken, nicht wahr?“ „Ja. Es muss wohl an unserem kleinen Erasmus liegen – weil seine Schwester eine von ihnen ist.“ Katharina senkte den Kopf. „Ich will, dass du ihnen hilfst. Und ich will nicht, dass du gehst.“

Sanft strich er über ihre schlanken Finger. „Ich werde hinfahren. Aber nicht jetzt. Jetzt werde ich Luther antworten, dass wir seine Einladung gerne annehmen werden.“

St. Veitstag

Gudenstag, 14. Juni 1525

Auf den Straßen Nürnbergs

Die Helligkeit des Juniabends lag wie eine schimmernde Kuppel über den Dächern der Stadt. Nur wenig Menschen waren auf den Gassen unterwegs – die meisten Bürger der Stadt saßen wohl gerade bei der Abendmahlzeit.

Magdalena blieb auf der Fleischbrücke stehen und lehnte sich an das Geländer. Die Abendkühle stand über dem gurgelnden Wasser, das zwischen den Brückenpfeilern hindurch westwärts strömte. Ihr Herz schlug so heftig gegen ihre Rippen, dass ihr Brustkorb schmerzte. Aber sie hatte keine Zeit, sich auszuruhen. Sie musste weiter. Sie durfte nicht zu spät kommen. Wenn auch alles verloren schien.

Gestern noch hatten die Schwestern Hoffnung geschöpft. Nach dem Abendbrot am gestrigen Antoniustag waren die beiden Ratsherren Imhoff und Pfinzing im Konvent erschienen. Clara hatte ihr heute Morgen, als sie sich im Brauhaus begegnet waren, von dieser Unterredung berichtet.

Mit harten Vorwürfen waren beide der Äbtissin entgegengetreten. Im Beisein aller Schwestern hatten sie ihr die Anklageschrift des Advokaten Nikolaus Haller vorgetragen.

Caritas hatte sich ruhig, aber entschieden gegen die Anschuldigungen verwehrt – und die Ratsherren hatten ihr schließlich Glauben geschenkt. Sie hatten gar ihren Unwillen über den Advokaten und die Klägerinnen geäußert. Zu guter Letzt hatten sie Caritas sogar versprochen, sie auch im Rat von den Anschuldigungen freizusprechen!

Aber was half das angesichts dessen, was Sebald Pfinzing der Äbtissin als Letztes beschieden hatte: „Die Schwestern wollen mit ihren Vätern sprechen? Habe ich Euch recht verstanden? Seid unbesorgt. Das werden sie – ohne jedes Hindernis. In ihrer Väter Haus."

Bei diesen letzten leisen Worten ihres Berichtes hatte so viel Verzweiflung in Claras Augen gelegen, dass sie nicht gewusst hatte, was sie darauf erwidern sollte. Sie hatte sich nur brennend gewünscht, etwas für sie tun zu können.

Heute konnte, heute musste sie diesen Wunsch in die Tat umsetzen.

Es mochte etwa eine Stunde vor der Essenszeit gewesen sein. Sie war gerade auf dem Weg in die Klosterküche gewesen, um den Haferbrei für die Schwestern und Servitialen zu bereiten, als die Glocke im Pfortenhaus erklungen war. Fordernd, unmissverständlich. Kurz danach hatte Caritas sie rufen lassen.

Helena Ebner, Ursula Tetzel und Klara Nützel seien hier gewesen. Sie würden ihre drei Töchter binnen einer Stunde holen. Sie würden nicht alleine zurückkehren. Diesmal würden sie genug Gewalt aufbringen, um ihr Vorhaben zu einem Ende zu bringen.

Die Stimme der Äbtissin hatte gefasst geklungen, aber Magdalena hatte gesehen, wie ihre Hände gezittert hatten.

„Lauf zum Rathaus! Bitte Sebaldus Pfinzing und Andreas Imhoff, dass sie sich sofort bei uns einfinden!“ Leiser hatte sie hinzugefügt: „Wenn wir uns schon nicht wehren können, so soll dieses Unrecht doch nicht ohne Zeugen geschehen.“

Sie hatte sich schon zum Gehen gewandt, als die Äbtissin sie noch einmal zurückgerufen hatte. „Magdalena! Wenn du im Rathaus gewesen bist – dann bitte auch Christoph Koler! Er wohnt mit seiner Gemahlin im Rieterschen Haus am westlichen Ende des Herrenmarktes. Der Himmel gebe, dass er mit dir kommen kann!“

Magdalena presste die Hand auf ihre schmerzende rechte Seite. Dann begann sie zu laufen.

Im Klarakloster zu Nürnberg

Alle Schwestern hatten sich im Refektorium versammelt. Sie umgaben die drei jungen Nonnen wie eine lebendige Mauer. So wie die sieben Engel den heiligen Veit vor seinem grimmigen Vater beschützten, schoss es Clara durch den Kopf. Margarete hielt ihre Hand so fest umklammert, dass es weh tat. Katharina stand Schulter an Schulter an ihrer anderen Seite.

„Und wenn wir uns verstecken?“ Die Worte waren unwillkürlich über ihre Lippen gekommen. Sie fühlte, wie Margarete den Druck ihrer Hand verstärkte. Einen Augenblick war es still, als hielten alle Schwestern den Atem an. Ihre Blicke waren auf die Äbtissin gerichtet. Nach ein paar Augenblicken, die ihr endlos erschienen, schüttelte Caritas den Kopf. „Wenn ihr euch versteckt …“ Sie brach ab.

Ihre Schwester Clara vollendete den Satz. „Dann werden sie euch suchen. So lange, bis sie euch gefunden haben. Sie werden nichts und niemanden schonen.“ Clara Pirckheimers Augen standen voller Tränen. Sie hatte nur ausgesprochen, was sie alle wussten.

Magdalena lief die Stufen des Rathauses hinab. Ihr Herz klopfte wild. Es war ein glücklicher Zufall gewesen, dass sie Sebaldus Pfinzing und Andreas Imhoff in der Kanzlei des Ratsschreibers angetroffen hatte. Beide hatten ihr versprochen, dass sie sich ohne Aufschub auf den Weg zu St. Klara machen würden. Sie konnte nur hoffen, dass die Männer Wort halten würden.

Magdalena hob den Kopf und legte die Hand über die Augen. Noch stand die Abendsonne am westlichen Firmament. Wie spät mochte es sein? Ob die Mütter der drei Nonnen bereits zum Kloster zurückgekehrt waren?

Das Rietersche Haus, das zu den prächtigsten am ganzen Herrenmarkt zählte, lag nur noch wenige Schritte entfernt.

Magdalena versuchte, ihren fliegenden Atem zu bezwingen, als sie an die große geschnitzte Eingangstür klopfte.

Endlich hörte sie leichte Schritte. Als einer der Türflügel sich einen Spalt öffnete, erwartete sie, eine der Mägde des Hauses zu sehen. Die Frau, die vor ihr im Türrahmen stand, musste jedoch die Herrin des Hauses selbst sein. Einen Moment starrte Magdalena sie an, verblüfft von der Schönheit ihres Gegenübers. Auch in einem einfachen Gewand hätte Magdalena diese Frau schön gefunden.

Das Abendlicht ließ deren helle, beinah durchscheinende Haut schimmern. Die schwere goldene Kette, die aus unzähligen, sich an den Händen haltenden Meerjungfrauen gefertigt war, schlang sich um ihren zarten Hals. Die schmalen Schultern waren nur von einem weiß schimmernden Hemd bedeckt, das aus dem tiefen Ausschnitt ihres dunkelgrünen Kleides hervorschaute. Unter der mit Silberfäden durchwirkten Haube hatten sich einige rotblonde Strähnen gelöst.

Magdalena senkte rasch den Blick. „Ihr müsst Margareta Koler sein. Bitte verzeiht, dass ich Euch so spät aufsuche. Caritas Pirckheimer schickt mich zu Euch. Sie bittet inständig, dass Euer Gemahl sich sofort zum Klarakloster aufmachen möge, um als Zeuge anwesend zu sein, wenn –“ „Aber hat man die Äbtissin nicht unterrichtet, dass mein Mann nicht hier ist?“, fragte Margareta Koler. „Wenn Ihr mir sagt, wo ich ihn finden kann – “

Wieder unterbrach sie die andere: „Aber Christoph ist nicht hier! Er ist nicht in Nürnberg. Der Rat hat ihn nach Mailand geschickt!“ „Nach Mailand?“, fragte Magdalena verständnislos. Margareta Koler nickte. „Er ist schon eine ganze Weile fort. Er soll dort den Friedensverhandlungen zwischen dem französischen König und dem Kaiser beiwohnen. Ich weiß selbst nicht, wann er zurück sein wird.“

„Dann gibt es keine Hoffnung mehr für die drei“, flüsterte Magdalena tonlos. Die Patrizierin sah ihr fragend ins Gesicht. Dann jedoch trat sie einen Schritt zurück und wies mit der Hand hinter sich. „Wollt Ihr nicht hereinkommen und mir in Ruhe erklären, was Euch zu mir führt?“

Einen Moment zögerte Magdalena. Die Regel verbot ihr, der Frau zu folgen. Aber vielleicht konnte sie so den Schwestern helfen? Ohne sich weiter zu besinnen, folgte sie Margareta Koler ins Innere des Hauses.

Im Klarakloster zu Nürnberg

Das Licht des scheidenden Tages erfüllte das Refektorium, die Wärme des Juniabends drang durch das geöffnete Fenster. Clara sah die Schwestern, die sie umringten, und sie sah sie nicht. Sie hörte ihr Weinen und hörte es doch nicht.

Schon einmal hatte sie sich so gefühlt. Damals, als Novizin, als sie mit hohem Fieber im Siechenhaus gelegen hatte. Sehen und Hören hatten damals an Bedeutung verloren. Was ihr geblieben war, waren die Sinne des Riechens, des Fühlens, des Schmeckens gewesen.

Hatte jenes Fieber wieder von ihr Besitz ergriffen? Hatte es sie blind und taub zurückgelassen, doch mit jener seltsamen Klarheit, mit der sie wahrnahm, was ihr geschah: Der vertraute Geruch der groben Wolle ihrer Kutte. Er war fort. Das leichte, so gewohnte Gewicht des Schleiers, den man ihr vom Kopf nahm. Über sechs Jahre war dies ein Teil von ihr gewesen. Der Geschmack der Tränen auf ihrer Zunge.

Ein Schluchzen riss sie aus ihren Empfindungen. Sie sah zu Margarete. Sie sah in ihr eigenes Spiegelbild: Eine junge Frau in einem langen leinenen Hemd. Statt des Strickes, mit dem sie sonst die Kutte gegürtet hatte, trug sie nun einen weltlichen Gürtel um den Leib. Der kahl geschorene Kopf verborgen unter einer schlichten Haube.

Sie sah, wie Caritas der Priorin und einigen der anderen Ratsschwestern zunickte. Die Äbtissin streckte die Hände nach ihnen aus. Sie ließ sie kraftlos wieder sinken, als wollte sie nicht, dass sie ihr folgten. Es schien sie all ihre Kraft zu kosten, als sie schließlich leise sagte: „Nun seid ihr bereit. Lasst uns in der Kapelle auf sie warten.“

Auf den Straßen Nürnbergs

Magdalena hastete durch die verschlungenen Gassen des Milchviertels. Sie fürchtete sich vor der einbrechenden Dunkelheit. Nur noch ein schmaler Streifen des goldenen Abendlichtes erhellte den Himmel, der sich in wolkenloses samtenes Schwarz zu hüllen begann. Bis endlich der Mond aufgehen würde, wollte sie längst wieder in den schützenden Mauern des Klosters sein. Vielleicht könnte er jetzt bereits dort sein, geborgen vor den Schatten, wenn sie ihn nur zuhause angetroffen hätte!

Aber in dieser Nacht schien sich alles gegen sie verschworen zu haben. Immer wieder hatte sie an das breite Portal geklopft, bis ihr endlich eine ältliche Magd die Tür geöffnet hatte. Es war ihr endlos erschienen, bis die Frau endlich ihr Anliegen begriffen hatte. Dann jedoch war ihre Antwort kurz und einsilbig gewesen. Ihr Herr sei fortgegangen.

Magdalenas graue Augen verengten sich. Sie hätte am liebsten vor Verzweiflung gelacht. Fort also. Fort auch er. Immerhin nicht nach Mailand. Die Magd hatte ihr schließlich unwillig den Weg beschrieben.

Einen Moment blieb die junge Servitiale stehen. Caritas hatte sie um diesen Gang nicht gebeten. Aber nun, wo sie allein wusste, dass auf Kolers Hilfe nicht zu zählen sein würde, musste sie ihn holen. Selbst ohne Auftrag und Wissen der Äbtissin. Magdalena ging zögernd weiter und bog in die Vordere Füll ein. Bald würde sie den Milchmarkt erreicht haben.

Im Hause des Albrecht Dürer

Willibald Pirckheimer beugte sich über die Skizze, die Albrecht ihm reichte. An diesem Abend hatten sie nur wenig miteinander gesprochen. Schon bei der Begrüßung auf der Schwelle der Werkstatt hatte ihn die Hitze in den Händen des anderen erschreckt. Ein Blick in sein vom Fieber gerötetes Gesicht genügte, um seine Angst zu schüren. Vielleicht würde es Albrecht morgen früh wieder besser gehen, wenn er nur jetzt ins Bett ginge. Aber es war, als wolle ihn der Freund nicht gehen lassen. Albrechts Finger fuhren wie fragend über die Linien der Zeichnung.

„Ich weiß nicht, wann ich die Kraft finde, es zu vollenden. Aber es soll ein Geschenk werden. Mein Vermächtnis." Für einen Moment griff Dürer nach seiner Hand. Sein Druck war hart, beinahe schmerzhaft. „Du wirst dafür sorgen, dass sie es nicht aus der Hand geben? Dass sie es nicht zu Geld machen?" Sein Lachen klang mühsam. Willibald wusste nicht, wie er darin einstimmen sollte.

Als habe er den Freund nicht gehört, wies er auf das Blatt in seinen Händen. „Und die Bibel? Die Bibel in den Händen des Paulus. Warum ist sie – “ „Geschlossen?“ Albrecht richtete sich in seinem Stuhl auf. Seine schmalen Hände zitterten. „Sie muss geschlossen sein. Siehst du nicht das Schwert, das er in seiner Rechten hält?“

Wie von plötzlicher Müdigkeit übermannt, lehnte er sich zurück. „Sie muss geschlossen sein.“ Seine Stimme erstarb zu einem Flüstern. „Du weißt doch, was Jesus im Garten Gethsemane gesagt hat, zu jenem seiner Jünger, der zum Schwert griff? *Omnes enim* – “

Ein energisches Klopfen unterbrach ihn. Noch ehe die Männer antworten konnten, stand Susanne auf der Schwelle. Das Weiß ihrer Haube schimmerte im Dunkel, das in der Diele herrschte.

Susanne suchte Pirckheimers Blick. „Ihr müsst sofort zum Klarakloster gehen. Man hat Euch gesucht. Sie kommen sie holen. Noch in dieser Nacht.“

Vor dem Klarakloster zu Nürnberg

Schon auf der Höhe des Zeughauses hatte sie das Lärmen gehört, das aus der Klaragasse drang. Im letzten Moment hatte sie zur Seite springen können, als ein mit zwei Pferden vorgespannter Wagen an ihr vorbeifuhr. Atemlos drückte sie ihren schmalen Leib an eine Hauswand, als noch zwei weitere Wagen dem ersten folgten. In das Geräusch der Wagenräder und der klappernden Hufe mischte sich das Johlen der Menge.

Ohne auf ihre schmerzenden Füße zu achten, begann sie noch einmal zu laufen. Als sie in die Klaragasse einbog, prallte sie zurück. Auf dem Platz vor der Kirche drängte sich eine solche Menschenmenge, dass die Kutscher auf den Wagen Mühe hatten, mit ihren Gefährten in die Nähe der Kirchentür vorzudringen. In der Dunkelheit, die nur vom flackernden Licht unzähliger Fackeln erhellt wurde, konnte sie die Gestalten, die nun von den Wagen stiegen, nur schwer erkennen. Aber sie wusste auch so, wer unter ihnen sein musste.

Heilige Mutter Gottes! Wo waren Imhoff und Pfinzing? Waren die Ratsherren doch nicht gekommen? Hatten sie ihr nicht ihr Wort gegeben? Magdalena schlüpfte durch die gegen die Kirche zu immer dichter stehende Menge. Sie war bis auf wenige Schritte zum westlichen Eingang vorgedrungen, als sie endlich die ernsten, unbeweglichen Gesichter der beiden Ratsherren ausmachen konnte. Sie standen nur eine Armeslänge von ihr entfernt.

Die eine der Frauen, die vom zweiten Wagen gestiegen war, legte eine Hand auf die Schulter des jungen Imhoff. Wie auf ein geheimes Zeichen wurde es stiller, als wollten auch alle anderen hören, was Ursula Tetzel zu sagen hatte. Ihre Stimme war nur ein eindringliches Flüstern, aber Magdalena stand nahe genug, um sie zu verstehen.

„Geht hinein. Sagt Caritas Pirckheimer, sie möge unsere Töchter zum Gartentor hinauslassen. Nicht hier. Nicht unter all diesen Zeugen."

Auf den Straßen Nürnbergs

Der erste Teil des Weges hatte bergab geführt. Nun aber hatte er die Pegnitz erreicht und den Anstieg zum Kloster vor sich. „Du könntest einen Sankt Georg brauchen, Schwester", dachte er grimmig, „nicht einen alten, gichtgeplagten Bruder." Willibald Pirckheimer rang nach Atem. Für einen Moment suchte er Halt am Brückengeländer. Dann aber schüttelte er unwillkürlich den Kopf. Auch der heilige Georg trug ein Schwert.

Er wischte sich den Schweiß von der Stirn. Die letzten Worte Albrechts hatten ihn auf dem ganzen Weg verfolgt: „Du weißt doch, was Jesus im Garten Gethsemane gesagt hat, zu jenem seiner Jünger, der zum Schwerte griff?" Natürlich kannte er die Worte aus dem heiligen Evangelium, doch hatte er noch nie in der Tiefe über sie nachgedacht. Vielleicht hatte sein eigenes aufbrausendes Wesen, seine eigene Leidenschaft für den Krieg ihn daran gehindert.

Nun aber formten seine Lippen lautlos die Worte, die der Freund hatte sagen wollen, die Worte Jesu: *Omnes enim, qui acceperint gladium, gladio peribunt. Alle nämlich, die zum Schwert greifen, werden durchs Schwert umkommen.* Ein Schauder überlief ihn. Willibald blickte zum Nachthimmel empor. Er war übersät mit Sternen. Als hätte man die Stadt unter eine perlenbesetzte Decke gebettet.

Dies also war Albrechts Vermächtnis für seine Vaterstadt. Aber würde sie ihm Gehör schenken? In diesem Augenblick wuchs in ihm die bange Gewissheit: Und selbst wenn … Es würde zu spät kommen. Willibald hastete weiter.

Vor dem Klarakloster zu Nürnberg

Magdalena spürte, wie ein irrsinniges Bedürfnis zu lachen in ihr aufstieg, als sie in die hilflosen Gesichter der beiden Ratsherren blickte, die mit dem Rükken zur Kirchentür standen. Soeben waren sie zu den drei Müttern und ihren Begleitern zurückgekehrt.

Andreas Imhoff dämpfte seine Stimme nicht, als er zu Ursula Tetzel gewandt sagte: „Die Äbtissin hat uns gebeten, Euch das Folgende auszurichten: Durch die Kapellentür hat sie die Mädchen aufgenommen. Müssen sie wieder hinaus, so soll es eben dort geschehen. Nicht durch eine Gartenpforte! Tut Ihr recht, so müsst Ihr Euch dessen nicht schämen."

„Dann sei es so, wie die Äbtissin es wünscht." Ursula Tetzels Stimme klang heiser vor Ärger. „Wir müssen niemanden scheuen. Führt uns zu ihnen in die Kirche."

Fronleichnam

Phincztag, 15. Juni 1525

Auf den Straßen Nürnbergs

Seit er den Fluss überquert und die Barfüßerkirche hinter sich gelassen hatte, war es nicht länger zu übersehen: Von allen Seiten strömten die Menschen aus ihren Häusern und den kleinen Seitengässchen des Lorenzer Viertels.

Es musste kurz nach Mitternacht sein. In den letzten Stunden schien sich die Nachricht von der Herausnahme der drei Nonnen wie ein Lauffeuer in der gesamten Stadt verbreitet zu haben.

Pirckheimer blickte in die Gesichter um sich herum. Gab es irgendjemanden in dieser schiebenden und aufgestachelten Masse von Menschen, den etwas anderes trieb als blanke Neugier oder unverhohlener Hass? Einen Moment lang glaubte er, er könne nicht weiter. Ihm war, als raubten ihm die rohen, entfesselten Kräfte, die er um sich spürte, den Rest seiner eigenen, fast erschöpften Kraft. Aber er durfte sie nicht im Stich lassen. Er durfte den anderen nicht das Feld überlassen.

Im Klarakloster zu Nürnberg

Still war es gewesen in der letzten Stunde, in der sie gewartet hatten. Dann war das Lärmen vor der Kirche auch bis zu ihnen gedrungen, immer lauter und lauter und doch fern, unwirklich.

Das Geräusch des Schlüssels, den Schwester Sabina im Schloss der Tür drehte, die vom Kreuzgang in die Kapelle führte, klang überlaut in ihren Ohren.

Alles schien fremd und fern, selbst der altvertraute Raum der Kapelle, in den sie nun trat. Oder war sie selbst bereits eine Fremde geworden, seit man ihr die Kutte fortgenommen hatte? Waren wirklich nur ein paar Wochen vergangen, seit sie dort mit Margarete am Altar gestanden hatte, damals am Tag vor Lichtmess? Wie still es an jenem Abend gewesen war.

Ein Ruf erscholl aus der Kirche. „Caritas Pirckheimer! Seid Ihr da?“ War das die Stimme der Mutter gewesen? „Ich bin hier“, ließ sich Caritas vernehmen.

„Kommt mit unseren Kinder in die Kirche!" „Nein."

Nun hörte man eine andere Frauenstimme jenseits der Tür: „Dann sollen unsere Kinder alleine zu uns kommen. Jetzt, ohne weiteren Aufschub. Bevor noch mehr Volk zusammenläuft." Ein Blick in Margaretes Gesicht sagte ihr, dass dies Ursula Tetzel gewesen sein musste.

Die Äbtissin stand nun an der Tür zur Kirche. Sie stützte die Stirn gegen den gemauerten Türstock. „Sebaldus Pfinzing und Andreas Imhoff mögen zu uns hereinkommen und die Kinder nötigen, zu euch zu kommen. Von mir verlangt dies nicht."

Ein schwerer Atemzug hob ihre gebeugten Schultern. Oder war es ein Schluchzen? Die Äbtissin öffnete die Tür zur Kirche einen Spaltbreit. Einen Augenblick später standen Imhoff und Pfinzing an ihrer Seite. Clara wagte nicht, sie anzublicken. Sie fühlte sich nackt und schutzlos in dem dünnen weißen Hemd.

„Da stelle ich euch meine armen Waislein hin. Es ist der Wille des Rates, nicht der meine." Mit wenigen Schritten war Caritas plötzlich an ihrer Seite. Für einen Augenblick trafen sich ihre Blicke. „Der Herr möge dich segnen und behüten. Bis wir uns wiedersehen." Eine Berührung an der Stirn, auf ihrem Kopf, so leicht und flüchtig, als sei sie nicht gewesen.

Clara hob den Kopf und sah, wie Margarete die segnende Hand der Äbtissin umklammert hielt. „Lasst uns nicht fort!", schluchzte sie.

Die Äbtissin wandte sich ab. Das Geräusch des Schlüssels, der sich im Schloss drehte. Nun waren sie allein.

Im Haus des Christoph Koler

Seit die junge Servitialschwester ihr Haus verlassen hatte, war Margareta Koler ruhelos in ihrer Kammer auf- und abgegangen. Endlich hatte sie sich eine Weile auf ihr Bett gelegt. Sie musste kurz eingenickt sein.

Die junge Frau trat ans Fenster und strich ihre vom Schlaf verwirrten Flechten aus dem Gesicht. Sie fühlte, wie das Blut durch ihre Adern pulsierte. Unwillkürlich legte sie ihre Rechte auf ihren Bauch.

Vor den Fenstern war es noch immer stockdunkel. Dichte Wolken waren heraufgezogen.

Sie wusste nicht, was sie tun sollte. Sie wollte noch eine Weile warten.

Waren sie eben noch allein in der Kapelle gewesen, allein mit den beiden Ratsherren? Dort stand die Mutter. Sie war die erste gewesen, die die Tür zur Kapelle aufgestoßen hatte. Andere waren ihr gefolgt. In dem nur spärlich erleuchteten Raum wirkten ihre Gestalten wie ungreifbare Schatten. Clara mühte sich, zu begreifen, wer sie waren.

Dort war Ursula Tetzel, an ihrer Hand eine junge Frau, deren hellgrüne Augen sie als eine von Margaretes älteren Schwestern verriet. Helena Ebner, Katharinas Mutter, stand Seite an Seite mit einer Frau, die sie nicht kannte.[4]

Auch der Mann, der sich nun neben Sebaldus Pfinzing stellte, war ihr unbekannt, aber die Ähnlichkeit zwischen ihm und dem alten Ratsherren war unübersehbar.

Ihr Blick kehrte zu ihrer Mutter zurück. Ein Mann stand unmittelbar hinter ihr, als wolle er sie beschützen. Aber es war nicht die breite, leicht gedrungene Gestalt des Vaters: Klara Nützel war in Begleitung ihres Bruders Linhardt Helt gekommen.

Clara wurde von einer seltsamen Empfindung erfasst, die für einen Augenblick stärker war als ihre Furcht. War es Erleichterung oder Enttäuschung? Sie wusste es nicht. Aber was sie geahnt hatte, hatte sich bewahrheitet: Der Vater war nicht gekommen.

Aber auch ohne ihn waren sie hier; wie eine geschlossene Front standen sie ihnen gegenüber. Fühlte Ursula Tetzel ihre Überlegenheit? Ihre Stimme, die vorhin noch aufgeregt und schrill durch die geschlossene Tür zu ihnen gedrungen war, klang nun gefasst und ruhig, so, als erwarte sie keinen Widerspruch: „Es ist eure Pflicht, uns zu folgen. Als unsere Kinder seid ihr uns Gehorsam schuldig, wie es das vierte Gebot des Mose bezeugt. Eure Seelen in der Hölle zu wissen, eure Leiber im Rachen des Teufels! Wir sind eure Mütter –, wir werden unser Gewissen nicht länger mit dieser Sünde beschweren!“

Clara spürte, wie Margarete neben ihr schwankte. Sie konnte nicht länger schweigen. Ihre Worte waren ein beinah unhörbares Flüstern: „Wir sind nicht in der Hölle.“

„Und dennoch schuldet ihr uns Gehorsam!“ Helena Ebner trat einen Schritt nach vorne. Ihre dunklen Augen blitzten. Ihr Blick suchte den ihrer Tochter.

4 Es handelt sich um die Frau des Sigmund Fürer, also um Margaretes Tante, die Clara wohl eher nicht gekannt hat.

Katharina senkte den Kopf nicht. „Du bist Mutter meines Fleisches und nicht meines Geistes, denn du hast mir nicht meine Seele gegeben. Darum schulde ich dir keinen Gehorsam in Dingen, die gegen meine Seele sind."

Helena Ebner starrte ihre Tochter an. Dann brach sie in Gelächter aus.

Mit ein paar schnellen Schritten stand plötzlich Linhardt Helt neben Clara. Auf seinem Gesicht, durch Pockennarben entstellt und mit seinen kühnen Linien und den zwingenden blauen Augen dennoch von eigenartiger Schönheit, lag ein seltsamer Ausdruck.

„Euch Klarissen ist also um eure Seele bange?" Er lachte spöttisch. „Wenn es weiter nichts ist! Hier, Clara, schlag ein!" Linhardt hielt ihr die Rechte hin. „Alle Sünden, die du in der Welt tun wirst – ich werde sie gerne auf mich nehmen am Tag des Jüngsten Gerichts!"

Clara wich entsetzt zurück. Sie stolperte. Katharina hielt sie fest. Für den Bruchteil eines Augenblicks schmiegte die Freundin ihren Kopf an ihren Nakken. Dann gab sie sie frei. Als wolle sie die beiden anderen beschützen, trat sie zwischen sie und Helt.

Für einen Augenblick maß sie ihr Gegenüber mit den Augen. Dann begann sie zu sprechen, leidenschaftlich und furchtlos: „Habt Ihr nicht in der Heiligen Schrift gelesen, Linhardt Helt? *Was nützte es dem Menschen, wenn er die ganze Welt gewönne und nähme doch Schaden an seiner Seele?* Mir scheint, dass Ihr ein wenig leichfertig mit Eurer und anderer Menschen Seele umzugehen pflegt!"

„Man wird euch an Händen und Füßen binden und hinaustragen wie die Hunde!", stieß Linhardt Helt roh hervor.

Katharina schenkte ihm keine weitere Beachtung. Sie trat auf ihre Mutter zu. „Und Ihr, Helena Ebner. Für Eure mütterliche Fürsorge in meinen Kindertagen, auch für die Wehen bei meiner Geburt schulde ich Euch Dank. Aber verdanke ich Euch mein Leben? Ich verdanke es Gott, der mich geschaffen hat und erhält. Im Psalter steht geschrieben: *Denn du hast meine Nieren bereitet und hast mich gebildet im Mutterleib. Ich danke dir dafür, dass ich wunderbar gemacht bin; wunderbar sind deine Werke, das erkennt meine Seele.*"

Sie holte einen Moment Atem. In der Kapelle herrschte Totenstille. Katharina ging noch einen Schritt auf die Mutter zu. Ihre braunen Augen waren fast schwarz. „Ihr sprecht von Gehorsam, den wir euch schulden, weil ihr unsere Mütter seid. Kennt ihr nicht die Worte unseres Herrn Jesus Christus, die er seiner Mutter und seinen Brüdern zuruft, die ihn für sich zurückfordern wollen?" Nun klang ihre Stimme mit einem Mal heiser, tränenerstickt: *Wer ist meine Mutter, und wer sind meine Brüder?*

Katharina wandte sich langsam zu Margarete und Clara um. Die Fortsetzung des Bibelverses schien sie allein für sie zu sprechen, so als wären nur sie drei in der Kapelle: *Das ist meine Mutter, und das sind meine Brüder.*

Ihre Augen trafen sich, als Katharina leise hinzufügte: „Ihr seid meine Schwestern."

***

„Ihr *müsst* noch einmal mit uns kommen. Ich beschwöre euch!" Andreas Imhoff lehnte mit dem Rücken an der kleinen Tür, die von der Klausur in die Kapelle führte, als wolle er mit seinem eigenen Körper die Menschen dort draußen daran hindern, ins Kloster zu gelangen.

Sebaldus Pfinzing nickte. Er wirkte mit einem Mal sehr alt. „Kein Teil will dem anderen weichen. Katharina Ebner gebärdet sich so trotzig und wild, dass kein trockener Faden mehr an ihrem Leib ist." Er blickte seinen Begleiter kurz an, dann sagte er schließlich rau: „Hätten wir vorher gewusst, was auf uns wartet, wären wir nicht für dreißig Gulden gekommen. Gott gebe, dass man mich mein Lebtag niemals mehr zu solch einer schimpflichen Sache drängen mag."

Caritas schwieg. Umringt von den Schwestern stand sie unbeweglich an einem der Kreuzgangfenster.

Andreas Imhoff löste sich von der Kapellenpforte und trat auf die Äbtissin zu. „Ich pflichte Sebaldus Pfinzing bei. Und doch –. Wenn die Mütter jetzt ihren Willen nicht bekommen, wird Euch und dem ganzen Konvent Verwüstung und Gewalt drohen! Ehrwürdige Mutter –"

Der junge Ratsherr stockte kurz, dann sprach er weiter: „Ehrwürdige Mutter, nur Ihr könnt die Mädchen überzeugen. Vielleicht fühlen sie sich im Gehorsam gegen Euch gebunden? Vielleicht rührt daher ihre trotzige Weigerung? Wenn Ihr sie lossprecht …"

Caritas unterbrach ihn mit einer Handbewegung. Weniger Ungeduld als Erschöpfung sprach aus ihren Worten: „Ihr habt mir nicht zugehört, Andreas Imhoff. Schon einmal habe ich versucht, Euch begreiflich zu machen, dass ich keine Macht habe, etwas aufzulösen. Ich bin es nicht, der sie Gehorsam schulden."

Sebaldus Pfinzing ergriff ihre Hand. „Dennoch: Kommt mit in die Kapelle! Damit die Frauen sehen, dass Ihr keine Schuld habt am Widerstand ihrer Töchter. Fürchtet Euch nicht." Auf seiner Stirn erschien eine grimmige Falte. „Gegen den Übermut der Frauen wollen wir Euch beschützen."

***

Margarete wandte keinen Blick von der Äbtissin, die gestützt von Sebaldus Pfinzing auf die drei Frauen zutrat.

Sie hatte es gewusst. Caritas' Flucht vorhin konnte nicht der Abschied gewesen sein. Katharinas Worte waren nicht ungehört verhallt.

Die Äbtissin erhob ihre Stimme: „Ich habe dem Willen des Rates gehorcht. Gott weiß, dass es mein Wille und der Wille eurer Töchter nicht ist." Caritas wandte sich zu den Mädchen um. „Dort stehen eure Kinder. Frei. Nun seht, wie gerne sie euch folgen."

Die Stimme der Mutter überschlug sich: „Frei!" Ihr sonst so blasses Gesicht war vor Erregung gerötet. „Wir wissen, mit welchen Banden Ihr unsere Töchter zu halten versucht! Sprecht sie frei, hier vor uns als Zeugen!"

Ohne auf Ursula Tetzel zu achten, ging Caritas auf sie zu. „Liebe Kinder, ich habe es bereits getan, aber ich tue es noch einmal: Ihr seid mir nichts schuldig! Was ihr Gott gelobt habt, das – "

„Das genügt!", fiel Linhardt Helt der Äbtissin ins Wort. „Diese Gelübde sind ohnehin ohne Bedeutung! Die Taufe allein ist das einzig gültige, unverbrüchliche Band zwischen Gott und den Menschen."

Verzweifelt ergriff Margarete Caritas' Hände: „Liebe Mutter, treibt uns nicht von Euch! Liebe Mutter …"

Aus den Augenwinkeln sah sie, wie ein Zucken über Ursula Tetzels Gesicht ging. Margarete begann am ganzen Leib zu zittern. Noch nie hatte sie Caritas so voller Verzweiflung sprechen hören. „Ich möchte euch helfen. Aber ich kann es nicht. Sie werden den ganzen Konvent –. Ich befehle euch unter Jesu Fittiche. Von ihm kann euch niemand trennen, auch wenn man euch von uns fortreißt." Margarete war es, als tue sich der Boden unter ihr auf.

Da hörte sie Katharinas Stimme. Sie sprach ruhig, jedes Wort betonend: „Hier stehe ich und will nicht weichen, weil wider das Gewissen etwas zu tun weder sicher noch heilsam ist. Gott helfe mir."

Die Worte Luthers. Die Worte auf dem Reichstag zu Worms. Margarete kämpfte gegen den Schwindel. Nun würden sie kommen. Dies konnten sie Katharina nicht verzeihen.

Ohne ein weiteres Wort hatten Helena Ebner und ihre Begleiterin Katharina ergriffen.

Linhardt Helt packte Clara und begann sie unbarmherzig hinter sich herzuschleifen.

Ein seltsamer Laut war zu hören. Hatte die Äbtissin geschrien? Dort standen Schwester Sabina und Clara Pirckheimer. Aber Caritas war fort.

Nun waren die Mutter und die Schwester neben ihr. Margarete hatte keine Kraft, sich zu wehren.

Sie hört Katharina rufen, unbändig, ungebrochen: „Kein Mensch soll mich herausbringen können! Zieht man mich aber mit Gewalt heraus, so soll es mein Wille nicht sein. Gott im Himmel und aller Welt auf Erden will ich es klagen."

Sie hört Claras Schmerzensschrei, als Linhardt Helt sie die Stufen in der Kapelle hinabstößt. Sie hört das Reißen von feinem Stoff.

Sie selbst jedoch ist wie gefühllos. Als sei sie nicht hier. Als sähe sie wie von fern auf eine Fremde.

Im Kirchhof vor der Klarakirche

Endlich hatte Willibald Pirckheimer das Kloster erreicht. Er war es gewohnt, dass man ihm auf der Straße Platz machte. Nun hatte er sich mühsam vorankämpfen müssen im Gewirr der Menschen. Wie viele mochten es sein, die in der Dunkelheit zum Klarakloster strömten? Hundert, zweihundert? Er hatte befürchtet, seine Füße würden ihm den Dienst verweigern, er würde zwischen den sich vorwärts drängenden Leibern zu Boden sinken.

Nun war er hier. Auch wenn er es nicht geschafft hatte, bis zur Kirchentür vorzudringen, trennten ihn von dort doch nur noch wenige Schritte. Von drinnen ertönten Schreie. Sie klangen verzweifelt, hoffnungslos.

Wie wenn man einen armen Menschen zu Tode führt, dachte er unwillkürlich. Dann war noch etwas anderes zu hören: Eine Frauenstimme, die rhythmisch zu sprechen begann. Die Worte selbst konnte man nicht verstehen.

„Sie segnen sie hinaus. In aller Riten Namen", murmelte jemand neben ihm mit tonloser Stimme. Willibald blickte sich um. Der Mann, der diese Worte gesprochen hatte, kam ihm bekannt vor. War dies nicht der Advokat Nikolaus Haller?

Willibald lag eine Erwiderung auf den Lippen, als plötzlich die Kirchentür aufgestoßen wurde.

Ein Knäuel von Menschen drängte heraus. Dies mussten sie sein. Wie betäubt ging Margarete Tetzel zwischen ihrer Mutter und ihrer Schwester. Kurz darauf sah er Clara Nützel, die Tochter des Pflegers. Der dünne, zerrissene Stoff ihres weißen Rockes war an den Knien blutverschmiert. Ihre Haube war heruntergerissen und gab ihren kahlen Schädel frei. Als letzte wurde Katharina Ebner von Pfinzings Sohn an den Schultern hinausgezerrt. Sie schien unverletzt. Als jener sie über die Kirchenschwelle stieß, gelang es ihr, sich noch einmal loszureißen. Für einen kurzen Augenblick ergriff sie Claras Hand.

Dann riss sie der junge Mann wieder zurück und stieß sie zu einem der drei Wagen, die am Kirchenportal standen.

Erst jetzt erblickte Pirckheimer den alten Pfinzing und Andreas Imhoff. Zögernd standen sie auf der Schwelle der Kirchentür, als hätten sie nichts mit dem zu schaffen, was vor ihren Augen geschah. Er kämpfte gegen den Wunsch, sie anzuschreien. Wenn er nur selbst – Willibald Pirckheimer unterdrückte einen Fluch. Die Menge vor ihm war undurchdringlich.

Nun wurde Clara Nützel auf einen der Wagen gehoben. Ihr zerrissener, von Blut und Schmutz bedeckter weißer Rock leuchtete im Schein der Fackeln. Konnte sie ihn inmitten all der Menschen erkennen? Ihm war, als suchten ihre Augen die seinen, als gälte ihr Ruf ihm: „Helft uns doch! Mein Wille ist es nicht! Heilige Mutter Gottes!"

Er war unfähig, sich zu rühren. Zugleich bemerkte er, wie eine Veränderung durch die Menge ging. Der dichte Ring der gedungenen Landsknechte schien unmerklich zurückzuweichen, als zögerten sie, ihren Auftrag auszuführen. Die Gesichter der Schaulustigen um ihn herum begannen sich zu verändern. Aber war es wirklich Mitleid, das an die Stelle der Lust trat? Vielleicht war es nur Erstaunen und Verwirrung, dass das Schauspiel so anders vonstatten ging als erwartet. Das Johlen und Schreien verstummte allmählich.

Die Menge erschien ihm mit einem Mal wie ein Tier, das für einen Augenblick bereit zu sein scheint, loszuspringen. Aber nichts geschah. Es war, als würde eine sonderbare Trägheit die Kräfte dieses unberechenbaren Tieres lähmen.

Als die gedungenen Landsknechte mit Rufen und Peitschenknallen freie Fahrt forderten, wichen die Menschen zurück, als hätten sie nur auf diesen Befehl gewartet.

Auf den Straßen Nürnbergs

Wo ist Clara? Wo ist Margarete? Sie sind fort, sie sind fort, sie sind fort. Der Nachtwind in ihrem Gesicht, die grenzenlose Schwärze des Himmels über ihr, feindselig und abweisend, die Rufe der Menschen, die neben und hinter dem Wagen herlaufen – alles stürzt auf sie ein.

Es ist zu dunkel, um die Gassen der Stadt zu erkennen. Ist dies ihre Heimatstadt? Sie spürt, wie die Pferde langsamer gehen, wie der Wagen eine abschüssige Straße hinunterrollt.

Die Mutter neben ihr hat den Kopf abgewendet. Jemand hält sie von hinten mit eisernem Griff umklammert, als fürchte man, sie werde sich vom fahrenden Wagen stürzen.

Sie spürt den keuchenden Atem des Mannes in ihrem Nacken. Sie versucht, sich seinen Armen zu entwinden. Der Mann packt fester zu. Noch einmal bäumt sie sich auf. Dann schmeckt sie das Blut und sieht in die Augen ihrer Mutter. Zorn und Hilflosigkeit malen sich auf den Zügen von Helena Ebner.

Aber Katharina ist jenseits aller Furcht. Sie wird nicht aufgeben. Noch nicht. Katharina schreit.

Auf dem Herrenmarkt

Margareta Rieter griff nach ihrer Haube und eilte leise die Stufen hinab. Als sie die schwere Haustür hinter sich geschlossen hatte, war es ihr, als fiele etwas von ihr ab. Die frische Nachtluft füllte ihre Lungen.

Jetzt war nicht der Augenblick, um sich Rechenschaft über ihr Tun abzulegen. Wollte sie Christoph von dem, was geschehen sollte, Bericht erstatten? Was war es, dass sie dazu trieb, in dieser Nacht das Haus zu verlassen?

Sie zog das Tuch enger um sich und trat auf den Herrenmarkt. Sie war nicht allein. Von allen Seiten strömten Menschen über das weite Geviert. Als sie das östliche Ende des Platzes erreicht hatte, blieb sie stehen. Niemand hatte ihr Beachtung geschenkt, niemand hatte sie aufgehalten. Vor ihr ragte die ehrfurchtgebietende Fassade der Frauenkirche in den Nachthimmel.

Als Kinder waren sie oft auf den Markt gelaufen, um das Männleinlaufen zu bestaunen. Johannas weiche Kinderhand in der ihren, hatte sie vor dem Portal der Kirche gestanden und auf das Mittagsläuten und das Erscheinen der sieben Kurfürsten gewartet.

Jetzt mochte es auf den Morgen zugehen. Aber noch zeigte sich kein Schimmer des neuen Tages. Sie hatte noch nie bei Dunkelheit auf dem Marktplatz gestanden. Das bei Tageslicht so vertraute Gotteshaus erschien ihr bedrohlich und fremd.

Mit einem Mal wurden all die Geschichten in ihr lebendig, die eine der Mägde ihr als Kind erzählt hatte: Dass hier an der Frauenkirche des Nachts die Seelen der erschlagenen Juden umgingen. Wehe dem, der sich nach Einbruch der Dunkelheit auf den Markt wagte! Hier, an diesem Ort, an dem nun das christliche Gotteshaus thronte, hatte ihre Synagoge gestanden. Keine zweihundert Jahre waren seither vergangen. Der Vater hatte die Magd wegen dieser Geschichten gescholten. Er hatte gewusst, wie sehr sie das Mädchen damit geängstigt hatte.

Margareta zitterte. Vielleicht war es Wahnsinn, was sie hier tat. Noch konnte sie umkehren.

Dann aber hörte sie die Rufe. Immer näher schienen sie zu kommen, als würde sich an der Ostseite der Kirche eine große Menschenmenge versammeln. Margareta empfand Erschrecken und Erleichterung zugleich. Also musste sie nicht bis zum Klarakloster laufen, um die Befreiung der Nonnen mitzuerleben. Ein paar Schritte nur trennten sie vom Obstmarkt jenseits der Frauenkirche. Ein paar Schritte nur trennten sie vom Anwesen der Ebners.

Als sie an der Südseite der Kirche entlanglief, konnte sie in der Dunkelheit eine Traube von Menschen ausmachen, die sich vor dem Ebnerschen Haus versammelt hatten.

Landsknechte und Stadtknechte, Männer und Frauen jeden Standes, die Bäuerinnen, die sich noch vor Tagesanbruch angeschickt hatten, ihre Stände aufzuschlagen.

Das Haus der Ebners war hell erleuchtet, die Türen weit geöffnet. Rufe wurden laut. „Sie kommen! Sie kommen!“

Umringt von einer Handvoll bewaffneter Männer rollte ein Wagen vor das Haus. Jemand schrie.

Margareta drängte sich durch die Reihen. Sie hob den Kopf. Nun war ihr die junge Frau auf dem Wagen ganz nah. Sie hätte die Hand nach ihr ausstrecken und ihr weißes Gewand berühren können.

Katharina Ebner. Mit ihren dunklen Augen und ihrer schmalen Gestalt glich sie Johanna. Aber da war noch etwas anderes.

Margareta erschrak. Schon einmal hatte sie solch einen Ausdruck wütender Verzweiflung gesehen. In den Augen der Schwester, als sie sich ein letztes Mal umarmten, ehe der Vater sie fortgebracht hatte.

Eine plötzliche Schwäche ergriff sie. Wie hatte sie einem solchen Irrtum erliegen können. Sie hatte einer Befreiung beiwohnen wollen. Und war doch nur wieder Zeugin eines Unrechts geworden.

Unrecht. Unrecht. War es das, was die junge Frau schrie, nicht auf die Schläge achtend, die ihre Mutter gegen sie führte? Margareta sah das Blut auf dem Gesicht, auf dem Hals der anderen. Sie hatte das Gefühl, ins Bodenlose zu fallen.

Sie musste fort von hier. Unvermittelt drehte sie sich um und drängte sich durch die Mauer von Leibern.

Sie hatte Angst. Aber es war eine Angst, die sie lebendig machte. Die andere Angst, die sie schweigen ließ, die sie lähmte, wollte sie zurücklassen.

Erst zögernd, dann immer schneller begann sie zu laufen. Nun hatte sie den Goldenen Brunnen erreicht. Die Rufe, das Lärmen jenseits der Kirche wurden leiser. Ein Schluchzen kam über ihre Lippen. Es war, als löse sich ein Knoten in ihr. Tränen rannen über ihre Wangen. Tränen über Johanna, Tränen über ihr verlorenes erstes Kind.

Sie blieb stehen und rang nach Atem. Auf den Dächern des Herrenmarktes lag ein fast unmerklicher, blasser Schein des anbrechenden Tages. Vor ihr lag ihr Haus. Christoph würde zurückkommen. Ihn wollte sie nicht verlieren. Jetzt war sie gewiss: Sie würde ihr Geheimnis mit ihm teilen können, ohne sich zu fürchten.

Epilog

St. Thomas

Gudenstag, 21. Dezember 1525

Im Klarakloster zu Nürnberg

Über Nacht hatte es geschneit. Noch ehe Caritas aus der kleinen Pforte in den Garten des Kreuzgangs trat, konnte sie den Schnee spüren. Die Luft, die durch ein geöffnetes Fenster in den Säulengang drang, war verändert, die unerbittliche Kälte gemildert.

Erstarrt lagen die Beete unter der frischen Schneedecke. Sie versuchte sich vorzustellen, wie im Frühjahr die kleinen gelben Sonnen des Huflattichs die Wiederkehr des Frühlings verkündeten. Sie versuchte, den Sommer in sich wachzurufen, mit dem Duft frischer Pfefferminze und der überschwänglichen Fülle an weißer und blauer Akelei.

Nun ruhte alles wie tot, als hätte der Winter alle Farben zu Grabe getragen. Wärme und Leben schienen einer anderen Welt anzugehören. Der Schnee zeichnete die Konturen der Bögen des Kreuzganges hell unter dem wolkenschweren Himmel.

Caritas lauschte. Die Geräusche, die zu dieser frühen Stunde zu hören waren, klangen gedämpft und leise von den verschneiten Straßen durch die Schwärze des Wintermorgens: Der Hufschlag der Lasttiere, die eiligen Schritte der ersten Händler und Handwerker, die vom Frauentor hereinkamen und vorbei am Zollhaus dem Herrenmarkt zustrebten. Noch vor dem Morgengrauen mussten die Stände aufgeschlagen sein.

Langsam ging sie durch den Garten. Als sie den Kopf hob, stand sie vor dem Eingang zum Skriptorium. Caritas öffnete die schwere Flügeltür.

Der Geruch von Papier und Siegelwachs, das Knarren der Holzdielen unter ihren Füßen, das Knistern der ersterbenden Glut in dem kleinen Ofen umfing sie. Caritas atmete ruhiger. Wie oft war sie in den Nächten des vergangenen Jahres hierhergekommen. Um zu schreiben. Um zu beten. Um vor ihren Träumen zu fliehen.

Caritas ging durch die Dunkelheit. Sie entzündete das Wachslicht auf ihrem Pult. Sie hatte nicht im Dormitorium bleiben können.

Wenn sie die Augen schloss, kehrten die Traumbilder zurück: Das Geviert des Klosters erfüllt von Feuer und Rauch. Alles ist unheimlich still. Der Rauch, die Stille hüllen sie ein, nehmen ihr den Atem. Sie kann keinen klaren Gedanken fassen. Sie weiß, dass sie ihre Wölflein warnen muss – aber ihre Füße versagen ihr den Dienst. Sie ist nicht sicher, ob der Boden trägt. Sie möchte nach den Schwestern rufen, nach Clara, nach Katharina und Margarete. Aber aus ihrem Mund dringt kein Laut. Sie kämpft. Sie weiß, dass die Mädchen sonst verloren sind. Sie muss sie finden. Sie muss …

Mit zitternden Händen holte sie das schmale Bändchen unter dem Deckel ihres Pultes hervor. Ihre Finger strichen über seine Seiten. *Hier findet man verzeichnet etliche Dinge, wie es unserem Kloster zu Sankt Klaren ergangen ist in den gefährlichen, aufrührerischen Zeiten.*

Man möge sich später daran erinnern, dass schon vor Zeiten für das Jahr 1524 prophezeit wurde, dass eine große Sintflut übers Land kommen werde, die alle Dinge auf Erden verkehren und verändern werde.

Sie starrte auf die Zeilen. Ihre Augen brannten. Ein Zweig, der gegen eines der Fenster schlug, löste sie aus ihrer Erstarrung. Zögernd griff sie zur Feder.

Endlich schlug sie eine freie Seite auf und begann zu schreiben, stetig, ohne sich zu besinnen, ohne innezuhalten:

Herzliebster Bruder.

Ich weiß, dass die Verzweiflung eine Sünde ist, vielleicht gerade dann, wenn sie einhergeht mit solch ungebärdiger Lust zu lachen.

Er schied in guter Freundschaft. Ein guter Monat ist vergangen, seit Melanchthon Nürnberg wieder verlassen hat. Er schied in guter Freundschaft. Dies ist es, was mich manchmal zum Lachen reizt und zu den Tränen, für die ich bei Tage keinen Ort finde. Ich will die Schwestern nicht erschrecken. Meine „neunundneunzig" Schafe, die mir geblieben sind. Die drei aber habe ich verloren und das verdüstert mir meine Tage.

Hätte ich das Wohl der anderen aufs Spiel setzen sollen? Hätte ich sie dann retten können: Clara – Kathrina – Margarete?

Wenn ich geblieben wäre, bis zum Ende – vielleicht hätten die Mütter sich gescheut, Hand an ihre Kinder zu legen? Willibald, ich finde weder Ruhe noch Antwort auf meine Fragen. Der HERR möge mir vergeben und mich vom Zweifel erlösen, der mich plagt.

Lieber Bruder, wie viel mehr sollte ich Gott dankbar sein, dass er uns Philippus gesandt hat! Du, der du ihn riefest, weißt um meinen Dank.

Durch Melanchthons Beistand gönnt man uns nun wieder unseren Frieden, als hätte man nie gegen uns gewütet. Unsere Glocken läuten, bei Tag und in der Nacht, und wir müssen nicht fürchten, dass man uns deswegen überfällt und lästert.

Unseren Pfleger, Kaspar Nützel, hat Philippus so grimmig ins Gebet genommen, dass er uns sehr freundlich geschrieben hat. „Gnad und Fried, geliebte Frau, Mutter und Schwester in Christo" – so begann Nützels Brief. Darin stand, er habe den evangelischen Predigern geheißen, sie mögen von uns ablassen. Ob es uns gefiele, wenn er weiterhin des Klosters treuer Diener und Pfleger bleiben wolle? Er beteuerte, er habe Melanchthon nicht zu uns gerufen, damit er unser Kloster vertilge.

Als hätte ich das geglaubt.

Der Wittenberger war bescheidener in seiner Rede als alle Lutheraner, die ich je gehört hatte. Seine Worte haben mich aufgerichtet und getröstet: Welch große Schuld man auf sich lade, wenn man in Sachen des Glaubens andere mit Gewalt bedrängt! Darüber haben wir gesprochen in jener Stunde, die wir miteinander im Beichthaus saßen.

Darüber, und wie allein der Glaube es ist, der die Menschen errettet. Der Glaube und nicht die Werke. Wir konkordierten in allen Punkten – allein was die Gelübde betraf, wurden wir uns nicht einig. Er sagte, man müsse sie nicht halten. Ich hielt dafür, dass man halten müsse, was man gelobt hat.

Trotz dieser Uneinigkeit hat er im Rat und bei unserem Pfleger für uns gestritten. Er hat ihnen offen ins Gesicht gesagt, welch große Sünde sie begangen hätten: Auch Vater und Mutter könnten es vor ihrem Gewissen nicht verantworten, ihre Kinder gegen deren Willen aus dem Kloster zu reißen. Man solle überhaupt die Klöster in Frieden lassen – auch in Wittenberg sei noch kein einziges Kloster zerstört worden.

Und sie haben auf ihn gehört. Das weiß nun die ganze Stadt…

So leicht kann also sein, was uns in all diesen Monaten so schwer wurde, dass ich schier lachen möchte.

Herzlieber Bruder, und doch kann ich die Tränen oft nicht zurückhalten. Denn was uns nun leichter ist – was nützt es den Dreien, die man von uns gerissen hat?

Als die Väter und Oheime der Kinder im Sommer noch einmal zu uns kamen, um mir Kostgeld zu zahlen für ihre Jahre im Kloster, da habe ich sie bestürmt: Sie möchten ihr Geld für sich behalten, wenn sie uns zurückbrächten, was sie uns geraubt!

Denn wir hatten ja gehört, mit welchem Jammer die drei sich nach uns sehnen. Daraufhin erwiderten die Männer, dass sie ehrlich sein wollten gegen mich:

Ließen sie den Kindern ihren Willen, so wären die noch vor Einbruch der Nacht wieder bei uns.

Aber sie lassen sie nicht. Sie lassen sie nicht. Gott der Herr weiß, was mit ihnen geschehen wird.

In dieser Nacht und in vielen Nächten habe ich geweint und gehadert.

Willibald, manchmal ist mir so bang zumut.

Die Buchstaben verschwammen vor ihren Augen. Sie legte die Feder beiseite. Es hatte wieder zu schneien begonnen. Der Wind fuhr in den Kamin und ließ die Glut fauchen. Langsam, zögernd trat sie einen Schritt zurück. Dann trennte sie die letzten Seiten heraus und ging zu dem kleinen Ofen an der Schmalseite des Skriptoriums.

Mit zitternden Händen öffnete sie die Klappe und blies in die Glut. Ihr Gesicht leuchtete im Widerschein der aufflackernden Flammen, ein helles Oval in der Dunkelheit. Die dunkle Stille umgab sie wie ein Harnisch. Die eng beschriebenen Blätter entglitten ihren Fingern.

Meine Seele wartet auf den Herrn, flüsterte sie. *Meine Seele wartet auf den Herrn, mehr als die Wächter auf den Morgen.*

Ein dunkler, schwingender Ton erfüllte das Skriptorium. Die Glocke schlug zur Prim.

Nachwort

Von der Thomasnacht des Jahres 1524 bis zur Thomasnacht des Jahres 1525 spannt sich der Bogen der vorliegenden Erzählung. Die geschilderten Ereignisse, die detaillierten, bisweilen bis in die Tageszeiten reichenden Zeitangaben, ja oftmals auch die Dialoge der handelnden Personen, verdanken sich hierbei den Aufzeichnungen der Caritas Pirckheimer.

Vier Jahre lang – zwischen 1524 und 1528 – agierte sie als Geschichtsschreiberin ihres eigenen Konventes, bemüht, den über das Klarakloster hereinbrechenden Umsturz auf klare, nüchterne und zugleich zutiefst persönliche Weise zu dokumentieren.

Über drei Jahrhunderte sollten vergehen, bis diese Aufzeichnungen durch den Historiker Konstantin Höfler in einem Bamberger Archiv wiederentdeckt und unter dem von ihm gewählten Titel „Denkwürdigkeiten" dem Vergessen entrissen wurden.

Weitere Editionen aus dem 20. Jahrhundert, vorgenommen durch Josef Pfanner sowie Georg Deichstetter SJ, erleichterten das wissenschaftliche Arbeiten mit der Quelle und steigerten ihre Bekanntheit in Fachkreisen.

Vor gut fünfzehn Jahren stieß ich während meines Theologiestudiums in Erlangen erstmals auf die Geschichte der drei jungen Nürnberger Nonnen Clara Nützel, Margarete Tetzel und Katharina Ebner. Auch als die damals gestellte Aufgabe einer wissenschaftlichen Arbeit über das Thema längst abgeschlossen war, ließ mich der Stoff nicht los.

In den vergangenen zwei Jahren habe ich versucht, diese Geschichte für eine interessierte Leserschaft auch jenseits des kirchenhistorischen Fachzirkels zu erzählen.

Mein Anliegen, eine möglichst getreue Wiedergabe der Ereignisse zu liefern, wurde durch die Tatsache erleichtert, dass im Hinblick auf viele der Protagonisten eine hervorragende Quellenlage besteht – seien es nun Albrecht Dürer, Lazarus Spengler, Willibald Pirckheimer, Philipp Melanchthon, Martin Luther oder Caritas Pirckheimer selbst.

Auch bei dem Versuch, die Lebenswelt jener Epoche – diesseits und jenseits der Klostermauern – in ihren religiösen und sozialen Verfasstheiten zu schildern, waren mir viele fachwissenschaftliche Arbeiten eine große Hilfe.

Bei aller angestrebten Treue zur Historizität gibt es freilich auch jene andere unberechenbare Dynamik innerhalb eines Schreibprozesses, welche die Struktur der Fakten aufsprengt und der Fiktion Raum gibt.

An welchen Stellen dies in entscheidender Weise geschehen ist, soll in diesem Nachwort offen gelegt werden – um all jenen Lesern Verwirrungen zu ersparen, die der Geschichte der drei jungen Nonnen eigenständig nachgehen wollen.

Vorausschicken möchte ich, dass alle eigenhändigen Erweiterungen oder Änderungen der Geschichte unter der Maßgabe geschahen, dass die geschilderten Ereignisse oder Erfahrungen so hätten stattfinden oder den damaligen Lebensumständen entsprochen haben könnten.

Zwei der Änderungen betreffen Margareta und Christoph Koler. Diese hatten im Jahre 1525 bereits gemeinsame Kinder. Dieses Faktum kann man einem Brief des Ratsherren an Willibald Pirckheimer entnehmen, den Koler von seiner Gesandtschaft aus Mailand an seinen Freund nach Nürnberg schreibt. Die im Roman geschilderte Kinderlosigkeit bzw. der Verlust eines noch ungeborenen Kindes ist demnach zu diesem Zeitpunkt nicht historisch. Sie dient vielmehr der Illustration der zunehmenden Entfremdung zwischen den Eheleuten.

Auch dass Margareta Koler eine Schwester im Kloster Engelthal verloren hat, verdankt sich dichterischer Freiheit. Historisch vielfach verbürgt sind jedoch die hohe Sterblichkeitsrate von Nonnen in diesem besonders asketisch geprägten Konvent, sowie die Motive, die Eltern dazu drängten, ein Kind dem Kloster zu weihen.

Ob Christoph Koler tatsächlich aufgrund seiner toleranten Gesinnung vom Rat „weggelobt" wurde, ist freilich nur Spekulation. Mehrere Indizien, unter anderem eine Passage aus dem bereits erwähnten Brief aus Mailand, berechtigen allerdings zu der Annahme, dass er tatsächlich allem überzogenen Wüten gegen Andersgesinnte distanziert gegenübergestanden haben mag.

In meiner Nacherzählung der Geschichte ist es – neben vielen anderen Gründen – die Nachricht von Luthers Eheschließung und der Einladung Melanchthons zu dem etwa zwei Wochen später angesetzten Festmahl, die eine Reise des Wittenberger Gelehrten nach Nürnberg bis auf weiteres durchkreuzt. Diese Wendung verdankt sich allein der tatsächlichen historischen Koinzidenz beider Ereignisse.

Ein Letztes: Die Zeilen, die Caritas im letzten Kapitel des Romans an ihren Bruder Willibald richtet, sind in weiten Teilen wörtlich ihren Aufzeichnungen entnommen. Die von Caritas formulierten Selbstvorwürfe finden sich dort jedoch nicht. Die in zahlreichen Passagen der „Denkwürdigkeiten" spürbare

Traurigkeit über das Schicksal ihrer drei verlorenen „grauen Wölflein" hat mich jedoch dazu bewogen, der Äbtissin jenseits aller Gefasstheit und grimmigen Nüchternheit auch jene Gefühle des Selbstzweifels und der Verzagtheit in den Mund zu legen.

Von der Thomasnacht 1524 bis zur Thomasnacht 1525 spannt sich der Bogen dieser Erzählung. Was aber geschah mit Clara, Katharina und Margarete nach ihrer gewaltsamen Herausnahme aus dem Kloster?

Nachdem im Falle Margaretes kurz nach ihrer Entführung – es mag zynisch erscheinen – in Nürnberger Kreisen über eine Vermählung mit Andreas Osiander spekuliert wurde, wurde sie schließlich doch erst fünf Jahre später verheiratet: mit Christoph Kämmerer, Pfleger zu Hilpoltstein, dem sie vier Kinder gebar.

Im selben Jahr, 1530, heiratete auch Katharina. Die Ehe mit Andreas Schuler dauerte nur fünf Jahre. Drei Jahre nach seinem Tod, 1538, heiratete sie erneut. Ihr zweiter Gemahl, Christoph Tetzel, sollte Katharina, die am 20 Juli 1551 starb, viele Jahre überleben.

Claras Spuren nach jenem Fronleichnamsfest 1525 habe ich jedoch weder in den Geschlechtsregistern der Nützels noch andernorts ausfindig machen können.

Erfurt, den 31. Juli 2013

Glossar

Äbtissin	Gewählte Vorsteherin eines Klosters
Ältere Herren	Gruppe innerhalb des Rates (auch als „Innerer Geheimer Rat“ oder „Collegium Septemvirale“ bezeichnet), welche die eigentliche Exekutive im Stadtstaat besaß.
Aderlassmännchen	In der Medizin verwendete Zeichnung eines nackten Mannes, dessen Körperregionen vom Kopf (Widder) absteigend zu den Füßen (Fischen) den jeweiligen Tierkreiszeichen in der Abfolge des Zodiak zugeordnet waren.
Ambo	Pult oder Tisch innerhalb eines Kirchenraums, von dem aus die Lesungen aus der Bibel erfolgen.
Ave-Maria-Läuten	Glockenläuten, das die Gläubigen an das Beten des Ave Maria erinnern soll.
Badestuben	Öffentliche Badehäuser, in denen nicht allein Körperpflege betrieben wurde, sondern auch kleinere medizinische Eingriffe, wie etwa das Schröpfen, vorgenommen wurden. Teilweise wurden in Badestuben auch Bordelle betrieben.
Barfüßer	Bezeichnung für eine Reihe von Bettelorden, die das Barfußgehen als Zeichen der radikalen Armut praktizierten.
Basilisk	Mythisches Tier, dessen Blick versteinern sollte. In mittelalterlichen Tierbüchern oft als Mischwesen zwischen Hahn und Schlange gezeichnet.
Beichthaus	Gebäude innerhalb der Klausur eines Klosters, in welchem den Nonnen die Beichte abgenommen wurde.
Braupfennig	Für das Bierbrauen durch die Stadt erhobene Steuerabgabe
Dies lune	Im Mittelalter gebräuchliche Bezeichnung für den Montag
Dormitorium	Schlafsaal innerhalb eines Klosters
Dörre	Gebäude, in welchem Lebensmittel durch Lufttrocknung haltbar gemacht wurden.
Dreipässe	Heraldische Bezeichnung für die Anordnung dreier gleicher Figuren auf einem Wappenschild.
Eigengeld	Im mittelalterlichen und frühneuzeitlichen Recht Besitztümer, über die der Eigentümer frei verfügen konnte.
Eritag	Im Mittelalter gebräuchliche Bezeichnung für den Dienstag
Ewiggeld	Im Mittelalter und in der frühen Neuzeit Zinsen eines Darlehens, das vom Gläubiger nicht aufgekündigt werden konnte.
Fleischbänke	In mittelalterlichen Städten existierende Fleischverkaufsstände, oft bereits in überdachten Gewölben.

Frauenchor — Von außen uneinsehbarer Bereich innerhalb einer Klosterkirche, in welchem sich die Nonnen während des Gottesdienstes aufhielten.

Fridach — Im Mittelalter gebräuchliche Bezeichnung für den Freitag

Garausglocke — Um 1400 gegossene Glocke der Nürnberger Lorenzkirche, die täglich zu Sonnenuntergang geläutet wurde.

Genannte — Gruppe ehrbarer Bürger, die als gerichtliche Zeugen berufen wurden. Diese 300 bis 500 Genannten bildeten den Größeren Rat, der nur sehr selten zusammentrat.

Gesichtsfenster — Fenster, welches den Besuchern eines Klosters einen ungehinderten Blick auf den Gesprächspartner innerhalb der Klausur gewährte.

Glaubensdisputation — Öffentliche Unterredung zwischen Anhängern verschiedener Glaubensrichtungen.

Grabgriffel — Bei der Herstellung eines Kupferstichs verwendetes Werkzeug, mit welchem auf einer polierten Metallplatte das zu druckende Bild eingraviert wird.

Gudenstag — Im Mittelalter gebräuchliche Bezeichnung für den Mittwoch

Heiltumsweisung — Am zweiten Freitag nach Ostern stattfindende öffentliche Darbietung der im Heilig-Geist-Spital zu Nürnberg aufbewahrten Reichskleinodien (Krone, Szepter, Reichsäpfel, Schwerter und Gewänder zur Krönung sowie eine Reihe kostbarer Reliquien, wie ein Span der Krippe von Bethlehem, ein Zahn Johannes des Täufers, die Heilige Lanze)

Hölle — Im mittelalterlichen Nürnberger Faschingstreiben (siehe Schembartlauf) verwendeter Schlitten bzw. Wagen, der durch verschiedene Aufbauten unterschiedliche Themen (etwa die Verderbtheit der Welt) figürlich darstellte.

Horen — Lateinische Bezeichnung für die Stundengebete im Klosteralltag

Kette (und Schuss) — Längs- bzw. Querfäden eines Gewebes

Klarissenorden — Weiblicher Bettelorden in der Nachfolge der Heiligen Klara, Weggefährtin des Franz von Assisi

Klausur — Alle Gebäude und Außenanlagen eines Klosters, das die Nonnen oder Mönche nach ihrer Profess nicht mehr verlassen dürfen und das auch von Außenstehenden nicht betreten werden darf.

Kontor — Arbeitszimmer

Konzil — Versammlung in kirchlichen Fragen, deren Beschlüsse für die gesamte Kirche Gültigkeit beanspruchen.

Laienschwester — Schwester innerhalb eines Ordens, die für die schwereren Arbeiten zuständig war, jedoch weniger geistliche Verpflichtungen hatte.

Langhaus Gebäudeteil einer Kirche, der für die Gemeinde / die Laien bestimmt war.

Laudes Eine der klösterlichen Horen, die in den Morgenstunden gebetet wird.

Losunger (Erster / Zweiter) Städtischer Steuereinnehmer, der stets zugleich Mitglied des Rates war.

Männleinlaufen Das am Michaels-Chor der Nürnberger Frauenkirche gebotene Schauspiel der 1509 vollendeten Kunstuhr stellt – in Erinnerung an den Erlass der Goldenen Bulle im Jahr 1356 – die Huldigung Kaiser Karls IV. dar. Die Männlein sind die sieben Kurfürsten, die sich vor dem Kaiser verneigen: die Erzbischöfe von Mainz, Köln und Trier, der König von Böhmen, der Herzog von Sachsen, der Pfalzgraf bei Rhein und der Markgraf von Brandenburg.

Mette Eine der klösterlichen Horen, die nachts gebetet wird.

Nusswerfer Gruppe innerhalb des Nürnberger Schembartlaufes, welche das Publikum mit Nüssen bewarf.

Petschaft Stempel, mit dem ein Siegel in die Siegelmasse gedrückt werden konnte.

Pfleger Vom Rat gewählter Laie (also kein Theologe), der sich um die wirtschaftlichen und politischen Belange eines Klosters zu kümmern hatte.

Phincztag Im Mittelalter gebräuchliche Bezeichnung für den Donnerstag.

Pfortenhaus Gebäude innerhalb des Klosters, in welchem die Nonnen am Redefenster mit Personen außerhalb der Klausur sprechen konnten.

Prim Eine der klösterlichen Horen, die bei Tagesanbruch gebetet wird.

Priorin Vertreterin der Äbtissin eines Klosters.

Podagra Griechische Bezeichnung für die Gicht.

Poetenfürst Im mittelalterlichen Nürnberg vergebener Ehrentitel für herausragende Dichter.

Profess Gelöbnis der Klostergelübde

Quotember Bezeichnung für die vier über das Kirchenjahr verteilten strengen Hauptfastenzeiten.

Rat Politisches Entscheidungsgremium einer freien Reichsstadt, welche nur dem Kaiser selbst als oberster Instanz unterstellt war.

Ratsschreiber Für den Schriftverkehr einer Stadt zuständiger Beamter.

Ratsschwestern Gruppe älterer, erfahrener Schwestern, die die Äbtissin bei Bedarf beriet und unterstützte.

Refektorium Speisesaal eines Klosters.

Regalien	Königliche Hoheits- und Sonderrechte
Reichslehen	Vom Kaiser verliehene Lehen
Remter	Anderer Begriff für Refektorium
Responsorien	Wechselgesang innerhalb der Liturgie
Rumpelbaum	Hölzerne Vorrichtung, auf dem das zu gerbende Fell mit Stoßeisen bearbeitet wurde.
Sambestag	Mittelalterliche Bezeichnung für den Samstag
Sakramentenfenster	Fensterartige Öffnung innerhalb einer Klosterkirche, durch die die Priester den Nonnen die Hostie reichen konnten.
Schaube	Weiter, vorne offener, ungegürteter Überrock.
Schembartlauf	Erstmals 1449 belegter Teil des Nürnberger Fastnachtstreibens, der bis ins 16. Jahrhundert gepflegt wurde.
Scherensessel	Aus der Renaissancezeit stammender Sessel mit scherenartig ausladenden Seitenlehnen
Schröpfschnepper	Medizinisches Instrument, das zum Aderlass verwendet wurde.
Servitialschwester / Servitiale	Laienschwester
Sext	Eine der klösterlichen Horen, die um die Mittagszeit gebetet wird.
Skriptorium	Raum innerhalb eines Klosters, der vor allem der Buchabschrift und anderen Schreibarbeiten gewidmet ist.
Supplikation	Bittgesuch an den Rat
Terz	Eine der klösterlichen Horen, die am frühen Vormittag gebetet wird.
Tonsur	Vollständige oder teilweise Entfernung des Kopfhaares als Zeichen der Zugehörigkeit zu einem Orden
Vesper	Eine der klösterlichen Horen, die in den Abendstunden gebetet wird.
Vierzehn Nothelfer	Gruppe von vierzehn Heiligen, denen im Mittelalter große Verehrung zukam, und die man in Notzeiten anrief, da ihnen eine besondere Stellvertretungsvollmacht vor Gott zugeschrieben wurde.
vogelfrei	Bezeichnung für einen unter Acht und Bann stehenden Menschen.
Winde	Hebevorrichtung an der Außenwand eines Klosters, mit Hilfe derer Gegenstände in das Innere der Klausur befördert werden konnten.

Dank

Die Entstehung dieses Buches verdankt sich nicht zuletzt einer ganzen Reihe von Menschen, die mich während des Schreibprozesses unterstützt haben und die an dieser Stelle genannt werden sollen.

Zum einen denke ich an alle Freunde, Angehörige und Bekannte, die mir geholfen haben, diesen Roman tatsächlich zu Ende schreiben zu können. Das Spektrum ihrer Hilfeleistungen war dabei weit gefächert. Zuspruch und Ermutigung, freundliches Interesse, praktische Ratschläge, Literaturbeschaffung und Literaturhinweise, Expertenhilfe in Sachen Formatierung und Fotografie, Vermittlung wichtiger Kontakte, eine fortlaufende kritische Lektüre des gesamten Buches oder einiger Kapitel, sowie Hinweise zu wichtigen historischen Details über die Stadt Nürnberg am Beginn des 16. Jahrhunderts wurden mir ebenso zuteil wie das Einbringen eigener Lebenserfahrungen – etwa über das Leben in einem Konvent – oder die Einführung in den Kosmos des Harfespielens.

Mein Dank gilt an dieser Stelle Hannes Bezzel, Ernst Bezzel, Ingrid Bezzel, Ralf-Uwe Beck, Nadja Bennewitz, Christoph Bultmann, Willi Fährmann, Elisabeth Fedke, Siegfried Grillmeyer, Angela Hager, Torsten Hubel, Henning Jürgens, Katrin Kasparek, Kathrin Kohl, Kathrin Kommerell, Brigitte Korn, Inge Linck, Birgit Mattausch, Heidrun Munzert, Miriam Rose, Mareike Rupp, Gregor Rupp, Matthias F. Schmidt, Mirjam Seifert, Sonja Simonsen, Christopher Spehr, Johannes Staemmler, Johanna Steigenberger, Philipp Steigenberger, Renate Wollert.

Besonders danke ich Barbara Harnisch, der Leiterin des Wartburgverlages, die sich für die Geschichte der drei Nürnberger Klarissen begeistern ließ und das Erscheinen dieses Romans erst ermöglicht hat.

Mein besonderer Dank gilt meinem Doktorvater Berndt Hamm – nicht allein für die gründliche Lektorierung einer ersten Fassung des Buches, seine hervorragende fachwissenschaftlichen Beratung und für den Langmut, mit der er mich auf den Abwegen jenseits des wissenschaftlichen Arbeitens begleitet hat, sondern vor allem für seine leidenschaftliche Art und Weise, Studierenden Kirchengeschichte zu unterrichten – der ich meine eigene Leidenschaft bis heute verdanke.

Verwendete Literatur (in Auswahl)

Primärliteratur:

Bornkamm; Karin / Ebeling, Gerhard (Hgg.), Martin Luther. Ausgewählte Schriften in sechs Bänden, Frankfurt a. Main 1990.

Brett-Evans, David, Diu regel der sanct Clara swestern orden, in: Euphorion. Zeitschrift für Literaturgeschichte 54 (Folge 4), 1960, S. 146-169.

Deichstetter, Georg SJ, Gebetbuch aus dem St. Klara-Kloster zu Nürnberg zur Zeit der Äbtissin Caritas Pirckheimer 1467-1532, nach der Erstveröffentlichung von Dr. Josef Pfanner, übertragen von Sr. Benedicta Schrott IBMV, St. Ottilien 1984.

Hamm, Berndt / Huber, Wolfgang / Litz, Gudrun (Hgg.), Lazarus Spengler Schriften. Band 1: Schriften der Jahre 1509 bis Juni 1525, Quellen und Forschungen zur Reformationsgeschichte 61, Gütersloh 1995.

Hamm, Berndt / Huber, Wolfgang / Litz, Gudrun (Hgg.), Lazarus Spengler Schriften, Band 2: Schriften der Jahre September 1525 bis April 1529, Quellen und Forschungen zur Reformationsgeschichte 70, Gütersloh 1999.

Liebenau, Ferdinand (Hg.), Albrecht Dürer. Tagebücher und Briefe, München/Wien 1969.

Müller, Gerhard / Seebass, Gottfried (Hgg.), Andreas Osiander d.Ä. Gesamtausgabe. Band 1: Schriften und Briefe 1522 bis März 1525, Gütersloh 1975.

Müller, Gerhard / Seebass, Gottfried (Hgg.), Andreas Osiander d.Ä. Gesamtausgabe. Band 2: Schriften und Briefe April 1525 bis Ende 1527, Gütersloh 1977.

Pfanner, Josef (Hg.), Die „Denkwürdigkeiten“ der Caritas Pirckheimer aus den Jahren 1524-1528, Caritas Pirckheimer-Quellensammlung, Zweites Heft, Landshut 1962.

Scheible, Helga (Hg.), Willibald Pirckheimers Briefwechsel, Band 5, München 2001.

Hilfsmittel:

Biedermann, Johann Gottfried, Geschlechtsregister des Hochadelichen Patriciats zu Nürnberg welches aus denen bewährtesten Urkunden, Kauf-Lehen- und Heyrathsbriefen, gesammleten Grabschriften und eingeholten genauen Nachrichten von innen beschriebenen Gräflich-Freyherrlich- und Edlen in gegenwärtige Ordnung verfasset und richtig zusammen getragen worden, Bayreuth 1748 [ND Neustadt / Aisch 1988].

Georges, Karl-Ernst (Hg.: Heinrich Georges), Ausführliches Lateinisch-Deutsches Handwörterbuch. Aus den Quellen zusammengetragen und mit besonderer Bezugnahme auf Synonymik und Antiquitäten unter Berücksichtigung der besten Hilfsmittel ausgearbeitet von Karl Ernst Georges. 9. Auflage. Nachdruck der achten verbesserten und vermehrten Auflage von Heinrich Georges. (2 Bände), Hannover/Leipzig o.J. [ca. 1951].

Grotefend, Hermann, Taschenbuch der Zeitrechnung des deutschen Mittelalters und der Neuzeit, Hannover [13]1991.

Lagemann, Adolf, Der Festkalender des Bistums Bamberg im Mittelalter. Entwicklung und Anwendung, Bericht des Historischen Vereins für die Pflege der Geschichte des ehemaligen Fürstbistums Bamberg 103, Bamberg 1967.

Nopitsch, Christian Conrad, Topographische Beschreibung der Reichsstadt Nürnberg, Nürnberg 1801 (ND 1992).

Sachs, Hannelore / Badstübner Ernst / Neumann, Helga, Wörterbuch der christlichen Ikonographie, Regensburg [8]2004.

Staatsarchiv Nürnberg und Altnürberger Landschaft e.V. (Hg.), Der Pfinzing-Atlas von 1594. Faksimile, Nürnberg 1994.

Weber, Robert (Hg.), Biblia Sacra: iuxta Vulgatam versionem / rec. et brevi apparatu instruxit Robertus Weber, Ed. emendatam cum soc. B. Fischer praeparavit Roger Gryson, Stuttgart [4]1994.

Sekundärliteratur:

Bock, Friedrich, Anton Koberger (ca. 1445–1513), in: Nürnberger Gestalten aus neun Jahrhunderten. Ein Heimatbuch zur 900 Jahrfeier der ersten urkundlichen Erwähnung Nürnbergs, hrsg. v. Stadtrat zu Nürnberg, Nürnberg 1950, S. 37-40.

Dettenthaler, Josef / Deichstetter, Georg, St. Klarakirche Nürnberg im Gebiet der röm.-kath. Pfarrei „Unsere Liebe Frau", Erzbistum Bamberg, o.A.

Fleischmann, Peter, Rat und Patriziat in Nürnberg, Bd. 2, Nürnberger Forschungen 31/2, Nürnberg 2010.

Grote, Ludwig, Albrecht Dürer. Reisen nach Venedig, München / New York 1998.

Hamm, Berndt, Ein Stadtschreiber als Theologe. Bürgerliche Religion und christlicher Glaube bei Lazarus Spengler (1479–1534), in: Ders., Bürgertum und Glaube. Konturen der städtischen Reformation, Göttingen 1996, S. 143-178.

Hamm, Berndt, Lazarus Spengler als Rechtsdenker und Advokat der Reformation, in: Hartmut Boockmann / Ludger Grenzmann / Bernd Moeller / Martin Staehelin (Hgg.), Recht und Verfassung im Übergang vom Mittelalter zur Neuzeit. Teil 1, Abhandlungen der Akademie der Wissenschaften zu Göttingen: Philologisch-Historische Klasse. Dritte Folge, 288, Göttingen 1998, S. 230-257.

Hamm, Berndt, Normative Zentrierung im 15. und 16. Jahrhundert. Beobachtungen zu Religiosität, Theologie und Ikonologie, in: Zeitschrift für Historische Forschung 26 (1999), S. 163-202.

Hamm, Berndt, Art. „Spengler, Lazarus“, in: Theologische Realenzyklopädie 31 (2000), S. 666-670.

Hamm, Berndt, Die reformatorische Krise der sozialen Werte – drei Lösungsperspektiven zwischen Wahrheitseifer und Toleranz in den Jahren 1525 bis 1530, in: Rudolf Suntrup / Jan R. Veenstra (Hgg.), Stadt, Kanzlei und Kultur im Übergang zur Frühen Neuzeit / City Culture and Urban Chanceries in an Era of Change, Medieval to Early Modern Culture / Kultureller Wandel vom Mittelalter zur Frühen Neuzeit 4, Frankfurt a. M. u.a. 2004, S. 71-104.

Huber, Wolfgang, Der Nürnberger Ratsschreiber Lazarus Spengler als Apologet der Reformation, in: Zeitschrift für Bayerische Kirchengeschichte 66 (1997), S. 1-11.

Huber, Wolfgang, Art. „Spengler, Lazarus“, in: Deutsche Biographische Enzyklopädie 9 (1998), S. 395.

Imhoff, Christoph von (Hg.), Berühmte Nürnberger aus neun Jahrhunderten, Nürnberg 1984.

Krabbel, Gerta, Caritas Pirckheimer. Ein Lebensbild aus der Zeit der Reformation, Katholisches Leben und Kirchenreform im Zeitalter der Glaubensspaltung 7, Münster [5]1982.

Krause, Stefan, Die Porträts von Hans Maler – Studien zum frühneuzeitlichen Standesporträt, Wien 2008.

Kriegbaum, Friedrich, Nürnberg, 7., revidierte Auflage, München [7]1978.

KURRAS, LOTTE / MACHILEK, FRANZ, Caritas Pirckheimer 1467-1532. Kloster und Klosterleben in der Herausfoderung der Zeit. Eine Ausstellung der Katholischen Stadtkirche Nürnberg. Kaiserburg Nürnberg 26. Juni-8. August 1982, München 1982.

MARSCHALL, SHERRIN (HG.), Women in Reformation and Counter-Reformation Europe. Worlds: Public and Private, Indiana 1989.

OZMENT, STEVEN, When Fathers Ruled. Family Life in Reformation Europe, Studies in Cultural History, Cambridge (Mass.) 1985.

PFEIFFER, GERHARD (HG.), Geschichte Nürnbergs in Bilddokumenten, München 1970.

REICKE, EMIL, Willibald Pirckheimer (1470-1530), in: Nürnberger Gestalten aus neun Jahrhunderten. Ein Heimatbuch zur 900 Jahrfeier der ersten urkundlichen Erwähnung Nürnbergs, herausgegeben. vom Stadtrat zu Nürnberg, Nürnberg 1950, S. 64-68.

SCHIENER, ANNA, Albrecht Dürer. Genie zwischen Mittelalter und Neuzeit, Kleine Bayerische Biographien, Regensburg 2011.

SIMON, MATTHIAS, Lazarus Spengler (1479-1534), in: Nürnberger Gestalten aus neun Jahrhunderten. Ein Heimatbuch zur 900 Jahrfeier der ersten urkundlichen Erwähnung Nürnbergs, herausgegeben vom Stadtrat zu Nürnberg, Nürnberg 1950, S. 74-78.

STAUB, MARTIAL / VOGEL, KLAUS A. (HRSG.), Wissen und Gesellschaft in Nürnberg um 1500. Akten des interdisziplinären Symposions vom 5. und 6. Juni 1998 im Tucherschloß in Nürnberg, Pirckheimer Jahrbuch für Renaissance- und Humanismusforschung 14, Wiesbaden, 1999.

STEINKE, BARBARA, Paradiesgarten oder Gefängnis?: Das Nürnberger Katharinenkloster zwischen Klosterreform und Reformation, Tübingen 2006.

STROMER, WOLFGANG FREIHERR VON, Nürnberg als Epizentrum von Erfindungen und Innovationen an der Wende vom Mittelalter zur Neuzeit, in: OSCAR SCHNEIDER (HG.), Nürnbergs große Zeit. Reichsstädtische Renaissance, europäischer Humanismus, Cadolzburg 2000, S. 71-91.

TROCHE, ERNST GÜNTER, Albrecht Dürer (1471-1528), in: Nürnberger Gestalten aus neun Jahrhunderten. Ein Heimatbuch zur 900 Jahrfeier der ersten urkundlichen Erwähnung Nürnbergs, herausgegeben vom Stadtrat zu Nürnberg, Nürnberg 1950, S. 69-73.

VOGLER, GÜNTER, Nürnberg 1524/25. Studien zur Geschichte der reformatorischen und sozialen Bewegung in der Reichsstadt, Berlin 1982.

WAGNER, MARGARETE, Das alte Nürnberg. Einblick in vier Jahrhunderte Handwerksleben, Hürtgenwald 1980.

Foto: Matthias F. Schmid

ANNE BEZZEL

Anne Bezzel wurde 1976 in Franken geboren und schloss ihr Theologiestudium in Erlangen, Heidelberg, Neuendettelsau und München 2003 mit dem 1. theologischen Examen ab. Mehrere Preise und Förderstipendien. Sie ist Vikarin und schreibt regelmäßig Beiträge für die evangelische Kinderzeitschrift „Benjamin".
Anne Bezzel lebt in Erfurt, ist verheiratet und Mutter dreier Kinder.